诗经散论

雒三桂 著

中华书局

图书在版编目（CIP）数据

诗经散论/雒三桂著. —北京：中华书局，2022.11
ISBN 978-7-101-15917-2

Ⅰ.诗…　Ⅱ.雒…　Ⅲ.诗经-诗歌研究　Ⅳ.I207.222

中国版本图书馆 CIP 数据核字（2022）第 186120 号

书　　名	诗经散论	
著　　者	雒三桂	
责任编辑	李碧玉	
责任印制	管　斌	
出版发行	中华书局	
	（北京市丰台区太平桥西里 38 号　100073）	
	http://www.zhbc.com.cn	
	E-mail:zhbc@zhbc.com.cn	
印　　刷	三河市中晟雅豪印务有限公司	
版　　次	2022 年 11 月第 1 版	
	2022 年 11 月第 1 次印刷	
规　　格	开本/920×1250 毫米　1/32	
	印张 7⅝　插页 2　字数 175 千字	
国际书号	ISBN 978-7-101-15917-2	
定　　价	48.00 元	

目　录

序

　　三桂 1991 年由西安交通大学考入北京师范大学中文系攻读中国古代文学博士学位,主攻方向是先秦两汉文学。与其他研究生不同,他于大学本科和硕士研究生期间皆修学中国古代史,对文学比较生疏,但对与文学有密切关系的历史知识则相对熟悉。根据自己的具体情况,他确定三年中研究之重心为《诗经》。《诗经》既是最早之文学,又是儒家之重要经典。儒家经典是我国学术、思想、文化之源头,是一切学问之根基,前辈有成就之学者,其治学未有不始于经,未有不先从经学入手者。清杭世骏云:"古人为学,先根柢而后枝叶,先经史而后词章。"未有不致力于根柢,而能成就其学问者也。三桂将研究之重心置之于《诗经》,可谓准确把握了学问之根柢,探得治学之正确门径。

　　遵循这一门径,他刻苦读书,废寝忘食,于文字训诂则求之于《说文》,于典章制度则考之于史传,穷其旨要,达其宏通,然后豁然于心目,跃然于纸上,撰写成学位论文《诗经与西周、春秋社会》。此论文最大之特点,即与一般文学研究者把《诗经》仅作为文学艺术作品不同,而是将其视为"饱含丰富内容并与其产生时代的政治、文化紧密相联系的文学典籍","是西周、春秋时代中华民族文明发展所凝结的一个完整而生动的文明载体,是西周、春秋社会历史和文化的一面镜子,是那个时代中国文明为我们留下

的最完整、最生动的硕果之一"。他充分发挥了其精通历史之优
势,以丰富的史实论述了《诗经》产生的社会背景、兴观群怨之社
会作用、祭祀诗与饮宴诗之政治意义、《诗经》所反映之周代社会
思想之变迁及所表现的周代区域文化之特点等,从历史角度深层
次地发掘其丰富之内涵。古人治学原是文史不分的,因为评价文
学作品不能仅从字面上求其义,而应结合其时代历史以证其义。
一般地讲,对历史了解愈透彻,对与之相应的文学之内涵的发掘
愈丰富、深入,这一点在三桂的论文中表现得很明显。如对兴、
观、群、怨之论述,对祭祀诗、宴饮诗之阐发,皆穷源尽委,枝叶扶
疏,得出新的结论和创见。又古人云:"六经皆史。"三桂的论文也
体现了这种精神,这更明显地表现在对《诗经》与周代社会政治思
想之变迁关系的论述中。他紧密地结合周代社会政治思想之演
变,说明《诗经》中不同的内容是周代不同历史阶段社会思想变化
的反映,是一部周代的社会政治思想史。三桂着眼于历史研究
《诗经》,比仅从文学作品之角度评价《诗经》,揭示出《诗经》更高
的价值和意义。

　　三桂于《诗经》,讽籀极熟,讲贯极精,对每一问题、每一事项,
皆考镜源流以穷其变化,勘明体例以究其本义,毛举栉别,细入无
间,其用力之勤,亦追慕前人之治经史者。书成,于今出版,索序
于我。我与三桂情兼师友,论文中某些论点曾讨论及之,故不辞
为之序。

聂石樵

2001 年 3 月 29 日

绪　言

　　《诗经》作为我国先秦时期最重要的文化典籍之一,不仅是我国文学史上的第一部诗歌总集,而且是研究我国西周至春秋时期政治、经济、思想、文化、风俗习惯、部族起源及其相互关系等的重要史料。汉代以后,《诗经》被尊奉为"经",士子无不研读,从而对中国古代文化产生了巨大而深远的影响。从汉代至今的两千余年中,研究《诗经》的著作其名目仍见于今天者近千种,近代以来发表的有关论文不下千篇,散见于古代学者诗话、笔记中的论述更不计其数。这些卷帙浩繁的研究除了研究其文学艺术特色外,还广泛涉及了《诗经》的文字训诂、音韵、名物、天文、地理、风俗、民情、社会政治、经济、哲学等各个方面。然而,《诗经》与佶屈聱牙的《尚书》一样,自古号称难读。在其成书及流传的过程中,因时代的演进而使其中许多篇章的本义湮没;因语言、文字和社会风俗的演变而使其中的许多词句难以索解。遭秦代焚书之后至西汉初年重新隶定,更因经师所传不同、方言差异等原因而使《诗经》之传既有齐、鲁、韩、毛等数家之异①,而数家写本文字之歧异动以百数,许多解释也大相径庭。经今文学派的齐、鲁、韩三家经

_____

①参看《汉书·艺文志》、〔清〕朱彝尊《经义考·诗考》和〔清〕陈乔枞《齐诗遗说考》等。

师,因《诗经》之本义多阙而不传,文字又多错讹,为利禄计,不得
不"或取《春秋》,采杂说,咸非其本义"①。在天人感应哲学思想
笼罩下的今文经师如萧望之、匡衡诸人,为迎合政治需要而肆意
曲解诸诗,使《诗经》面目全非。东汉以后,由于谶纬迷信的浸入,
更使今文经学派对《诗经》的解释伪说滋漫,虚妄无稽,琐屑不堪。
《毛诗》虽晚出而号为近古,"文简而义赡,语正而道精"②,然亦错
讹纷见,难以自圆其说,其对《诗经》三百零五篇之本义的多处曲
解也显而易见。这些情况给正确理解《诗经》带来了极大的困难。
东汉中期至清代,以马融、郑玄、王肃、孔颖达、朱熹、郑樵、何楷、
王夫之、陈启源、陈奂、马瑞辰、胡承珙、阮元、魏源、方玉润、陈乔
枞、王先谦等为代表的学者,通过各自细致而深入的研究,为正确
阐释《诗经》的词句、理解《诗经》之本义做出了巨大努力,取得了
许多突出的成就,为我们今天研究、理解《诗经》打下了坚实的基
础。但是,由于时代的局限,他们都未能突破封建礼教纲常的羁
绊,不可避免地对《诗经》产生了无数的曲解。哲学理论思维的贫
乏也使他们不能高屋建瓴地看待《诗经》,不能从社会和文化的整
体上去把握《诗经》的社会文化和文学艺术价值,而多流于琐屑的
考证和逐篇逐章的分解。古代文学家和文学史家、文艺理论家们
如刘勰、吕本中、张戒、胡仔、洪迈、王应麟、杨慎、王世贞、焦竑、王
士禛、沈德潜、梁章钜、刘熙载等谈及《诗经》,多是零碎的漫感杂
谈,其内容多集中于《诗经》各诗的文学艺术性和美学价值。五四
运动以后,随着西方哲学、史学理论的大量传入,《诗经》的研究开
始与周代的社会历史和文化相结合,并产生了不少优秀的著作,

①《汉书·艺文志》。
②〔清〕陈奂:《诗毛氏传疏·叙录》。

如以顾颉刚为代表的古史辨派和以郭沫若为代表的运用马列主义理论研究《诗经》的学者们的著作等。新中国成立以后,这种研究更进一步发展。除了历史学者更主动地将《诗经》的研究与西周、春秋社会历史相结合之外,治文学史的学者们也以马克思主义为指导,对《诗经》特别是对《国风》各诗的文学艺术性和社会思想性作了相当深入细致的研究,取得了丰硕的成果。《诗经》研究由此而进入一个鼎盛时期。

但是,当我们今天重新回头检视近代以来,主要是新中国成立以来几十年间的《诗经》研究时,毋庸讳言,还有不少不能令人满意的地方。马克思主义的一系列哲学和文学理论被引入《诗经》的研究之中,曾经使《诗经》研究迸发出一股活跃的生气,然而对马克思主义的肤浅、片面和僵化的理解也严重影响了《诗经》研究的质量。马克思主义哲学的许多概念和范畴被不恰当地运用,这主要表现在不顾中国古代社会历史的真实的、与许多国家特别是西方国家的古代历史有着巨大差异的、具体的社会历史现实,将马克思主义的许多概念和范畴当成僵化的教条,生搬硬套,甚至用庸俗的比附手法去解释《诗经》及其所反映的独具中国特色的社会历史现实,使《诗经》研究的理论指导简单化、教条化,其研究的价值自然也得重新估价。改革开放以来,《诗经》研究进入了一个新时期。冲破了封闭的桎梏,人们开始在马克思主义的正确引导下,用冷静而审慎的眼光重新研究、估价古代的历史和文化遗产,重新研究中国古代的社会历史,并将其成果运用到《诗经》研究当中。但是,近年来《诗经》的研究又出现另一种倾向,即不研究中国古代社会的文化和历史事实,而将西方学者的某些现代文化人类学理论奉为圭臬,与中国上古社会历史作不妥当的比附,并对《诗经》中的许多篇章作随意的割裂和曲解。这样的研究所作出的结论,自然是值得怀疑的。

　　真正的科学研究,除了要有正确的理论指导外,还要求我们充分地占有资料,并用客观冷静的眼光对这些资料进行细致深入的整理、理解和概括,从中得出正确的结论。《诗经》的研究,正需要我们有这样的精神。

　　从汉代至今,《诗经》的研究大约可分为宏观和微观两类。《毛诗序》所说的"正得失、动天地、感鬼神,莫近于《诗》。先王以是经夫妇、成孝敬、厚人伦、美教化、移风俗"等可视为汉儒在当时历史条件下对《诗经》总体精神及社会作用的宏观把握。而各篇的小序和篇章训诂、辩证则是对《诗经》各诗的微观理解。宏观和微观又是相互交织的,微观研究是宏观把握的基础,宏观把握是微观研究的概括和提高。只注重微观部分的研究,便会一叶障目,不见泰山。而宏观的和整体的研究不以微观的和部分的、具体的研究为基础,便会成为空中楼阁,其可靠性也自然会遭到怀疑。就《诗经》微观的、具体的研究而言,比如文字的训诂、名物的考订等,前人的研究已十分细致而深入,余下的大都是聚讼不已、难以确证的了。因为这些疑点的数量有限,从总体上讲并不会对我们全面地理解《诗经》产生太大的影响。笔者才识所限,在这方面不能有所突破,因此在研究方法上选择了前者,即在前人微观研究丰硕成果的基础上,结合周代社会历史和文化对《诗经》作整体的把握和较为宏观的论述。文章所列篇目章节似乎比较具体,但与前人微观的研究相比,仍然是较为宏阔的和提纲挈领式的。文中的有关论述,特别是作为《诗经》研究之理论基础的关于周代社会性质和社会组织状况的论述,吸收了历史学界有关周代社会性质和社会组织状况的最新研究成果。这些成果,虽然不是有关问题的最终结论,却是学者们实事求是、辛勤探索的结晶。前代的历史真实尽管在某种程度上存在于对历史的理解之中,但实际上我们难以做到完全客观地理解前人和前代的历史。对历史的理解并不能随心所欲,但不论任何时候,对历史的理解都与理解者本身的背景相关,它必然要渗入理解者自身某些主观的意识活动。这一点在对感性较强的文学作品的理解上表现得尤为明显。因此,对古代文学作品的研究和解读尤其要求研究者具备严谨的、客观的科学精神。科学理论的背景本身是前人观察和研究的结晶,代表着前人接近客观事实真相的努力,因此这些理论才有了现实的指导意义。笔者采用这些理论并将其用之于《诗经》的研究,也同样代表着笔者探索、接近《诗经》时代历史真相的努力。努力的成效如何,只有让方家和读者去评说了。

历史原本就是复杂的、多重的存在。历史上曾经出现、存在过的各种现象,从来都是相互影响、相互制约的,文艺也不例外。文学的进程,从来都是和民族心理、民族思维及社会历史的发展相联系的。文艺的发展体现着一个民族的活力和创造力,它的每个发展阶段都和它赖以产生的民族成长的阶段相适应,文艺作品的风貌便是这一时期民族精神面貌的感性显现。《诗经》是西周、春秋时期处于孕育、形成中的中华民族的社会文化和精神风貌的结晶,是这一时期特定的政治、经济、文化和思想意识等社会条件交汇的产物。只有从这个角度去理解,我们才能够把握《诗经》中所包含的最为深厚的底蕴。

尽管今天我们通常都将《诗经》视为文学作品,视为"诗",但如果将《诗经》置于西周、春秋时期的具体的历史现实中,我们便会发现当时人们心目中的"诗",无论在概念的深度还是广度上,都与后人所理解的作为文学艺术作品的"诗"有着极大的差别。事实上,尽管《诗经》曾给中国文学艺术的发展以巨大的滋养,但是，无论是先秦引《诗》的诸子，还是汉儒，抑或是后世的儒生学者，都主要将《诗经》当作"经"来看待，而非当作文艺作品的"诗"来看待。在"经夫妇、成孝敬、厚人伦、美教化、移风俗"观念笼罩之下的古代《诗经》研究尽管迂腐板滞，却比文学家之将《诗经》作为文艺作品更接近历史的真实。不管我们是否愿意，在"文的自觉"时代到来之前，《诗经》并不是作为文艺作品，而是作为饱含丰富内容并与其产生之时代的政治、文化紧密相联系的文化典籍而流行的。《诗经》在当时社会政治方面的作用尤其不可忽视，这也是汉儒将《诗经》尊奉为"经"的最为深层的原因。因此，仅仅研究《诗经》的文学艺术性是远远不够的。它是西周、春秋时代中华民族文明发展所凝结的一个完整而生动的文明载体，是西周、春秋社会历史和文化的一面镜子，是那个时代中国文明为我们留下的最完整、最生动的硕果之一。它十分真切地反映了当时人们的生活和思想感情，反映了西周、春秋时期社会生活的各个方面。对《诗经》的理解和研究，正应当从这里开始。

第一章 《诗经》的母体
——西周、春秋社会

一

一定阶段的民族文化，既是该民族在特定历史时期社会政治、经济和思想文化的反映，也是该民族一定阶段民族心理的反映和一定时期民族审美情趣及民族思维状况的反映和积淀。因此，对西周、春秋时期的社会性质、社会组织结构以及经济形态、思想意识、文化发展等方面的认识，直接关系着对《诗经》中各部分篇章的思想主题和内在含义及其文学艺术性的理解和阐释。对西周、春秋社会的史学的理论研究也成为对《诗经》的文学艺术研究的重要理论基础，也是笔者不得不在此辩白的一项工作。

对西周、春秋社会历史的认识，从古至今经历了一个十分曲折而复杂的过程。在古代，尤其是在历史意识虽然形成却由于社会生产力低下而导致人类把握、概括自身历史规律的能力十分低下的上古，是不可能对本民族以往的历史作正确理解和记述的。尽管中国古代史学十分发达，但对中国上古社会历史的歪曲很早便已开始。原始社会时期中原各部族的历史，被经过周人加工的传说和记载所取代。西周、春秋之后，战国时期的儒生们便在《周礼》中描绘出一个令后人向往了几千年的、大一统的、完美无缺而实际上却远非真实的西周王朝。"文武成康"从此成为仁君和治世的代称。秦汉以后,由于史料的极大增加,使我们能够对秦以后的中国历史作出比较切实的结论。而对西周、春秋时期中国社会的认识,却在错误的轨道之上延续了几千年。

五四运动以来,随着西方史学研究方法,特别是马克思主义史学理论的传入,人们开始用全新的眼光去看待、研究中国上古历史,并做出了突出成就。以顾颉刚为代表的古史辨派历史学家,为拨开笼罩在中国上古社会历史之上的重重迷雾做出了卓越的贡献,而郭沫若、范文澜等将马克思主义哲学、史学在历史学领域中成功运用,为当代中国的史学研究带来了一片繁荣,并极大地影响了对中国古代文学艺术,特别是先秦时期文学艺术的研究。可以说,文学史界在研究、分析先秦时期文学艺术作品的时代背景、思想内容及由此出发的对文学作品的理解、阐释等时,是一直为史学界的有关理论所左右的,特别是《诗经》的研究,而其影响最大者,莫过于有关西周、春秋社会性质封建制说和奴隶制说之争论,这种争论直接导源于运用马克思主义的社会发展史论与西周、春秋时期历史实际相结合时所产生的不同理解。以郭沫若为代表的持战国封建说者,将战国以前的夏、商、西周、春秋时期都定为奴隶社会,并将当时的社会阶层简单地划分为奴隶、奴隶主和平民三大阶层,将当时的社会矛盾确定为主要是奴隶和奴隶主两大阶级之间的矛盾,西周、春秋社会被定为发达的奴隶制社会①。甚至原本为西周宗法制家族下层

---

① 参看郭沫若主编:《中国史稿》第1册《奴隶制时代》,人民出版社,1954年,北京。郭沫若《中国古代社会研究》第1章,人民出版社,1954年,北京。田昌五:《中国古代社会断代新论》第2章第3节,人民出版社,1982年12月,北京。

成员的"庶民"也被确定为奴隶身份①。以范文澜、翦伯赞为代表的西周封建说者则认为西周、春秋社会不是发达的奴隶制社会，而是封建领主制社会，是中国封建社会的早期阶段。社会的两大阶级主要是封建贵族领主和封建农奴；社会的主要矛盾也是这两大阶级之间的矛盾。他们从土地制度、劳动者身份、典章制度、意识形态等方面进行了大量的论证②。除了这两派论点之外，关于中国古代社会的历史分期说尚有秦统一封建说、东汉封建说、魏晋封建说甚至北宋封建说等，聚讼纷纭，莫衷一是③。

　　史学界在分歧中争讼，文学史界则在争讼中摇摆，并根据各自的理解写下了许多观点往往截然不同的《诗经》研究著作，史学家有关《诗经》的某些论点则起了先导作用。如《豳风·七月》《魏风·硕鼠》等诗篇，信从战国封建说者将其解释为反映奴隶和奴隶主阶级矛盾斗争的诗篇④；而信从西周封建说者则将这两首诗视为反映农奴和封建领主之间相互矛盾的诗篇。关于《周颂·噫嘻》《臣工》和《魏风·伐檀》《鄘风·相鼠》等诗篇也同样存在着观点截然不同的争论。有的学者还根据西周封建说设计出一整套有关西周、春秋时期经济基础、政治局面、社会制度、生产关系、阶级关系、社会矛盾、生产力水平等方面的理论模式，作为分析、研

---

①田昌五：《中国古代社会断代新论》，人民出版社，1982年，北京，第114页。
②参看范文澜：《中国通史》第1册，人民出版社，1978年，北京。"关于中国历史上的一些问题"，《范文澜历史论文选集》，中国社会科学出版社，1979年，北京。赵光贤：《周代社会辨析》第1章，人民出版社，1980年，北京。
③见田昌五：《中国古代社会断代新论》第2章。刘大杰：《中国文学发展史》第1册，上海古籍出版社，1982年，上海。
④高亨：《〈诗经〉引论》，《诗经研究论文集》，人民文学出版社，1959年，北京。
　杨公骥：《中国文学》第1分册，吉林人民出版社，1980年，长春。

究《诗经》各部分篇章的理论前提,并以这些理论为基础对《诗经》中的许多诗篇作了思想主题之划分①。尽管这些分析在当时就为许多学者所反对,但仍然风行一时,直到今天还有相当的影响。一些《诗经》研究名著,至今还维持着早应该受到怀疑和商榷的观点和影响②。

二

任何有关人类历史和民族文化的理论,都必须结合各个国家和民族自身的具体的实际情况,才能得出与本民族实际历史状况相符合的科学结论。如果我们认真检视有关中国古代社会性质的争论,我们便会发现这些争论中有许多自相矛盾和难以自圆其说的地方。一方面,他们都将马克思、列宁等关于奴隶社会、封建社会的论述作为自己不可动摇的理论指导;另一方面,他们在将这些论述与中国历史相结合的实际运用过程中,却偏偏犯了不实事求是,不顾中国古代社会历史的特殊情况的毛病,用事先设定的、更适合欧洲古代社会的结论去生搬硬套、削足适履地看待中国古代社会,强行作出符合马列有关问题论述的解释,而这样做恰恰违反了马克思主义实事求是的唯物辩证法原理,将马克思主义辩证法的活生生的论述当成了死板的教条。用这种方法去研究中国古代历史和文学史,便必然会产生各种各样的分歧和矛

---

① 高亨:《〈诗经〉引论》,《诗经研究论文集》。杨公骥:《中国文学》第1分册。
② 参看北京中国社会科学院文学研究所:《中国文学史》第1册,人民文学出版社,1992年,北京。游国恩等:《中国文学史》第1册,人民文学出版社,1963年,北京。

盾,各是其所是,各非其所非,众说纷纭,莫衷一是。仅以关于古代社会史的分期标准而言,争论者之间便没有一个相对统一的标准,他们有的以生产关系的发展和变化为标准,有的以阶级斗争的发展为标准,有的以生产方式的变化为基础,以阶级斗争为线索,众口不一,莫知孰是孰非①。

　　世界各民族的历史和文化的发展从来就不是平衡的。当代世界的历史学家们通过自己辛勤的研究已经向人们表明,在工业化社会到来之前,世界各国和各民族"经济技术发展水平与社会—政治结构之间没有紧密的联系"②。发达完善的古希腊、罗马国家让位于落后的野蛮人国家便是范例。即以社会各阶级的分化和产生而言,"在导致社会各阶级的形成过程中,决没有绝对的决定因素。它是依不同的内部和外部的因素而伸缩变化的"③。恩格斯所说的剩余产品的出现是阶级产生的先决条件之一,但远非决定性因素。世界各个民族因地域不同、环境不同、生产力发展水平和社会组织结构不同等而使得他们在进入文明社会时呈现出千变万化的差异。只有在工业社会到来之后,才会在较大范围内带动多个民族和国家同步发展。但即使在今天,当美国、俄罗斯等科技先进的国家早已进入太空时代时,非洲还有许多原始部落,巴布亚新几内亚还生活着使用石器的原始部族。

---

① 参看林甘泉等:《中国古代史分期讨论五十年》,上海人民出版社,1982年,上海。
② 参看 A. M. 哈赞诺夫:《关于早期国家研究的一些理论问题》,《古代世界城邦问题译文集》,时事出版社,1985年,北京,第273页。
③ 同上,第275页。

　　中国上古社会和欧洲上古社会相比较,无论是社会组织,抑或是社会文化、民族的思维方式等都存在着极大的差异。思维方式的差异导致中西文化面貌的巨大差别人们已较熟悉,但社会组织和民族习惯的差异导致中国和西方分别走上不同的民族和社会发展道路却并不为许多人所知晓。马克思主义社会发展史论的原始社会、奴隶社会、封建社会和资本主义社会等社会发展五阶段论正是马克思在总结欧洲古代社会民族发展史之后所得出的正确结论。但在19世纪,中国与西方几乎处于隔绝状态,这使马克思、恩格斯对中国的社会历史和文化缺乏最基本的了解。他们虽然发觉到了中西文化之间的巨大差异,却因材料的缺乏而无法作更进一步的比较,因而在谈到中国或印度等东方国家的社会历史问题时,只能用"东方型"或"亚细亚生产方式"等模糊语言来概括,并且这些概念在马克思的著作中主要用于谈及西亚和中东地区。马克思等关于中国和东方社会论述的空白,今天正需要我们运用马克思主义的唯物辩证法,结合中国古代社会的历史实际去研究和弥补。

　　事实上,"封建"一词本是中国所独有的词汇,其含义更独具中国特色。"封建"一词正产生于周代,它指的是周人在灭商之后为巩固在东方的统治而进行的分派宗族和同盟分镇东方要地的"封邦建国",分封诸侯。它产生于特定的历史时期,更具有特定的历史含义。它既无法指代战国以后以农民和地主为主体的中国古代社会,更与欧洲中世纪社会有着本质的区别。欧洲中世纪的所谓"封建",英文是feudalism,它是指以臣属和提供服务为条件而从土地拥有者手中获得土地使用权的一种特殊社会制度。这种制度与中国的封建制没有可比性,将feudalism和feudal翻译成"采邑制"或"附庸的"可能更合原意,而用带有浓厚中国特色的"封建"一词却很不合适。我们今天仍使用这个词以指代中国古代社会,只是沿用过去几十年的习惯,但在运用时应该明白它的含义的演变和差别。欧洲的 feudalism"起源于蛮人在进行侵略时的军事组织中,而且这种组织只是在征服之后,由于被征服国家内遇到的生产力的影响才发展为现在的封建主义(feudalism)的"①。个体小生产者虽然是欧洲中世纪社会生产的基础,但它真正的政治经济基础却是 feudalism。feudalism 以土地为纽带而建立起领主与附庸之间的主从关系,国王以下的各级大领主将土地作为采邑分封给自己的下属,形成互相依附的领主贵族等级制度,受封者对领主必须宣誓效忠,而且必须为领主尽相当的义务。采邑中的农民与采邑主之间既无血缘关系,也没有多大的人身自由权利,而是被束缚在土地之上,成为被剥削和奴役的对象。将我国西周时期的"封建"制与之相比较,我们可以看出它们相互之间本质上的区别。西周时期的"封建",是建立在血缘宗法制的基础之上,受封诸侯和周王既是有血缘关系的父兄子弟或甥舅姻亲,受封者带往封地的部众也是以同氏族或家族的成员为主体。他们是诸侯的族人而非依附的农民,他们占有的土地也属于家族公有而不属于哪个诸侯或家族长。被征服的土著居民也是以血缘家族为单位的集体形式依附于封建贵族。了解了这种区别,我们便可以明白,西周、春秋时期的中国社会既不是所谓的"奴隶社会",也不是马克思曾经作过大量论述的欧洲中世纪式的"封建(feudalism)"社会。以具有中国文化含义的"封建"(即封邦建国)称之,远比用属于西方文化概念的"奴隶社会"或 feudalism 意义上的"封建"社会称之更为妥当,更符合中国国情。如果实在要找

①《马克思恩格斯选集》第 1 卷,人民出版社,1995 年,北京,第 81 页。

这一时期中国社会的特征,则可以根据当时的实际历史状况称之为宗法家族制封建社会。因为在当时的中国社会占主导地位的(不论是社会结构、生产关系还是思想意识等上层建筑)是父系家长制的血缘宗法家族。战国以后,随着私有制的扩展,父系家长制血缘宗法家族被破坏,社会逐渐分化为占有小块土地的农民和地主两大阶级,并一直延续到清末和民国。但宗法家族制仍一直以各种形式发挥其明显的或潜在的社会作用。直到今天,在中国广大的农村,这种状况依然存在。研究中国古代社会的历史和文化,如果将这个基本的历史事实置之不顾,则这种研究在某种意义上就没有什么价值,因为它既不能说明中国古代社会起初的历史状况和发展规律,也无助于解决今天的许多与之相关的社会问题。同样,文学艺术是产生在现实社会的母体之中的,每一历史阶段的文学艺术,都是该历史阶段人们所创造的社会文化的一部分,是当时社会文化最为直接、最为感性的显现,它并不是孤立存在的。因此,对文学艺术的研究更应该以当时的社会历史现实为基础,《诗经》更不能例外。既然过去数十年历史学家们对西周、春秋社会性质的研究存在不少问题,许多结论不足为据,那么依违于其间的《诗经》研究所得出的许多结论,也就大有商榷的余地了。

<h2 style="text-align:center">三</h2>

如果从人类历史前后发展的形态顺序来考察,则西周、春秋时期的父系家长制血缘宗法封建社会,我们可以称之为早期国家。

所谓早期国家,是指人类历史上的那些最早的原始类型的国家,它是紧接着原始社会的解体而出现的,它标志着人类历史发展的新阶段,"构成了这一地区或那一地区、或长或短的国家发展链条中的第一环"①。它既不同于现代意义上的国家,也不同于发展到更高阶段的古代国家。关于早期国家的特征,由于世界各地各民族具体情况不同,其特点也有较大差异。有的学者曾经列举出早期国家应该具备的七项特征(可具备其中一项或多项)②,也有的学者将人类早期国家的特征概括为"连续性、复杂性和不稳定性"③。后一种概括更符合于中国古代社会的实际情形。所谓连续性,是指早期国家具有从原始社会继承下来的许多特征。"这些连续性可以从该社会的社会成份、从属和剥削的各种形式,在社会生活中继续有重要意义的亲属关系,地方结构与制度的各种类型,以及这些制度的职能作用等当中追溯出来。在早期国家建立之后,许多传统的制度根据新的条件得到一定修改,而不是崩溃或者被废除,这完全可以说是一条普通的规律"④。所谓复杂性,是指"不同形式的依附和剥削关系是同时并存的,其中没有任何一种关系占有明确和绝对的优势。奴隶制、奴役、扈从、纳贡制、强迫劳动、各种税收等等,诸如此类的关系和制度,在早期国家里都是存在的。但这些依附和剥削的形式至少大部分就已存在于前国家时期(指原始社会)"。"在早期国家里,阶级形式没有最后形成,阶级结构还没有稳定,同时社会、经济、法律和其他方

---

① 参看 A. M. 哈赞诺夫:《关于早期国家研究的一些理论问题》,《古代世界城邦问题译文集》。

② 同上。

③ 同上。

④ 同上。

面的等级划分还没有互相协调起来"。"社会结构是最为复杂多样的,统治阶级的不同集团之间彼此是最为分裂独立的"。"这种职能上的划分还经常由种族的、亲属的以及其他形式的划分所补充"①。征服以集团化为主要形式,它使早期国家社会结构的底层变得更加错综复杂。所谓不稳定性是指早期国家代表的是一种正在向前发展的文明。血缘关系逐渐为政治关系、地域关系所取代;血缘世袭制逐渐让位于任命和竞争;统治者和被统治者之间的互惠和密切接触逐渐淡化,阶级的划分日益明显清晰等。当原始社会的残余被大量扬弃,旧的社会特征基本消失,国家政权被强化,并真正矗立于财产关系和地域关系之上的时候,早期国家才成长为真正意义上的国家。而且,早期国家和专制主义并没有必然的联系,君主制、贵族制、民主制等都可能存在。但向专制主义发展却是早期国家的一种普遍趋势。

　　用上述情况来衡量中国古代的夏、商、周三代社会,我们便不难看出,它们都属于早期国家的总体范畴,尽管它们在发展程度上某些地方要较古代两河流域、尼罗河流域、印度河流域为高。夏代的情况今天已很难确切描述。商代国家带有极其明显的原始性已是不容争辩的事实。徐中舒曾经指出,在商代,王位继承的兄终弟及制是"氏族社会在父系确立以前存在过的,后来残留在殷代里"。"王、子不同族,是氏族制还有相当大部分的存在,尚未向宗法制过渡时的情况"②。丁山在对殷墟甲骨文中反映的氏族制度做了大量的研究之后认定,殷商社会仍然停留在氏族制阶

①参看 A. M. 哈赞诺夫:《关于早期国家研究的一些理论问题》,《古代世界城邦问题译文集》。
②徐中舒:《先秦史论稿》,巴蜀书社,1992年,成都,第66、69页。

段,血缘宗法家族制度也在发展之中①。而西周、春秋时期,更明显地带有许多早期国家的原始特征。

四

西周、春秋时期的中国社会有以下几个主要特征:

一、领土国家的概念远未出现。

摩尔根在其名著《古代社会》中曾经指出,血缘关系是氏族社会的基础,而地域关系才是政治社会的基础,后者是真正的在以地域划分居民的领土国家出现之后才会存在的社会现象。探究历史之事实,在商、周时期,存在于中国大地上的多个政权组织都远未以地域关系的形式出现。中国古代和近现代的史学界长期将西周政权视为一个统一的王朝,将其与后世的领土国家等量齐观,是一个严重的错误。殷商时期,商人只直接控制着殷墟周围的狭小地区,对分布于其他地区的部族或氏族政权,商人主要采取部落联盟的形式,而绝非直接的行政统治②。这种状况在中国历史上一直延续到西周晚期。仔细研究夏、商、周三代国家形态的发展,便可以发现它们都呈现一种明显的点和面的区分。“夏代的点便是文献所记载的那些夏都,商代后期的点最主要的有安阳的大邑商、沁阳田猎区的衣和商丘的商;西周的点有丰镐、成周及各诸侯国所在的大邑等。点与点之间存在着广大的面。”“点就

---

① 丁山:《甲骨文所见氏族及其制度》,中华书局,1988 年,北京,第 54—56 页。
② 徐中舒:《先秦史论稿》附“《中国史稿》第一册批语”,第 354—355 页。

是国,面就是野"①。这种局面的形成经历了漫长的过程。《诗经》中的许多诗篇所提到的"国",实际是指周原的旧都、丰镐、雒邑和各诸侯国所在的城邑。如《大雅·民劳》一、二、四、五章的"惠此中国"是指周京;《邶风·击鼓》中的"土国城漕"之"国"是指卫君所在的大邑。《说文·囗部》:"国,邦也。"而《邑部》又曰:"邦,国也。"邦、国互训。又"国"从囗从或,"囗,回也,像回帀之形。"帀意为周,囗实际像围成圈的围墙,即城墙。又《说文·戈部》曰:"或,邦也。"或、国通用。因此,所谓"国",均指周王或诸侯率领宗族所聚居的带有围墙的城邑。从考古发掘材料看,"国"中不仅有居住区,还有手工业区、墓葬区等,一旦发生战争,在"国"内即可自给自足。正因为这一点,"国"还可以用来指非周族的其他部族所修筑、居住的城邑,而并非是后世领土意义上的"国"。直到春秋时期,"国"的含义仍然如此。如《左传》隐公五年(前718),郑人以王师会邾人伐宋,"入其郛",宋求救于鲁。"公闻其入郛也,将救之,问于使者曰:'师何及?'对曰:'未及国。'"鲁隐公因宋国使者不以实告,即怒而不救。"郛"指城的外郭,这里的"国"即指宋君所在的城郭。"国"又常被称为"邑"或"邦"。《大雅·皇矣》之"敢距大邦"即此。周代人将自己居住的城邑称为"国",城邑以外的地区则统称为"野",这其中便包括了非周族的土著或其他族人所聚居的城邑和村落。《郑风·叔于田》云:"叔适野,巷无服马。"《邶风·燕燕》云:"之子于归,远送于野。"《陈风·株林》:"驾我乘马,说于株野。"《小雅·鸿雁》:"之子于征,劬

①赵世超:《周代国野制度研究》第一章,陕西人民出版社,1991年,西安,第5页。本书以下关于周代"国""野"关系论述之要点,均取自赵世超先生在该书中的研究成果。因篇幅所限,不一一注明。

劳于野。"《我行其野》云:"我行其野,蔽芾其樗。"《大雅·大明》
云:"牧野洋洋。"这些"野",都指的是"国"以外的荒远广大之地。
在西周时期,"国"的范围都非常狭小。春秋时期,齐国因扩张而
灭遂、灭谭、迁纪。以今天考之,遂国在今山东宁阳县西北,谭国
在今济南市东南,纪国在今寿光市南,距齐都营丘都非常近。鲁
国的邻国之中,邾国初在今曲阜东南,后迁至今邹县,与曲阜相距
仍不过数十里;滕、薛、郳三国皆在今滕州市境内,莱国在今大汶
河北岸,距鲁国亦不过百里之遥。晋国在春秋前后曾五次迁都,
而所迁之地均在平阳(今山西临汾西南)四周一百余里的范围之
内。齐、鲁、晋等国都是西周初年的"大封",而且又经过了西周数
百年的发展尚且如此,其余小国则更可推知。所以,《孟子·公孙
丑》云"王不待大,汤以七十里,文王以百里",《告子下》"周公之封
于鲁,为方百里也;……太公之封于齐也,亦为方百里也",《史
记·汉兴以来诸侯王年表》谓周初封国"同姓五十五,地上不过百
里,下三十里",《史记·十二诸侯年表》谓"齐、晋、秦、楚,其在成
周甚微,封或百里,或五十里"等记载,与历史实际均相距不远。
从今天所发现的金文材料来看,一些同姓诸侯或异姓方伯皆在王
都附近立国,但他们并不是王畿之内的采邑。因此,所谓的周王
朝,不过是由遍布于中原各地的同姓、异姓诸侯所代表的众点所
拱卫的松散的政治联合体,远未形成具有完整领土和边界的大一
统的成熟国家。当然,点与点之间,即周王与各诸侯之间是有比
较紧密的联系的,这条联系的纽带便是血缘宗法制度及由此而延
伸出的权利和义务。在金文、《尚书》和《诗经》中,国、王国、我国、
内国、中国、周、成周、周邦、我邦、大邦等与四方、鬼方、徐方、东
夷、南夷、南淮夷、南邦、南国、蛮荆等相对。周王(天子)宅于中

国,为"万邦之方,下民之王"①;同姓或异姓诸侯则于各地"奄受北国"②、"式是南邦"③。在周王这个周人联盟共主的统帅下,周人及其同盟占据着中原地区开发较早的肥沃之地。"国",即散布于各地的点,已成为控制"野"或面的基地。当然,周人对在野部族的控制,即"国"对"野"的控制也经历了十分漫长的历程。西周初年,南夷、东夷、淮夷等"敢伐内国,陷虐我土"。齐太公始之国,便有"莱侯来伐,与之争营丘"④、"鲁侯伯禽宅曲阜,徐夷并兴,东郊不开"⑤。西周末年,宗周为居于骊山(今陕西临潼境)之骊戎所灭;獫狁曾多次侵至宗周附近。直至春秋中后期,中原大地尚为华夏诸族与蛮、夷、戎、狄杂居之地。作为周人大国的卫,尚为狄人所灭;蛮荆之楚更成为华夏诸侯的莫大威胁。所以,《周礼》所记载的"体国经野,设官分职",秩序井然、等级分明的周王朝,不过是后世儒生的梦想。

二、"国"与"野"的居民成分十分复杂。

这是与当时的社会现实状况相适应的。周人及其同盟所占据和直接控制的只是中原地区那些最早开发的小块地区,"野"中则有大量非周族居民。这些"国"或点大都开发时间较早,先后有多个部族在这些点上居住,并相互反复征服、争斗。如周之灭商而攘夺其地,而在商人之前又有夏人居住过,如晋南地区。又如

――――――――――――――

①《诗经·大雅·皇矣》。
②《诗经·大雅·韩奕》。
③《诗经·大雅·崧高》。
④《史记·齐太公世家》。
⑤《尚书·费誓·序》。

曹之城邑,商代已经建立,其名号见于甲骨文中。卫地原是"颛顼
之虚",夏、商时期豕韦之国之所在,周人又继起而占据之。由于
这些历史的和社会的原因,"国"和"野"的居民便十分复杂。据专
家们的分析,西周时期的"国"中居民大致包括"周天子及诸侯国
君的族人,执役于官府或贵族家中的奴隶,为贵族直接消费服务
的工商,和某些被征服者的家族。在天子、诸侯的族人及被征服
者的家族中,都含有作为下层族众的农民"①。"国"中居民的核
心,便是所谓"国人",而并不包括所有的"国"中居民。"国人"包
括了士、工、商、被称为"小人"的"国"中农民(士之隶子弟)、舆人、
部分被融合的殷人贵族等,而在高级贵族统率下的作为职业武士
存在的中低级贵族"士"又是"国人"的核心②。西周、春秋时期,
"国人"在当时的政治生活中有举足轻重的地位,是一个有特殊地
位的政治集团。"国之盛衰、胜败,国君及执政之安否,贵族之能
否保其宗族及兴盛,几悉决定于'国人'"③。这类例子在《左传》中
举不胜举。《诗经》中也反复提到"国人",如《曹风·鸤鸠》"淑人君
子,正是国人。正是国人,胡不万年"等。在西周早期,卿大夫一级
的贵族似乎也曾属于"国人"之列。但西周中期以后,周人贵族之间
的等级差别向极端政治化方面发展,作为大家族家族长的卿大夫
与其他亲族成员之间逐渐形成较为严格的君臣隶属关系,从而使
自己从"国人"中分离出来并凌驾于普通"国人"之上④。作为"国

---

① 童书业:《春秋左传研究》"释'国人'",上海人民出版社,1980 年,上海。赵
　世超:《周代国野制度研究》第二章,第 33 页。
② 童书业:《春秋左传研究》"释'国人'"。
③ 童书业:《春秋左传研究》"释'国人'"。
④ 参看赵世超:《周代国野制度研究》第二章。童书业:《春秋左传研究》"释
　'国人'"。

人"核心的士是王朝和各诸侯国军队的骨干,肩负"执干戈以卫社稷"之重任。"同时,对上与国君或大夫有较近的血缘关系,从而也享有较多的政治经济权益,对下又是基层的家族长,可以支配其子弟"①。"国人能够纳君、出君、逐君、弑君",能够决定执政的命运,具有议政、"咎公"的自由。每遇大事,国君需询问之以定可否。贵族在其内部的斗争中也需求得"国人"的支持才能胜利。"国人"(实际上是士)的这种政治权力,显然源自原始社会氏族制时代的民主制度。

"野"中居民的成分更为复杂。首先是所谓"亡王之后",即那些比周人,甚至比商人还要早的居住于中原大地之上的古老部族。他们包括了夏人、商人和其他古老部族的后裔。他们与作为征服者的周人建立起世代的臣属关系,既要以集体的形式为贵族提供劳役等服务,又在自己的小居邑内合族而居。其见于文献者,如《大雅·皇矣》一诗提到的"密";《文王有声》提到的为周人所灭的"崇";《尚书·西伯戡黎》中的"黎";甲骨文中出现过的居于黄河下游平原的冉、曹,居于山东的薄姑氏等。其次是蛮、夷、戎、狄,即那些未被周人征服的,早已居于中原或逐步迁入的部族,他们具有相当的数量,武力也较强大。从西周至春秋晚期,蛮、夷、戎、狄多在中土而介居于周人诸侯国之间,从丰镐周围到大河上下,几无处不在。如丰京、镐京附近的薰育、犬戎、骊戎、大原之戎;西周晚期迁入雒邑附近的杨、拒、泉、皋、伊、洛之戎;晋南地区的条戎、奔戎、丽土之戎、北戎、赤狄;长江流域的群蛮;淮河下游的群舒;山东南部的东夷、北部的长狄等。他们大部分在经济、文化上比较落后,与周人及其同盟部族长期处于敌对状态,是

---

① 赵世超:《西周国野制度研究》第二章,第60页。

周人武力征伐的对象,也是华夏诸族的主要威胁。此外,就是那些"流裔之民"等,即部族成员中那些被判有罪而被流放、驱逐者①。

三、宗法家族制在社会上占主导地位。

在周人内部,血缘宗法等级制度始终占主导地位,但随着历史的发展,政治关系化的趋势日益明显,地缘关系也开始发展。周人东征灭殷及分封,是以血缘宗法家族为主体。"周"字既为地名,又是族名。西周最高统治者称"王"。"王"在甲骨文中作"土",像斧钺之锋刃向下,表示征伐之权。所以,"王"的本义为部落军事首长,故周人之外的其他部落军事首领也称"王"。周初,诸侯之显耀者皆称"公","公"通翁,翁为父称,即家族之长②。所以,诸侯国君是由家族长演化而来。周人崇拜先王,崇拜上帝,二者的结合,既为王权涂上了一层神秘的色彩,又为保留氏族制遗绪提供了依据。正是在这种观念形态之下,周人将其氏族组织未经彻底破坏而改变成为符合现实需要的政权机关,并随着诸侯的分封而将其推广于东方。侯外庐先生将其称之为"维新"③。周人东征及其分封,都是以家族为主体的,"以同姓宗亲为主要支柱,以家族宗法制度为政治之本"④。故周初分封,首重同姓,有血缘关系者,即王之父兄子弟占有绝对优势。《左传》昭公二十六年(前516年)云:

①参看赵世超:《周代国野制度研究》第二章。童书业:《春秋左传研究》"释'国人'"。
②徐中舒:《先秦史论稿》附"《中国史稿》第一册批语",第365页。
③侯外庐主编:《中国思想通史》第一卷上篇第四章,人民出版社,1957年,北京。
④同上。

　　　　昔武王克殷,成王靖四方,康王息民,并建母弟,以蕃屏
　　　周,亦曰:"吾无专享文、武之功,且为后人之迷败倾覆而溺入
　　　于难,则振救之。"

正道出了血缘分封的真实目的。又昭公二十八年(前514年)云:

　　　　昔武王克商,光有天下,其兄弟之国者十有五人,姬姓之
　　　国者四十人,皆举亲也。

　　在王室和公室政权中,垄断各种公职的也主要是王、公的族
人,到春秋时仍然如此。当时虽然也用异族,如《大雅·文王》所
言"殷士肤敏,裸将于京";《史墙盘》所载殷商贵族微子启之后的
微史家族在周室世代任史官等,但毕竟是少数。周人的宗法制度
即是由血缘关系引申而来。在宗法制下,从周王到诸侯到卿大
夫,依次在一定范围内集族权、政权于一身。下级贵族乃至普通
国人,则按血缘关系的亲疏而划分出严格的等级。异姓贵族用婚
姻串联起来,形成甥舅亲戚关系。与宗法分封制相辅而行的是世
族世官制度。家族长以家族代表身份参与王朝和诸侯国之政治,
使王朝和诸侯国成为分级的家族联合体。家族长在世代担任王
朝卿士和诸侯卿大夫的同时,又世代领有从王或诸侯和上一级贵
族那里赐得的族人和土地附庸。所得土地、民人之多少与其所任
职位相应,同时又按其地位为宗子或王室担负军事和政治任务。
因此,家族长不但代表家族而拥有土地、民人,大的家族还拥有自
己的家族武装。家族在通过世族世官并从王朝或诸侯那里得到
土地和民人之同时,也确立起对王朝或诸侯的世代臣属关系。血
缘宗法制度的实施,又使这种关系更加紧密和牢固,使宗法中的
小宗依次成为大宗的拱卫者。周王既是天下周人的共主,又是天
下周人的大宗。血缘关系在这里被巧妙地运用为维护政治安定
和等级制度的工具。宗法制在规定了人们上下等级关系的同时,

也规定了人们按亲疏远近所要担负的义务和权利,此即师旷所谓的"有君而为之贰,使师保之,勿使过度。是故天子有公,诸侯有卿,卿置侧室,大夫有贰宗,士有朋友,庶人、工、商、皂、隶、牧、圉皆有亲昵,以相辅佐也。善则赏之,过则匡之,患则救之,失则革之。自王以下各有父兄子弟以补察其政,史为书,瞽为诗,工诵箴谏,大夫规晦,士传言,庶人谤,商旅于市,百工献艺"①。代表家族参政的贵族可以监护君权,卿大夫可以"补察其政",普通国人也可以发表政治见解,或动用舆论褒贬当政。因此,周人的权力机关只不过是周人氏族制机关在新形势下的变种。不仅"国人"普遍生活在家族组织之中,居于"国"和居于"野"的被征服部族也普遍保持着家族组织,《左传》定公四年(前506)载周初之分封,分鲁以殷民六族,分卫以殷民七族,皆"帅其宗氏,辑其分族,将其类丑,以法则周公,用即命于周"。徐中舒称殷商和西周时期的这种现象为"部落联盟"或"部族联盟",无疑是有道理的。西周、春秋时期常见的"百姓",便是"百官族姓",是与王、公具有大小宗统关系的家族长。在宗法制下,王、公各以大宗的身份君临天下或侯国;卿、大夫以大宗的身份君临其下属的宗族分支;士则君临其所隶之子弟,全社会形成一个金字塔型的等级阶级结构。处在金字塔最底层的自然是被征服之部族中最下层的"庶民""庶人",贵族家内奴隶和周人宗族中最疏远的"劳力"的皂、隶、牧、圉等。另一方面,虽然周人的社会结构有着浓厚的氏族制遗存,但因居于"国"中者并不仅是姬姓周族或姜姓周族,而包括了其他族姓在内,聚居的贵族家族在居住空间上也有相互错列的现象,所以西周时期"国"中便有了"里"的划分和"里君"的设置。而且随着分

①《左传》襄公十四年。

封和诸侯国的建立,周王室和各公室已事实上演变为带有公共性质的国家政权,因此建国置里标志着政治和地缘关系的出现并开始在"国人"中发挥作用。当然,终西周之世直至春秋中期,这种作用一直是十分微弱的。王室和诸侯国真正的政治经济实体,是宗法制统帅下的等级不同的大大小小的父家长制家族。即使在那些居于"野"的已经建立起国家的少数部族中,其氏族组织也依然有迹可寻①。

四、家庭公有制占主导地位,私有制的发展极不完备。

在西周、春秋时期,虽然有奴隶制和某种程度上的私有制的存在,周族人内部已经出现了分化,但直到春秋晚期,完整的私有制形态仍未形成。在西周分封的"授民授疆土"中,受封者所得到的只是土地的占有权、使用权或收益权。在"国人"当中,氏族制度及其影响继续存在,土地原则上仍归氏族公有。作为氏族共同体的最高代表人,周王还可以将已分封的土地收回而转赐他人。《小雅·北山》一诗中所说的"溥天之下,莫非王土;率土之滨,莫非王臣",正反映当时的贵族思想上还保留着强烈的土地属氏族所有的观念。同执行封赏者一样,接受封赏者也都不是孤立存在的个人,而是各家族之家族长,代表着各自的家族去受取土地和民人。尽管他们有专制的父权,又担任公职,在某种程度上可以凌驾于家族全体族众之上,但宗法血缘关系的纽带作用又使他们同家族紧紧联系在一起。各种史料证明,西周时期的贵族与族人大都采取聚居的形式,尽管其亲属组织发展到一定的规模时会衍

---

① 赵世超:《周代国野制度研究》第二章。童书业:《春秋左传研究》"释'国人'"。

化出若干小宗分支,但他们仍同大宗之间保持着严格的宗法关系,聚居的家族同时也是一个政治经济的综合体,它包含有一个本家主干与几个血缘关系较近的旁系分支家族,世代聚居。家族拥有自己的土地(受赐于王或诸侯等)和财产,祭祀共同的祖先,死后还要埋葬在共同的墓地,实行族葬①。家族既是普通家族成员生活的依靠,也是贵族们处世立身之依靠。家族长在有支配家族成员权力的同时,还负有恤族、收族的责任。由贵族在王室或公室等担任公职而获得的土地也属于家族全体,而不属于贵族个人。诸侯、大夫、士是各级家族长,子孙则泛指贵族的同族子弟后代。"公食贡,大夫食邑,士食田,庶人食力"②,只是反映庶人不担任公职。当大夫、士奔走于王家或公室,"日恪位著以儆其官"时,庶人则要"力于农穑"以供其上。这中间虽有剥削,却也源于家长对子女、亲属的支配权和族内分工,而并非出自土地私有制。青铜器铭文中记载的土地交换,如《格伯簋》《曶鼎》《矢人盘》《卫盉》《五祀卫鼎》等,从各种情况看,皆是贵族对家族公有土地占有权和使用权的交换或出让,而并非私人之间的交易。只是到西周后期和春秋以后,贵族对土地的控制和占有才逐渐深化,使一部分"国人"失去土地。但终春秋之世,土地私有仍未在社会中占主导地位③。与西周时期相比,春秋时期新出现的因素主要是在聚居的宗族内,小宗族成为相对独立的经济单位,经济剥削形式发

---

① 参看朱凤瀚:《商周家族形态研究》第一、二章,天津古籍出版社,1990 年,天津。

② 《国语·晋语四》。

③ 参看赵世超:《周代国野制度研究》第三章。

生一些变化,旧的财产公有的占有形式在逐渐破坏之中①。因此,"西周的农业劳动是在家长的领导下,由长子、长子以下的兄弟们、血缘关系稍远的叔伯兄弟、众多的子侄及家内奴隶共同参加,集体进行的"②,并不存在什么个体农业劳动者。

　　《诗经》中的许多篇章对当时周人的家族聚居和集体劳动等有较多的反映。如《周颂》中的《载芟》《良耜》《噫嘻》《臣工》等篇,《载芟》云:"载芟载柞,其耕泽泽。千耦其耘,徂隰徂畛。"《噫嘻》云:"噫嘻成王,既昭假尔。率时农夫,播厥百谷。骏发尔私,终三十里。亦服尔耕,十千维耦。"粗略地勾勒出集体劳动的宏大场面。《载芟》又云:"侯主侯伯,侯亚侯旅,侯彊侯以。"《毛传》曰:"主,家长也;伯,长子也;亚,仲叔也;旅,子弟也;彊,强力也;以,用也。"《孔疏》云:"其耘之时,或往之隰,或往之畛;其所往之人,维为主之家长,维处伯之长子,维次长之仲叔,维众之子弟,维强力之兼士,维所以佣赁之人。此等俱往畛隰,芸除草木,尽家之众,皆服作劳。"孔氏云"维所以佣赁之人",是以唐代情形推测上古。而郭沫若将主、伯、亚、旅说成是王、公、卿、大夫等各级贵族,原本就没有多少依据③。《良耜》一诗云:"茶蓼朽止,黍稷茂止。获之挃挃,积之栗栗。其崇如墉,其比如栉。以开百室,百室盈止,妇子宁止。"《郑笺》云:"百室,一族也。……其已治之,则百家开户纳之。千耦其耘,辈作尚众也。一族同时纳谷,亲亲也。百室者,出必共洫间而作,入必共族中而居,又有祭酺合醵之欢。"这首诗正系统地描绘了家族集体从耕耘到收获以至祭祖庆丰收的

————————
①参看赵世超:《周代国野制度研究》第三章。
②同上。
③郭沫若:《青铜时代》,科学出版社,1962年,北京。

全过程。《小雅》中的《甫田》《大田》两首诗是歌颂西周贵族封土之上的农业劳动情形的,其地点属王畿地区。《甫田》诗云:"倬彼甫田,岁取十千。我取其陈,食我农人。""我田既臧,农夫之庆。""琴瑟击鼓,以御田祖,以祈甘雨,以介我稷黍,以穀我士女。""曾孙来止,以其妇子,馌彼南亩,田畯至喜。……禾易长亩,终善且有。曾孙不怒,农夫克敏。"《大田》一诗与此诗相类,它们描写的是小宗分支的"农人"即普通族众集体前去助耕"宗子"(即曾孙)所领有的"公田"之情形。直到新中国成立之前,四川西昌彝族地区还存在着类似的制度①。而助耕公田,即家族分支助耕宗子领有的公田,在先秦时期曾长期实行过。《大田》诗中的"雨我公田,遂及我私"一句诗中的"私",是指家族小分支所领有的属于家族公有的田地,而不是什么属于农夫个体劳动者私人的田地。直到战国晚期私有制已经较为发达,当时的人们也未将"私"视为个体劳动者的私田②。土地属于公有的观念在古代中国是如此深入人心。以至战国的儒生将这已逝去的历史追记入《周礼》中。而到西汉末年王莽在实行改制之时,还要不顾社会现实,宣布天下之田皆为"王田",削多济少,以图挽救当时的社会危机③。《礼记》力倡的"天下为公"也不能不说与西周时期的社会现实有关。家族集体制的解体是从春秋晚期开始的,此时才出现少数的个体

---

① 胡庆钧:《凉山彝族奴隶社会》第四章,人民出版社,1982年,北京,第113页。
② 《吕氏春秋·务本》:"《诗》云:'有晻凄凄,兴雨祁祁。雨我公田,遂及我私。'三王之佐,皆能以公及其私矣。"以"私"为贵族之"私"家。
③ 《汉书》卷九九中《王莽传》:"今更名天下田曰'王田',奴婢曰'私属',皆不得卖买。其量口不盈八,而田过一井者,分余田予九族邻里乡党。故无田,今当受田者,如制度。敢有非井田圣制,无法惑众者,投诸四裔,以御魑魅。如皇始祖考虞帝故事。"

劳动者。但直到战国以后,中国社会才真正进入以个体劳动者为
主的时代。

《诗经》中还有另外一些诗也是反映当时贵族统帅下的家族
生活的。如《豳风·七月》的作者也是一个大家族长式的人物。
他以自得的口吻描写了以农业为生活基础的家族族众即农夫们
一年四季的劳动和生活情况。诗中"同我妇子,馌彼南亩,田畯至
喜"之句同于《小雅·大田》和《甫田》。"嗟我妇子,曰为改岁,入
此室处"和"采荼薪樗,食我农夫"等句,类于《甫田》之"我取其陈,
食我农人""以介我稷黍,以穀我士女"等句。而《七月》诗中的"二
之日其同,载缵武功。言私其豵,献豜于公""为此春酒,以介眉
寿"和"朋酒斯享,曰杀羔羊。跻彼公堂,称彼兕觥,万寿无疆",则
典型地向我们展示了贵族家族长率领、指挥下的西周普通农民族
众(同族和异族都有)的生活。我们可以分析此诗的阶级性,但将
此诗说成是反映封建农奴反抗压迫、剥削的诗篇,或者说是农夫
所作,是没有什么根据的。而《楚茨》一诗是典型的描写西周贵族
家族祭祀先祖活动的诗歌。诗中详尽地描绘了祭祖的各种礼仪
过程之后写道:"礼仪既备,钟鼓既戒。孝孙徂位,工祝致告";"鼓
钟送尸,神保聿归。诸宰君妇,废彻不迟。诸父兄弟,备言燕私。"
这里的"孝孙"(主祭者)即家族长,亦即宗子,如果是周王,则周王
同样是这种身份;"君妇"是宗子之妻,"诸父"是主祭者的父辈如
伯父、叔父等,虽不主祭,但代表着大宗下的诸小宗;"兄弟"则是
主祭者的同辈亲属。正因为家族在贵族和族众的生活中如此之
重要,所以与宗法家族生活相关的兄弟之情、朋友(亦指同族兄
弟)之情等在《诗经》中受到了反复的歌颂。如《小雅》中的《常棣》
和《伐木》等。虽然歌颂"兄弟"之情还有些别的原因,但家族是族
众、同时也是贵族立身处世的依靠却是这一类诗歌最基本的生活

基础。《小雅·頍弁》一诗还将人与家族的关系比喻为女萝之附于松柏。诗云:"尔酒既旨,尔殽既嘉。岂伊异人?兄弟匪他。茑与女萝,施于松柏。"朱熹《诗集传》云:"言茑萝施于木上,以比兄弟宗戚缠绵依附之意。"金文中反映的有关情形也不胜枚举。

五、社会阶级、集团关系松散、复杂多样。

从西周至春秋晚期,社会和阶级关系一直处在复杂的变动时期。

第一,周王与诸侯及贵族之间的关系。专家们的有关研究表明,西周时期的封建诸侯(从成王至宣王),在赐予贵族土地的同时,即确立起世官世族之制。不论是周王赐土地民人(族众及被征服者之家族等)于诸侯,还是卿、大夫受土地民人于诸侯,抑或是家臣受土地民人于卿大夫等上级贵族,土地的赐予皆为其家族的繁衍生息提供了可能,故接受土地者和赐予者无论是否有亲族关系(异姓和家臣往往没有),皆构成政治上绝对服从的臣、主关系[1]。世族由于与世官制相应,故只要族长能守住其世袭的官职,就能保住其家族土地和民人。也正因为这一点,世族的强宗可以延续达数百年之久。如前文曾略加提及,聚居的贵族家族是财产共有,"家族经济的主管权归于大宗,由大宗通过家臣实现对直接生产者的管理,诸小宗分支在生活上虽相对独立,但并非是独立的经济单位"[2]。周王本人所在的家族,即王族,或称"王家",是一个以低层次的王族(即较小的王族宗族分支)为核心的、含有百工、臣妾在内的政治、经济共同体。与贵族之家臣多为贵

---

① 参看朱凤瀚:《商周家族形态研究》第二章第三、四节。
② 朱凤瀚:《商周家族形态研究》,第349页。

族私属不同,"王家"的家臣实即王朝中的卿士等,他们多是王畿
内的高级贵族,也有王畿之外的诸侯。他们在领受封土和民人的
同时,世代在王朝之中供职,如西周前期的周氏、召氏、毕氏,西周
中期的毛氏、井氏、虢叔,西周晚期重又得宠的召氏,及毛氏、虢季
氏、荣氏、南宫氏,还有春秋时期的周公、刘公等。王室有自己独
立的经济,与贵族家族一般不发生直接的经济联系。但在严格的
宗法制度之下,周王对诸侯和贵族在政治上有"正班爵之义,帅长
幼之序,训上下之则"之权,在经济上有"制财用之节"的权力①。
诸侯要定期向周王纳贡,"天子班贡,轻重以列,列尊贡重"②。除
了经济上的职贡以外,诸侯还要为周天子担负一定的军事义务。
在周初,领有封土的诸侯所建立的以亲族成员为骨干的家族武装
曾经是诸侯巩固封土和在周王率领下向四周展开扩张的主力。
至晚在康王时,周王朝已正式建立起具有相当规模的宿卫军式的
常设军事武装,即《尚书》和金文中常见的"西六师"和"东八师"
("成周八师")。但从金文来看,贵族家族武装仍常被动用于周人
的扩张和征伐外族(如猃狁)的战争。西周晚期,随着"西六师"
"东八师"等王朝军事力量的衰弱,诸侯贵族的家族亲军重又作为
主力而被动用,此即鲁叔孙穆子所说的"天子作师,公帅之,以征
不德。元侯作师,卿帅之,以承天子"③。在外敌威胁加重的情况
下,周王与诸侯之间的臣、主关系得到了新的加强。但王朝军事力
量的衰落和经过西周数百年休养生息而发展起来的贵族武装的膨
胀,为王室衰微和春秋以后诸侯力量的兴起埋下了伏笔。但终西周

①《国语·鲁语上》。
②《左传》昭公十三年。
③《国语·鲁语下》。

之世,王室和诸侯之间始终是相互依靠的,这除了宗法血缘的传统原因之外,外敌入侵的频繁也促使双方都努力维持这种关系以保护自己。直至春秋中晚期,周王室仍然是华夏诸侯的共主。在作于西周晚期的"变雅"诗中,我们便可以看到这种强烈的思想倾向。

第二,周族人内部相互之间的权力和义务也值得我们注意。根据现有的史料来看,居于"国"中的家族长们握有支配子女、亲属和家族财产的权力,家族财产包括属家族公有的土地、器用、财赂和臣妾等。因此,家族内部存在着家长制的奴役和剥削。此外,由于政治关系和宗法关系的双重制约,所有的家族又以不同的形式分别从属于王室或公室,并尽其"赋""事""贡"等职责。"贡"自然指向王室或公室提供土产或制成品,如《左传》襄公十年(前563)记王室卿士伯舆属大夫瑕禽之语云:"昔平王东迁,吾七姓从王,牲用备具,王赖之,而赐之骍旄之盟,曰:'世世无失职。'""赋"是士及其子弟自备干戈、甲胄、糗粮等以卫社稷,服兵役或劳役①。"事"初指各家族的家长作为下级贵族"奔走于王家""奔走于公家",后来变成剥削性质的劳役,尤其是对下层国人,而有些"事"逐渐演变成政府官职。《左传》和《国语》都记载有大量各种身份的人执各种劳役的事例。而在《诗经》的诸多篇章中对下级贵族之从"事"有许多反映。

第三,周族人与在"野"之部族或土著居民的关系也复杂多样。对那些自然成长起来的部族国家如陈、祝等,周王都加以封号,承认其地位。陈国与华夏诸国在春秋时期几形同一体,连其

---

① 参看《尚书·费誓》:"善敕乃甲胄,敿乃干,无敢不吊。备乃弓矢,锻乃戈矛,砺乃锋刃,无敢不善。"

诗也被收入了《诗经》之中。"亡国之余"的宋,也自称"我于周为客"①,在春秋时期与华夏诸国同存共荣。许多殷人的家族不仅成为卫、鲁等诸侯国"国人"的重要组成部分,有的家族还成为世族而在王室保有相当的地位,如前文所谈的著名的微史家族,及居于成周的"殷遗民"中世代保持较高地位的"先"族家族等。在整个西周时期,他们始终保持着自己旧有的氏族名号和礼俗,而且有相当强的经济实力②。对孤立分散的"野"中部族,周人也并非一概诉诸武力,何况当时周人的武力也极其有限。因此,周人对"野"中部族更多的是采用使其提供贡品或劳役而成为周人附庸的形式。如《大雅·崧高》一诗记申伯之定其国于谢之事。诗云:"王命申伯,式是南邦,因是谢人,以作尔庸。"《韩奕》一诗也有相类似的内容。金文中的有关材料更多。周人对作为附庸的"野"中部族的控制是集团性的,即使其保持原有的家族宗族体系,而通过控制在"野"部族血缘集团的首领以达到控制的目的。西周青铜器铭文中大量出现的"伯"字正是这类人物。分封诸侯或贵族时,作为附庸的部族往往连土地带民人一起被赐予和转让。赐人以族为单位,并先言及"伯"。如《大克鼎》中的"赐女井、遣、瀠人儡,赐女井奔于鄷"等。所谓"人"并不是单个的人,而皆指部族中的家族集团。在血缘关系保留浓厚的西周时期,这也是一种必然出现的方式。因此我们看到,周人对当时大量存在于"野"中之部族或取其职贡,或"灭国而不绝祀",而实行一种松散的羁縻政策。如《尚书·多方》便是对这些部族首领的告诫之辞:"自作不和,尔惟和哉。尔室不睦,尔惟和哉。尔邑克明,尔惟克

---

①《左传》昭公二十五年。
②参看朱凤瀚:《商周家族形态研究》第二章第二节。

勤乃事。"等等。也正因为血缘族团的大量存在,使得"国"中贵族难于超越族团而对个人实行直接的人身强制(被征伐拆散的部族成员除外),众多的"野"人也因此免于落入典型奴隶的悲惨境地。而战国以后,由于血缘家族的解散,使相当一部分下层族众失去保护而沦为奴隶,从而导致奴隶的大量增加。

六、生产力水平低下。

虽然殷周时代是我国青铜艺术最为发达的时期,但当时铜的产量仍然极其有限,而且多集中于南方的荆楚一带①。青铜器首先用来制作祭器,因为祭器是王权的象征,是沟通人神的工具,同时也是部族和家族内部等级和地位的象征,因此它在当时人们的生活中占有极其重要的地位。直到春秋时期,各国用于祭祀的青铜祭器如鼎等,仍然被视为"国之重器",灭国迁鼎,先祖及神灵绝而不祀被人们视为最惨痛之事。而禹铸"九鼎"的悠久历史传说也说明了祭祀及祭器的重要性。考古发现的周代青铜器中,祭祀之器占了绝大多数。当时的许多战争都与掠夺制造祭器用的青铜原料有关②。

青铜的第二个主要用途是制造兵器,所谓"国之大事,在祀与戎"。对先祖和神灵的祭祀是在向先祖和神灵祈求福佑的同时表示本部族或家族的真实存在,制造武器则是为求得部族的生存而斗争。就当时的社会环境而言,从西周到春秋,中原地区仍然是

---

① 参看《兮甲盘》《大克鼎》《周公簋》等铭文。见唐兰:《西周青铜器铭文分代史征》,中华书局,1986年,北京。
② 参看张光直:《中国青铜时代(二集)》"夏商周三代都制与三代文化异同",生活·读书·新知三联书店,1990年,北京。

华夏族与蛮、夷、戎、狄错杂而居,华夏诸国始终是作邑作邦,构筑城堡,聚居城邑以抵御异族入侵,且耕且战,从未须臾放弃。中原大地上曾经到处耸立的一座座城邑向人们昭示了这一点。因此,将青铜器首先用于制造兵器是很自然的事。

在当时人们的心目中,神明主宰着一切。为重视农业,人们首先想到的往往是祭祀,是求得神灵对风调雨顺的保佑,而非改进生产工具。唯其重视农业,所以才重祭祀。《周颂》中的《思文》《臣工》《噫嘻》《丰年》《载芟》《良耜》诸篇及《小雅》中的《甫田》《大田》诸诗都是当时重农业而重祭祀的明证。《左传》中每遇大雨、雪、雹、灾等而必祭祀之也说明了这一点。

从考古发现来看,西周、春秋时期直接生产者所普遍采用的工具仍然主要由石、木、骨、蚌等制成。就自然环境而言,原始时代的面貌并没有完全得到改变,中原地区仍然是兽蹄、鸟迹之道交横,森林、沼泽密布,豺狼、野兽到处出没。《小雅》中的《何草不黄》《渐渐之石》《吉日》,《大雅》中的《韩奕》,《郑风》中的《叔于田》《大叔于田》等诗都有反映当时自然环境的材料。从《左传》中也可以看得十分清楚。许多今天早已绝迹的动物,那时却在中原四处出没①。生产工具的落后,使自然环境成为限制当时生产力发展的一个重要因素。另外,就当时的人口数量和质量而言,据童书业研究,在周人灭商之时,周族之人口尽数以计之,"人口不能过十万,彼时全'中国'人口,扫数计之,恐亦不过一二百万而已。西周时经济发展,至末年,人口当有增加,然'宣王既丧南国之师,

---

① 《左传》宣公二年:"牛则有皮。犀兕尚多。"襄公十四年:"赐我南鄙之田,狐狸所居,豺狼所嗥。"地名则有狐厨、狐骀、狐壤等。可见当时为牛、犀、狐、狼等野兽经常出没之所。许多沼泽和湖泊今天皆已消失。

乃料民于太原’,民而可料,则周‘国人’之数尚不过多也”①。因为人口稀少,故当时的许多战争多以掠夺人口为目的②。因为生产工具的落后,故当时人们作为主要经济命脉的农业也只能粗放经营。中国的传统农业以精耕细作为特征,但真正的沟洫农业直到战国时期才出现③。西周、春秋时期,农业之中既没有什么精耕细作,更无所谓牛耕④。生产力的总体水平相当低下,个人在生产活动中极其微不足道,加上建立在这个基础之上的宗法家族,使个人之人格隐没于全族之内而毫无独立人权可言。个人只有依靠家族才能生存,而家族的农业只有依赖族内较大规模的协作,才能提高劳动生产率,此即《周颂》中《臣工》《载芟》《噫嘻》诸诗所反映的实际情形。以一夫一妻制为基础的小农经济在当时根本不可能大量出现。直到战国时期,由于冶铁业的出现、铁制工具的普及和牛耕出现使大规模开垦田地成为可能,才彻底改变了社会生产的面貌。春秋时期长期的战争、贵族诸侯的“辟土服远”浪潮和“国人”内部宗族家族之间的争斗也加速了父系大家族的解体。铁耕时代到来之后,农业、手工业和商业都得到了较大的发展,私有制逐渐成熟,周人与蛮、夷、戎、狄经过数百年的斗争而逐渐趋于融合,家族走向解体,个体小农和地主阶层普遍产生,中国历史才真正走向一个新时代。

---

① 童书业:《春秋左传研究》“西周税制(附人口)”,第 304 页。

② 参看《小盂鼎》《虢季子白盘》等铭文。

③ 参看夏纬英:《周礼书中有关农业条文的解释》,农业出版社,1979 年。

④ 参看徐中舒:《耒耜考》,《徐中舒历史论文选辑》,中华书局,1998 年,北京。

　方壮猷:《战国以来中国步犁制发展问题试探》,《考古》1964 年第 10 期,北京。

第二章 《国风》作者辨析

一

从汉代至今，人们对《国风》诸诗作者问题的认识，经历了一个十分复杂的过程。孔门弟子及战国诸子皆无人言及《国风》诸诗之作者，当时的人大概仅以先代文化典籍视之，作者之身份如何无关宏旨。至汉代，《诗》遂被儒生们尊奉为"经"，以为先圣作之，"先王以是经夫妇，成孝敬，厚人伦，美教化，移风俗"①，其中包含微言大义，关乎"正始之道，王化之基"②。司马迁虽云"《诗》三百篇，大抵圣贤发愤之所为作也"③，但《国风》之"风"为民风之说亦滥觞于汉代。《礼记·王制》云：

天子五年一巡守……命大师陈诗以观民风。

何休《春秋公羊解诂》宣公十五年云：

男女有所怨恨，相从而歌，饥者歌其食，劳者歌其事。男年六十，女年五十无子者，官衣食之，使之民间求诗，乡移于

①《毛诗序》。
②同上。
③《史记·太史公自序》。

邑,邑移于国,国以闻于天子。

《汉书·艺文志》云:

> 《书》曰:"诗言志,歌咏言。"故哀乐之心感而歌咏之声
> 发。诵其言谓之诗,咏其声谓之歌。故古有采诗之官,王者
> 所以观风俗,知得失,自考正也。

《汉书·食货志》又云:

> 孟春之月,群居者将散,行人振木铎徇于路,以采诗,献
> 之大师,比其音律,以闻于天子。

以上诸家(包括司马迁)皆汉今文经学之说。《毛诗序》释
"风""雅""颂"之别曰:

> 是以一国之事,系一人之本,谓之风。言天下之事,形四
> 方之风,谓之雅。……颂者,美盛德之形容,以其成功告于神
> 明者也。

孔颖达《疏》云:

> 要所言一人,心乃是一国之心,诗人览一国之意以为己
> 心,故一国之事系此一人使言之也。但所言者直是诸侯之政
> 行风化于一国,故谓之风,以其狭故也。言天下之事,亦谓一
> 人言之。诗人总天下之心、四方风俗以为己意而咏歌王政,
> 故作诗道说天下之事,发见四方之风,所言者乃是天子之政,
> 施齐正于天下,故谓之雅。以其广故也。

故汉代古文家以为"风""雅"之别只在其有关"王政风化"之
广狭,未言其采自民间,而古文家与今文家在此问题上正相矛盾。
至宋代,"风"诗作于民间之说复行,研究《诗经》诸家多以诋毁《毛
传》为目标。欧阳修发之于前,郑樵踵之于后,朱熹复又继之,
"风"诗出于民间之说遂大行于世。欧阳修《毛诗本义》谓"毛、郑
于《诗》,其学亦已博矣。予尝依其《笺》《传》,考之于《经》而证以

《序》《谱》,惜其不合者颇多。"苏辙《诗集传》亦同此意。随后,郑樵著《诗辨妄》,力诋《毛诗》序、传之矛盾,谓"《诗》《书》可信,然不必字字可信"。"孔子教人学《诗》者,欲多识鸟兽草木之名也","《诗序》……皆是村野妄人所作"。"汉人尚三家而不取毛氏者,往往非不取其义也,但以妄诞之故,故为时人所鄙"。又称《毛传》《郑笺》"乱先王之典籍,而纷惑其说,使后学不知大道之本,自汉儒始①。郑樵又将汉儒陈诗观风之说引而申之,谓《诗经》"出于朝廷者为《雅》,出于民俗者为《风》。文、武之时,周、召之民作者,谓之《周》《召》之风;东迁之后,王畿之民作者,谓之《王风》"②。而《国风》之诗,"大概小夫贱隶、妇人女子之言。其意虽远,其言浅近重复,故谓之风。《雅》出于朝廷士大夫,其言纯厚典则,其体抑扬顿挫,非复小夫贱隶、妇人女子能道者,故曰《雅》"③。至朱熹,对《毛序》《郑笺》攻之更甚,并以为"大抵《国风》是民庶所作,《雅》是朝廷之诗"。"若《国风》乃采诗者采之民间,以见四方民情之美恶;'二南'亦是采民言而被乐章尔……若'变风',又多是淫乱之诗。"④在《诗集传》中,朱熹又说:"凡《诗》之所谓风者,多出于里巷歌谣之作,所谓男女相与咏歌,各言其情者也。""国者,诸侯所封之域;而风者,民俗歌谣之诗也。"自郑樵、朱熹起,《国风》出于民间之说逐渐定型。清代学者如姚际恒、崔述、方玉润等,虽既斥《毛序》《郑笺》之妄,又斥朱熹《诗集传》之非,然于《国风》之诗多出于民间之说却无多大异议。特别是方玉润,在其名著《诗

①〔宋〕郑樵:《诗辨妄》,顾颉刚辑点,朴社,1933年,第2、3、12、14页。
②《朱子语类》卷八十引,中华书局,1986年,北京,第2067页。
③〔宋〕郑樵:《六经奥论》卷三,通志堂刻《通志堂经解》本,清康熙十九年。
④《朱子语类》卷八十,中华书局,1986年,北京,第2066—2067页。

经原始》中益阐此说而扬之。如其释《关雎》云:"窃谓风者,皆采自民间者也。若君妃,则以颂体为宜。"释《葛覃》云:"盖此亦采之民间……周家王业,勤俭为本,以故民间妇道亦观感成风。"释《召南》云:"其所采民间歌谣,有与公涉者,有与公无涉者,均谓之《召南》。"其最著名者莫如解《芣苢》,以为诵读此诗,"恍听田家妇女,三三五五,于平原绣野、风和日丽中群歌互答,余音袅袅,若远若近,忽断忽续。"①他们所谓的"民庶""小夫""贱隶",即普通劳动人民。民国以后,以顾颉刚为代表的"古史辨"派学者,对《诗经》从文学史、民俗史、音乐史、《诗经》研究史、中国思想史等方面做了全面而深入的研究。他们既否定汉儒,也否定宋儒,认为《国风》中的许多诗篇原是民间歌谣,其中有"恋歌",有"劳人思妇怨女旷夫遣情之作",有"社会文学",有"劳工之歌",有"应用文学"等②。他们还引用了大量的近现代民歌如广州的《采茶歌》,苏州地区的吴歌等与《国风》中的诗篇作比较研究③。他们还认为,《小雅》中也有不少歌谣④,而"《国风》是各地散传的歌谣,由古人收集起来的。这些歌谣产生的时候很古,但收集的时候却很晚了"⑤。至于郭沫若用马克思主义的社会和阶级观点研究《诗经》,在《中国古代社会研究》一书中提出了许多前所未见的观点,已是众所周知的事实。

---

① 〔清〕方玉润:《诗经原始》卷之一、二,中华书局,1986年,第70、76、93、85页。
② 陈槃:《周召二南与文王之化》,《古史辨》第三册。
③ 参看顾颉刚:《野有死麕》《跋适之先生书》《褰裳》《从〈诗经〉中整理出歌谣的意见》等文,皆见《古史辨》第三册。
④ 同上。
⑤ 胡适:《谈谈〈诗经〉》,《古史辨》第三册。

　　新中国建立以后,在以马克思主义的阶级斗争观点为理论核心的《诗经》研究中,《国风》中的大部分诗篇为劳动人民所作的观点得到了进一步的强调和巩固,加上历史学中的西周封建说和战国封建说等的影响,学者们以此为中心,发表了大量的《国风》研究著作,异口同声地认定,《国风》中的绝大部分诗篇是民间诗歌,是人民歌唱他们生活感情的作品,它们"表达了劳动人民的思想感情和他们对社会生活的认识,同时也显示了劳动人民的艺术创造才能"[1]。有的学者还以此为基础对《国风》中的各诗作了仔细的阐释和定性,如高亨的《诗经今注》,认为《豳风·七月》是"西周时代豳地农奴们的集体创作"[2];《芣苢》是"劳动妇女在采车轮菜的劳动中唱出的短歌"[3];《采蘋》是"贵族家里的女奴所作。……这首诗正是叙写女奴们办置祭品的劳动"[4];《驺虞》是"贵族强迫奴隶中的儿童给他牧猪,并派小官监视牧童的劳动"[5];《式微》是"奴隶们在野外冒霜露、踩泥水,给贵族干活,天黑了还不能回去,就唱出这首歌"[6];《伐檀》是"劳动人民在给剥削者砍树的劳动中唱出这首歌"[7];《硕鼠》"当是佃农所作"[8]。在这里,我们一时还难以尽说这些观点的是与非,但与之类似的观点至今还有着广泛的影响。而司马迁和《毛序》作者、孔颖达等人的观点,都被视为

①游国恩等:《中国文学史》第一册,人民文学出版社,1963年,北京,第33页。
②高亨:《诗经今注》,上海古籍出版社,1980年,上海,第199页。
③同上,第10页。
④同上,第19页。
⑤同上,第33页。
⑥同上,第52页。
⑦同上,第146页。
⑧同上,第148页。

糟粕,被视为为封建统治阶级服务而被人抛弃和遗忘了。

二

那么,《国风》诸诗是否真的如以上学者所言,有许多诗篇是普通劳动人民所创作,表达了他们的思想感情和艺术创造才能呢?回答是否定的。

20世纪30年代,当《国风》出于民间之说在古史辨派学者和郭沫若等人的倡导下影响遍于天下时,朱东润曾写出《国风出于民间论质疑》一文,以《诗》证《诗》,列举出大量事实,否定了《国风》出于民间之说,认为"此《国风》百六十篇之诗,其中一半以上为统治阶级之诗,则可断言。然则,谓《国风》出于民间者,其言未可信也"①,而且"在阶级制度悬绝之下,统治阶级决不能注意被统治阶级之作品"②。推而广之,"既知《国风》之未必出于民间,则一切文学出于民间之论,即无从建立"③。但数十年来,朱东润之说应之者极少。20世纪80年代以来,《诗经》研究开始逐渐冲破教条主义的束缚,迎来一个新的发展时期。撇开教条的偏见,《诗经》中的许多问题是可以说得比较清楚的。在近年的《诗经》研究中,袁宝泉、陈智贤的《诗经探微》是非常值得我们重视的。在这部著作中,袁宝泉、陈智贤重点研究探讨了《国风》,认为先秦以至两汉古籍中的有关材料"证明《诗》三百篇并不来自民间,而

①朱东润:《国风出于民间论质疑》,《诗三百篇探故》,上海古籍出版社,1981年,上海,第33页。
②同上,第42页。
③同上,第45页。

是大都出自贵族之手"①。他们列举许多有力的事实证明,"《伐檀》
《硕鼠》《小雅·黄鸟》《相鼠》《七月》《芣苢》等名篇都不是民歌"②。
《伐檀》是一曲"劳心者"的赞歌,宣扬的是剥削有理,"素餐"合法③;
《硕鼠》和《黄鸟》是反对社会变革、维护没落制度的政治诗;《相鼠》
"是一首咒骂那些反对奴隶社会礼乐制度的人的诗"④,《七月》是一
首"奴隶主贵族向其子弟传授农事和习俗的诗"⑤。"《诗》三百篇没
有劳动人民的作品"⑥。虽然他们在某些地方未能跳出前人的窠
臼,仍然坚持旧的历史分期法和历史概念,所列证据也主要限于《诗
经》本身,但该书的主题思想却是值得我们参考的。

从《诗经》结集至今的两千多年中,学者们对《国风》作者的看
法一直摇摆不定。汉代经生去古未远,尚能恪守师传。故毛、齐、
鲁、韩四家《诗》虽在各诗之本义问题上歧异纷出,于作诗者却大
致相同。《汉书·食货志》及何休《春秋公羊解诂》所记载的"采
诗"之说,显然是受了西汉时期设乐府以采诗的影响而发⑦。"采

---

① 袁宝泉、陈智贤:《诗经探微·自序》,花城出版社,1987年,广州,第3页。
② 袁宝泉、陈智贤:《诗经探微·自序》,第3页。
③ 袁宝泉、陈智贤:《论魏风·伐檀》,《诗经探微》,第1—33页。
④ 袁宝泉、陈智贤:《从"礼"看〈相鼠〉的思想倾向》,《诗经探微》,第113—138页。
⑤ 袁宝泉、陈智贤:《关于〈豳风·七月〉的几个问题》,《诗经探微》,第187—226页。
⑥ 袁宝泉、陈智贤:《诗经探微·自序》,第5页。
⑦《汉书·艺文志》:"自孝武立乐府而采歌谣,于是有代赵之讴、秦楚之风,皆感于哀乐,缘事而发,亦可以观风俗,知薄厚云。"又《汉书·礼乐志》:"至武帝定郊祀之礼……乃立乐府,采诗夜诵,有赵、代、秦、楚之讴。以李延年为协律都尉,多举司马相如等数十人造为诗赋,略论律吕,以合八音之调,作十九章之歌。"

诗"之说虽不足信，但《国语·周语》所记载的"使公卿至于列士献诗"，《晋语》所载的"在列者献诗"却是可能，而当时整理这些"献诗"者实另有其人，我们今日已无法确知而已。汉代设"乐府"以"采诗"，实际上是秉承了西周"献诗"之遗风，但这两者又有着本质上的区别。西周之"献诗"是为"补察其政"，有较为明确的政治和社会目的，而且献诗者的身份都是贵族；汉代的乐府"采诗"主要是为了宫廷娱乐，甚至连"观风"都谈不上，虽然其中也有不少反映汉代民生疾苦的诗，但对当时的现实社会政治并没有多少"补察"作用。汉末至唐初，中原板荡，国步艰危，文人学士无暇于学术，故孔颖达等之疏解《毛诗》，亦仅恪守毛、郑旧诂而少所发明。至宋代，"理学"兴起，以"纲常天下""存天理，灭人欲"为己任。作为"六经"之一的《诗经》中的许多诗篇，其思想主旨却与此背道而驰。尤其是《国风》诸诗，于荒淫之意，毫无顾忌，随口而出，若认为是处在"圣王"治下的贵族们所作，终不能符合其说，亦不合于夫子"删诗"和"思无邪"之意，而斥之为"淫诗"，论之为贩夫走卒、贱隶小民之作，却足以体现圣人陈诗以观民风之意。或有他解，谓《毛诗》非圣人原本，已为后人所窜改。王柏即云："愚尝疑今日三百五篇者，岂果为圣人之三百五篇乎？秦法严密，《诗》无独全之理。窃意夫子已删去之诗，容有存于闾巷浮薄者之口。盖雅奥难识，淫俚易传。汉儒病其亡逸，妄取而窜杂，以足三百篇之数，愚不能保其无也。"①"里巷歌谣""小夫贱隶"之作而有"淫诗"，自在情理之中。他们实际上不知道周代贵族和"国人"们的生活本就如此，多方巧为之辩，适足以增己之难堪。故朱熹《诗集传》出，遵之以斥毛、郑者有之，驳之而遵毛、郑者有之，兼斥毛、

①〔宋〕王柏：《诗疑·总说》，顾颉刚点校，朴社，1930年，第27页。

郑、朱而独出己意者又有之。虽两千年"纷纷无解"若是,然遵"圣人"之旨,循"温柔敦厚"之《诗》教,欲以之正夫妇、弥人伦、成孝敬、美教化、移风俗则一。民国以后,古史辨派学者对《诗经》之研究更加深入,但他们疑古太甚,用今日之民歌加以对比研究,固有其积极意义,但他们所引用的民歌与《国风》诸诗的艺术水平相比,相距不可以道里计。勉强而论之,终难令人信服。为某些教条所束缚的《诗经》研究,其价值自然也是可疑的。要辨明《国风》诸诗的作者,应从多方面加以研究。首先是搞清楚当时的社会状况和阶级关系,研究当时的社会历史,以史证诗(这一点在第一章中我们已有不少论述)。其次是从《诗经》本身入手,以诗证诗。这两方面相结合,比仅仅以诗证诗更具说服力,而仅仅以诗证诗正是朱东润等人的弱点。

　　商、周时期,文字是权力的象征,是统治的手段,它甚至与青铜礼器和其他艺术品一样,是人和上天的神灵相互交流的手段。有关黄帝之史仓颉发明文字时天雨粟、鬼夜哭的神奇传说,便说明了文字于其产生初期在人们心中的魔力。中国的文字最早便掌握在作为部族上层人物的巫觋手中。人类学和考古学的研究证明,文字产生的直接原动力是占卜。徐中舒先生曾经指出,"占卜完全由巫史掌握,文字是由他们发展和垄断的。因为要检验后果,积累经验,才会刻辞,逐渐发展了文字"①。因此,文字在当时对确立掌握者的统治地位和威严具有不可估量的作用。张光直先生曾经谈到,巫师在殷商时代的社会里占有很崇高的地位,他们是"当时最重要的知识分子,能知天知地,是智者也是圣者"。巫还"应当是有通天通地本事的统治者的通称"。巫师的主要职

---

① 徐中舒:《先秦史论稿》附"《中国史稿》第一册批语",第362页。

务是"贯通天地,但天地的贯通是只有王室才有独占的权利,所以巫术也和城郭、战车、刑具等一样是统治阶级统治的工具"。巫师通神的手段包括山、树、鸟、动物、占卜、仪式与法器、酒与药物、饮食乐舞等①。文字的重要性显而易见,文字虽然不能与文化划等号,但它代表了文化中最精髓的部分。即使在秦汉以后的社会历史中,我们依然可以看到同样的文化掌握在统治阶级手中的情形。因此,西周、春秋时期文学和艺术掌握于贵族手中乃是势之必然,也是不可否认的历史事实。掌握了文字和艺术,就掌握了社会文化的精髓,也只有掌握了文化,才能够进行再创造。劳动人民去创造民族的文化,只是一个一厢情愿的猜想或理想。

《诗经》中能够确知作诗年代的最晚的一首诗是《陈风·株林》,约作于鲁宣公十年(公元前 599 年)陈灵公被杀之前,《诗经》中的所有作品大约都作于此年之前。如上所述,在殷商、西周和春秋中期以前,我国的文化和教育都掌握在当时的贵族手中。殷代文字(甲骨文)掌于王室乃不争之事实。《尚书·多士》云:"惟殷先人,有册有典。"而周人连国号周字都是从殷人学来。周人的文化原落后于殷文化,灭殷之后,才继承了殷人的文化,并在此基础上发展。此即孔子所谓"周因于殷礼,所损益可知也"②。孔子之前,学在官府。《周礼·地官·司徒》有所谓保氏"养国子以道。乃教之六艺:一曰五礼,二曰六乐,三曰五射,四曰五御,五曰六书,六曰九数"。又大司徒教之六艺:"礼、乐、射、御、书、数。"《周礼》尽管掺入了后人的许多思想,所载未必全部可靠,但当时教育

①张光直:《商代的巫与巫术》,《中国青铜时代》,生活·读书·新知三联书店,1999 年,北京,第 252—280 页。

②《论语·为政》。

掌握在贵族手中则确然无疑。在宗法等级制度严格的周代,文化教育也服从于"礼"的需要。在宗法礼制之下,"凡制度典礼所及者,除宗法、丧服数大端外,上自天子、诸侯,下至大夫、士止,民无与焉。所谓'礼不下庶人'是也"①。按《礼记》等的记载,小学、大学为天子、诸侯之制。《尚书大传》:"使王、太子、王子、群后之子,以至公卿、大夫、元士之嫡子,十有三年始入小学。""天子命之教,然后为学……大学在郊——天子曰辟雍,诸侯曰泮宫。""乐正崇四术,立四教,顺先王《诗》、《书》、礼、乐以造士。春秋教以礼、乐,冬夏教以《诗》《书》。"②《礼记·文王世子》篇又载教士子以乐舞,即所谓"乐教"。"乐所以修内也,礼所以修外也。礼乐交错于中,发形于外,故其成也怿,恭敬而温文。"③后儒虽加己意于《礼记》,但于礼教、乐教不下庶人则无异议,而且礼与乐相为表里,郑樵在《通志·乐略·乐府总序》中说:

　　　礼乐相须以为用,礼非乐不行,乐非礼不举……乐以诗
　　为本,诗以声为用,八音六律为之羽翼耳。仲尼编诗,为燕享
　　祀之时用以歌,而非用以说义也。

这一点在《左传》等所记春秋时期贵族之礼乐活动中表现十分明显。故刘师培论之云:"凡《虞书》所谓'诗言志,歌永言,声依永。律和声'者,皆古代教育之遗法也。又商代之大学曰瞽宗,而周代则以瞽宗祀乐祖。盖瞽以诵诗,诗以入乐……古人以礼为教民之本,列于六艺之首。岂知上古教民,六艺之中,乐为最崇,固以乐

①王国维:《观堂集林·殷周制度论》。
②《礼记·王制》。
③《礼记·文王世子》。

教为教民之本哉!"①观此,则知《国风》中《关雎》《定之方中》《君子阳阳》《山有枢》等必为贵族所作。古代诗乐合一、以诗入乐,亦非贵族不能。《国风》一百六十篇之入乐,也非贵族而不能为之。周代教育之制,多见于钟鼎铭文。如《大盂鼎》:

> 女(汝)妹(昧)辰(晨)又(有)大服,余佳即朕小学,女(汝)勿剋余乃辟一人。

"女"即汝,你。"妹辰"读为昧晨,即昧旦。服是封官,"大服"即大官。"剋",即剋损,病。"余"是王自称。"乃辟一人"是对"余"的补充。古者天子自称"余一人""辟一人"。这句铭文大义为:你受显要官职于昧旦之时,我曾命你到王家小学教习,你不可不利于我。郭沫若认为这段文字记载的是周昭王幼年受教之事②。又《师𤲬簋》:

> 才(在)昔先王小学,女(汝)敏可事(使),既令女(汝)更乃且(祖)考嗣小辅。……令女嗣乃且(祖)旧官小辅𥅆鼓钟。

"女敏可事",指才识敏达。"小辅"是乐官之名。"乃且"即乃祖。"鼓钟"也是乐官名,相当于《周礼》的钟师和鼓人。"小学"即上文的天子之小学。"小辅",吴大澂释为少傅③。或亦有据。

《小雅》有《鼓钟》一诗,《孔疏》引郑玄《中候握河注》谓此诗作于昭王之时,或有可据。《麦尊》铭文曾提到"辟雝(雍)",即王室之学宫。而《静簋》又载周王在丰京令静司射学宫,"小子、𥅆服、𥅆小臣、𥅆尸仆学射",意为王命令静在学宫里教贵族小子(子弟)们和职官

①刘师培:《刘申叔先生遗书》十九《学教原始论》。
②《郭沫若全集·考古编》第八卷,科学出版社,2002年,北京,第33—35页。
③〔清〕吴大澂:《说文古籀补》卷十四。

们,小臣们和夷族奴隶们射箭。此铭杨树达先生考之甚明①。它正向我们展示了西周时期贵族教育的部分图景。但西周时期贵族教育的详细情况今天已无法说清,《礼记》《周礼》等又不可全据。到春秋时期,士以上的贵族阶层之教育情况,《左传》《国语》等时有涉及。如《左传》闵公二年(前660年):

> 卫文公大布之衣、大帛之冠,务材、训农,通商、惠工,敬教、劝学,授方、任能。

僖公廿七年(前633年):

> 晋作三军,谋元帅,赵衰曰:"郤縠可。臣亟闻其言矣,说礼、乐而敦《诗》《书》。《诗》《书》,义之府也;礼、乐,德之则也;德、义,利之本也。"……乃使郤縠将中军。

成公十八年(前573年):

> (晋)荀家、荀会、栾黡、韩无忌为公族大夫,使训卿之子弟共俭孝悌。

襄公九年(前564年)楚子囊论晋曰:

> 其士竞于教,其庶人力于农穑,商工皂隶,不知迁业。

《国语·晋语》四:

> 文公学读书于白季。

《国语·晋语七》:

> 君(晋悼公)知士贞子之帅志博闻而宣惠于教也,使为太傅。

《国语·楚语上》:

> 庄王使士亹傅太子箴……问于申叔时,叔时曰:"教之《春秋》。而为之耸善而抑恶焉,以戒劝其心;教之世,而为之昭明德而废幽昏焉,以休惧其动;教之诗,而为之导广显德,

---

① 杨树达:《积微居金文说》,科学出版社,1952年,北京,第189—191页。

以耀明其志;教之礼,使知上下之则;教之乐,以疏其秽而镇其浮;教之令,使访物官;教之语,使明其德,而知先王之务用明德于民也;教之故志,使知废兴者,而戒惧焉;教之训典,使知族类,行比义焉。"

这里的《春秋》,指楚国的历史。韦昭注云:"以天时纪人事,谓之春秋。""世,谓先王之世系也。"诗即周人贵族所作之诗为楚人所习者。礼与乐也是如此,但其中必然包含有楚国贵族自己的礼乐文化内容,而不必尽与周人相同。"令,谓先王之官法、时令也。""语,治国之善语。""故志,谓所记前世成败之书。""训典,五帝之书。"这些都是当时部族文化的精要,为高级贵族所必须掌握。又《左传》文公四年(前623年):

卫甯武子来聘,公与之宴,为赋《湛露》及《彤弓》,不辞,又不答赋。使行人私焉。对曰:"臣以为肄业及之也。"

由以上所称引,西周、春秋时期学在官府,教育为士以上贵族所独占,于此可见一斑。至春秋之末,情形始有改变。当时宗法贵族内讧激烈,走向衰落,贵族教育也趋向没落,贵族"不说(悦)学"之风渐开。故齐庆封聘于鲁,徒知其车美而不敬,鲁人赋《相鼠》以刺之而不知何意①。第二年又来,为之赋《茅鸱》,还是不知何意,故叔孙穆子谓之必亡②。周之原伯鲁"不说学",闵子马闻之而曰:"周其乱乎?……大人患失而惑,又曰:'可以无学,无学不害。'不害而不学,则苟而可。于是乎下陵上替,能无乱乎?夫学,殖也,不学将落,原氏其亡乎?"③"不说学",即不学习当时贵

---

① 《左传》襄公二十七年。
② 《左传》襄公二十八年。
③ 《左传》昭公十八年。

族所必须具备的《诗》、《书》、礼、乐等知识修养,这些修养与保持贵族的社会地位密切相关。若不学则将导致"下陵上替",导致贵族自身的衰落。而处于社会最底层的普通劳动者,是没有学习的机会的。故鲁孟僖子将死,嘱其子使就学于孔子①。也正是在贵族"不说学"而走向衰落的情形下,孔子才首开私学之风,逐渐将文化教育由高级贵族移向下层士人。孔子本人出身于没落的贵族,其学生七十子之徒多为低级士阶层之人物,而绝非普通"劳力"的劳动人民,如冉雍、冉求、仲由等。此时作诗之风已熄,《诗经》已经结集,孔子方得以《诗》教之。而学《诗》的目的,用孔子的话说,是"《诗》可以兴,可以观,可以群,可以怨。迩之事父,远之事君,多识于鸟兽草木之名。"②兴、观、群、怨,即重在用于入仕的个人与社会的政治目的,"事父""事君"同样如此。孔子教弟子们学习《诗》三百篇,完全是为了将他培养成为符合于当时贵族政治要求的合格的入仕人才。而入仕,即担任某些低级的管理工作,在当时世官世族的宗法等级社会中是只有低级士人才去从事的工作,因为高级贵族可以凭血缘关系而世守禄位,用不着通过学习艺能来达到提高社会地位的目的。因此,即使是在春秋晚期,作为当时华夏部族主要文化典籍之一的《诗》三百篇,也只有那些有机会入仕的低级贵族(起码是士)才有资格去学习,《诗》三百篇与普通劳动人民根本无关。从上文所引《左传》《国语》等古籍所载之事例中,我们可以知道在宗法等级制井然有序的西周、春秋时期,竞于教、习于诗书礼乐者乃贵族之事,而庶人工商,各务本业,其所从事者,在"力于农穑",即《左传》桓公二年所谓"天

---

① 《左传》昭公七年。
② 《论语·阳货》。

子建国,诸侯立家,卿置侧室,大夫有贰宗,士有隶子弟,庶人工商各有分亲,皆有等衰。是以民服事其上,而下无觊觎"。对于时事政治,庶人之所能为者,仅"谤"而已。再读《左传》所载春秋时"舆人"等"国人"中的低级阶层(包括庶人工商在内)所作的"诵""讴"等,将其与《国风》中的诗篇相比较,我们便可以看出它们在艺术水准上有多么大的差别。

《左传》僖公廿八年(前 632 年):

> 楚师背酅而舍,晋侯患之,听舆人之诵曰:"原田每每,舍其旧而新是谋。"

宣公二年(前 607 年):

> 宋城,华元为植,巡功。城者讴曰:"睅其目,皤其腹,弃甲而复。于思于思,弃甲复来!"使其骖乘谓之曰:"牛则有皮,犀兕尚多,弃甲则那?"役人曰:"从其有皮,丹漆若何!"

襄公四年(前 569 年):

> 臧纥救鄫,侵邾,败于狐骀,国人逆丧者皆髽,鲁于是乎始髽。国人诵之曰:"臧之狐裘,败我于狐骀。我君小子,朱儒是使。朱儒朱儒,使我败于邾!"

襄公十七年(前 556):

> 宋皇国父为大宰,为平公筑台,妨于农收,子罕请俟农功之毕,公弗许。筑者讴曰:"泽门之皙,实兴我役;邑中之黔,实慰我心。"

襄公三十年(前 543 年):

> (子产)从政一年,舆人诵之曰:"取我衣冠而褚之,取我田畴而伍之。孰杀子产,吾其与之!"及三年,又诵之曰:"我有子弟,子产诲之。我有田畴,子产殖之。子产而死,谁其嗣之!"

昭公十二年(前 530 年):

（南蒯）将适费，饮乡人酒，乡人或歌之曰："我有圃生之杞乎？从我者子乎？去我者鄙乎？倍其邻者耻乎？已乎已乎，非吾党之士乎！"

定公十四年（前496）：

卫侯为夫人南子召宋朝，会于洮。大子蒯聩献盂于齐，过宋野。野人歌之曰："既定尔娄猪，盍归吾艾豭。"

哀公五年（前490年）：

秋，齐景公卒。冬十月，公子嘉、公子驹、公子黔奔卫，公子鉏、公子阳生来奔。莱人歌之曰："景公死乎不与埋，三军之事乎不与谋。师乎师乎，何党之乎！"

以上所引的诵、讴，为我们保留了真正的民间歌谣的原始形态。《诗经》的有些诗篇也提到"诵"，如《小雅·节南山》"家父作诵，以究王讻"、《大雅·烝民》"吉甫作诵，穆如清风"等。虽然同样以"诵"为名，但贵族所作的"诵"不仅是长篇巨制，而且可以被之管弦，用于庙堂，其辞藻之繁富，亦远非"舆人"等所作之"诵"所能比。也许有人会说《国风》中的许多诗篇辞藻也并不丰富，只是章节重章叠咏，循环往复，即使不是民歌，也必源自民歌。应该承认《国风》中的不少诗篇，如《芣苢》等，似乎有民歌的影响。贵族们在作诗之时，也会吸收一些民歌的养料，甚至以之为基础而加以改进。但它们既出自贵族之手，便失去了"民歌"的属性和意义，何况把《国风》160首诗篇的内容详加分析，它们都与劳动人民（不论是人或事）无关。因此，仅因其有部分（只是一部分）民歌的形式而将其定为民歌，是不能成立的。

"力于农穑"的普通劳动者，既没有受教育的机会，其科学知识也必然是十分有限的。便如中国古代（汉代以后）的科学主要掌握在地主知识分子手中一样，西周、春秋时期的科学，尤其是天文科学,必然掌握在统治阶层手中。古代的天文学知识除了源自农业生产的现实需要外,还主要导源于远古的占星术。另外,在上古以农业为主要经济命脉的时代,贵族们对与农业息息相关的天文、水文等科学知识的关心绝不亚于普通的民众。这一点,读殷墟出土的甲骨卜辞便可以知道。《尚书·尧典》中所记载的帝尧时期掌管天文的羲和是远古部落巫师的化身。《尚书·舜典》所记载的帝舜"在璇玑玉衡,以齐七政",说明远古时代的部族首领将天文观测摆在了十分重要的位置。西周、春秋时期,天文乃史官之职,其见于《左传》者有史墨、史佚、宋之子韦、郑之裨灶等。除史官外,当时博学的贵族也有能知天文者,如鲁国之梓慎、孟献子,晋之士弱、叔向、郑之子产等。当时所用之历法皆由王室史官定期向诸侯颁布。即以今天而言,除非受过系统的教育,否则难以掌握系统的天文知识。一般农民所知道的,仅仅是一年四季常见的节气知识,而且这还是经过了几千年的积累传承。"力于农穑"的普通劳动者有的是感性知识,却不可能有系统的知识,以之入诗更非其力所能及。《国风》中涉及天文知识的篇章,计有《定之方中》《绸缪》《小星》《七月》等篇,提到的星宿名称有定(营室,即今之室、壁二宿)、三星(参宿)、火(大火,即心宿二)、昴(即昴星团)、毕(毕宿)等,使我们可据以研究二十八宿在中国的起源。即以持《国风》出于民间说者认为最具代表性的《七月》一诗而论,诗中所表现的历法知识的完整性也是一般劳动人民所无法企及的。此诗虽不是"周公"所作,却也决不会出自劳动人民之口。西周贵族因为关心农事而作此诗,正如东汉崔寔作《四民月令》一般。我们能够因为《四民月令》详尽地叙述了农民一年四季的生活内容而说它必然出自农民之手吗?

三

以《诗》证《诗》，我们同样可以找到许多《国风》并非出自劳动人民之手的根据。

首先我们谈"君子"。《国风》160 篇言及"君子"一词共 53 次，而《小雅》言及"君子"共 95 次，《大雅》28 次，《颂》1 次，《君子阳阳》等标题带"君子"者 3 个①。所以，"君子"一词的含义是我们确定《国风》出自哪个阶层之手所必须弄清楚的。朱东润曾经通过《诗经》句词的相互比较，认为"君子"一词，"可以上赅天子、诸侯，下赅卿、大夫、士，殆为统治阶级之通称"②。袁宝泉、陈智贤也认为"他们有着较高的社会地位和被认为具备崇高的道德风范，全部都是'正面人物'，是诗人不厌其烦地热情讴歌赞美的对象"③。他们的结论虽然正确，但所作之研究和所用之材料都止于《诗经》本身。笔者在此再补充一些西周、春秋时期的社会和历史材料。

据笔者初步统计（限于《春秋经传引得》所引），《左传》中称"君子"有 200 多次。除了《左传》作者用"君子曰"自称以作评论之外，试看以下诸例：

1. 襄公廿六年（前 547 年）楚客聘于晋：

> 过宋，太子知之，请野享之。公使往，伊戾请从之。公曰："夫不恶女乎？"对曰："小人之事君子也，恶之不敢远，好

---

① 袁宝泉、陈智贤：《谈〈诗经〉中的"君子"》，《诗经探微》，第 227—261 页。

② 朱东润：《国风出于民间论质疑》，《诗三百篇探故》，第 11—12 页。

③ 袁宝泉、陈智贤：《谈〈诗经〉中的"君子"》，《诗经探微》，第 261 页。

之不敢近。"

2.僖公十五年(前 645 年):

　　十月,晋阴饴甥会秦伯,盟于王城。秦伯曰:"晋国和乎?"对曰:"不和。小人耻失其君,而悼丧其亲,不惮征缮以立圉也,曰:'必报仇,宁事戎狄。'君子爱其君而知其罪,不惮征缮以待秦命,曰:'必报德,有死无二。'以此不和。"秦伯曰:"国谓君何?"对曰:"小人戚,谓之不免;君子恕,以为必归。小人曰:'我毒秦,秦岂归君?'君子曰:'我知罪矣。秦必归君。'"

3.宣公十二年(前 597 年):

　　随武子曰:"……君子小人,物有服章,贵有常尊,贱有等威,礼不逆矣。德立、刑行,政成、事时,典从、礼顺,若之何敌之?"

4.成公九年(前 582 年):

　　文子曰:"楚囚(指钟仪),君子也。言称先职,不背本也。乐操土风,不忘旧也。称大子,抑无私也。名其二卿,尊君也。不背本,仁也;不忘旧,信也;无私,忠也;尊君,敏也。仁以接事,信以守之,忠以成之,敏以行之,事虽大必济。君盍归之,使合晋楚之成。"公从之。

5.成公十三年(前 578 年):

　　刘子曰:"……是故君子勤礼,小人尽力。"

6.襄公九年(前 564 年):

　　君子劳心,小人劳力,先王之制也。

7.襄公廿九年(前 544 年):

　　(季札)适卫,说蘧瑗、史狗、史䲡、公子荆、公叔发、公子朝,曰:"卫多君子,未有患也。"

8.襄公三十一年(前 542 年):

　　　　故君子在位可畏，施舍可爱，进退可度，周旋可则，容止
　　　可观，作事可法，德行可象，声气可乐，动作有文，言语有章，
　　　以临其下，谓之有威仪也。

从以上诸例可以看出，"君子"在当时无一例外地指贵族阶层。
"君子"与"小人"相对，"君子勤礼，小人尽力""君子劳心，小人劳
力"被贵族们视为天经地义之事。从例2可以看出，所谓"小人"，
实指国中的基本群众，即尽于"力""征缮"和劳役者。例8中北宫
文子关于"威仪"的话，正是当时贵族阶级对自身修养的理想要
求。而这种理想要求，在《诗经》，特别是《小雅》中有着广泛的体
现，在《左传》中也不例外。故郑六卿饯晋韩宣子于郊，子齹赋《野
有蔓草》，子大叔赋《褰裳》，子游赋《风雨》，子旗赋《有女同车》，子
柳赋《萚兮》，韩宣子闻而喜曰："郑其庶乎！二三君子以君命贶
起，赋不出郑志，皆昵燕好也。二三君子数世之主也，可以无惧
矣。"①以《郑风》中的数首诗代表"郑志"，并以之作为判断贵族德
行和修养的标准，这在当时宗法等级制森严的情况下，又如何能
够和"劳力"的劳动人民有关系？

　　孔子生当春秋晚期，宗法贵族虽已开始走向衰落，但"君子"
一词的含义并无根本的变化，除了指贵族阶层外，它比以前包含
了更多的道德修养方面的含义。《论语》中所称之"君子"皆指"劳
心"者，又为孔子的理想人格标准之一，这是众所周知的。因为
"君子"代表着贵族形象，所以《诗经》中的许多篇章都反复称颂
"君子"："乐只君子，邦家之基"；"乐只君子，民之父母"②；"既见

① 《左传》昭公十六年。
② 《诗·小雅·南山有台》。

君子,为龙为光"①;"既见君子,乐且有仪"②;"淑人君子,其德不回"③。惟其为"君子",故"如切如磋,如琢如磨","充耳琇莹,会弁如星",又"如金如锡,如圭如璧"④。既知"君子"为贵族阶级,则《国风》160篇中的《关雎》《樛木》《汝坟》《草虫》《雄雉》《兔爰》《甘棠》《羔羊》《殷其雷》《摽有梅》《野有死麇》《何彼襛矣》《匏有苦叶》《简兮》《君子偕老》《淇奥》《伯兮》《君子于役》《叔于田》《大叔于田》《羔裘》《女曰鸡鸣》《有女同车》《褰裳》《丰》《风雨》《溱洧》《蟋蟀》《山有枢》《扬之水》《有杕之杜》《车邻》《驷驖》《小戎》《终南》《晨风》《渭阳》《鸤鸠》《东山》等等,皆为士以上的贵族所作,或为歌颂贵族之作无疑。

《国风》所显示的主要作者群体是"国人"。在这160篇诗中,《毛序》称为"国人"所作者共27篇。朱东润就"《诗》之本文及《序》《传》考之",认为"则国人实与国之君子、国之士大夫同义,亦为统治阶级之通称"⑤。朱先生此言尚不准确。在第一章我们已经指出,西周、春秋时期的"国人"包括了士及其隶子弟、居于"国"中的工商之民及被周人征服后与周人合作的殷人后裔家族等。而在这一社会群体中起主要作用的是"士"。在周人宗法制家族等级体系之内,"士"是下层的家族长。他们的前身可以追溯到西周初期周人对东方地区的征服及以后与之相伴随的诸侯分封。由于当时周族人口数量有限,诸侯带至封地的人除了要确保封土

---

①《诗·小雅·蓼萧》。
②《诗·小雅·青青者莪》。
③《诗·小雅·鼓钟》。
④《诗·卫风·淇奥》。
⑤朱东润:《国风出于民间论质疑》,《诗三百篇探故》,第13页。

外,还要完成就地扩张的任务,因此这部分人口必然以武士为主。李亚农曾经指出:"当周公东征、成王践奄,周族的势力深入东土,分封了五十三个子弟出去做诸侯的时候,周族的氏族成员最倒霉的也做了'禄足以代其耕'的下士,也就是全变成了车上的战士。"①而他们深入到征服地区之后,"也必须保持自群之内的密切联系,庶几稳定以少数统治者凌驾多数被统治者之上的优势地位"②。即便是下层武士,也变成专门习武而不务农的低级贵族,而且这种身份世代相承,从而使"士"成为周人统治东方地区的武装主力。《大雅·文王》所谓的"凡周之士,不显亦世"即指"士"阶层这种身份的世袭和其家族的繁衍。武装的甲士只有士以上的贵族才能担任,并以此为荣,一般"庶人"在战时只能充当徒兵。因此,武士家族的地位要高于一般"庶人"家庭和被征服者的家族。在本家族内部,士虽然不直接从事农业生产劳动,但身为家族长,他们又是当时农业劳动的主要组织者。在春秋晚期以前,"士"阶层尚未向文、武两个方向分化。"士"可以"食田",在文化上"竞于教",可以受到比较良好的教育,同时又是甲士,是各诸侯国军队的主力,知文习武,有相当的军事和行政能力,成为"在列者"。随着宗法等级制上下关系的巩固,他们也成为国中差役的主要担负者和执行者。如前所述,"士"有"献诗"的权力和义务。"献诗"部分为"师保"其君主,部分为表达自己的心志。"士"也是"国人"当中唯一能够作诗、献诗的阶层。因此徐中舒说:"《国风》是国人之歌,即周民族的诗,被征服的野人之歌是没有收入《诗》

①李亚农:《西周与东周》,上海人民出版社,1956年,上海,第50页。
②许倬云:《西周史》,生活·读书·新知三联书店,1994年,北京,第161页。

中的。"①《国风》中的许多诗篇,单就其内容而言,都反映了西周晚期,主要是春秋前期各诸侯国"士"阶层的生活。如《兔罝》颂"武夫"(甲士类人物)为"公侯干城""公侯好仇""公侯腹心";《摽有梅》乃"求我庶士";《野有死麕》为"吉士"之情歌;《击鼓》作者也是甲士一类人物。其余如《简兮》《北门》《桑中》《氓》《伯兮》《君子于役》《清人》《女曰鸡鸣》《溱洧》《鸡鸣》《东方未明》《园有桃》《陟岵》《羔裘》《褰裳》《蟋蟀》《鸨羽》《墓门》《东山》《破斧》等,都反映了"士"阶层生活的各个方面。他们的作品也许会吸收一些民歌,甚至以某些当时流传的民歌为基础,但这些诗篇本身决不等于民歌,更不等于劳动人民所作。

在周代血缘宗法等级制度之下,君统与宗统相合,"亲亲"与"尊尊"合一,富与贵不分。"刑不上大夫,礼不下庶人。""礼"的名分又和"器"即礼器(尊、彝、鼎、爵等)紧密相联,而"唯器与名不可以假人"②。礼"在器谓之'尊''爵',在人谓之'亲''贵'"③。所谓"礼所以别贵贱","礼者,别贵贱,序尊卑者也"。周代的"礼",是在周人灭商之后逐渐发展并固定化、政治化的,这与早期国家的发展阶段相适应,并与周人中的原氏族贵族确立专制权力的合法化过程相适应。从《左传》可以看出,直到春秋晚期,礼制对人们的约束,大自诸侯国之间的交往,小至贵族阶层的衣食住行,几乎无所不在。后儒据当时的部分制度所编订的《周礼》《仪礼》《礼记》等书,就是当时社会礼制的一个缩影。《诗经》中的相当一部分诗篇,特别是《大雅》《小雅》及《颂》诗中的许多诗篇都是与"礼"

①徐中舒:《先秦史论稿》九,第186页。
②《左传》成公二年。
③侯外庐主编:《中国思想通史》第一卷上篇第四章,第78页。

相关的产物。因此,在血缘宗法等级制下地位很低的"劳力"者(庶人、士之隶子弟及皂、隶、舆、台等),既无从接受文化教育,在衣、食、住、行等方面也无从"僭越"。因此,仅看《国风》诸诗中所描写的服御之物,便可确定该诗属于什么阶级所作。以此为标准,除了朱东润所确定的数十首之外,尚有以下数诗可确定为贵族所作:

《汉广》——二章:"之子于归,言秣其马。"三章:"之子于归,言秣其驹。"《毛传》:"六尺以上为马,五尺以上为驹。"言迎亲而用马用驹,本非劳动者之所能。用马用驹,非用之骑乘,乃用之驾车。故《鹊巢》云:"之子于归,百两御之";"之子于归,百两将之。"《皇皇者华》云:"我马维驹";"我马维骐。"《东山》亦云:"之子于归,皇驳其马。"盖用马驾车以迎亲乃当时贵族之通例。

《邶风·北风》——三章:"惠而好我,携手同车。"朱熹《诗集传》:"同车,则贵者亦去矣。"实则"同车"与前二章之"同行""同归"仅为字变,其义则同。故不辨而知其出自贵族之口。《鲁诗》及《齐诗》以为卫之贤者相约避地之词。

《鄘风·柏舟》——首章:"髧彼两髦,实维我仪。"二章:"髧彼两髦,实维我特。"齐、韩《诗》髦作纨。《国语·鲁语》:"王后亲织玄纨。"韦昭注云:"纨,所以悬瑱当耳者。"马瑞辰《毛诗传笺通释》云:"悬瑱即垂也。……为悬瑱之貌,因谓髦垂之貌为纨。""髧彼两髦",形容其饰之华贵,故曰为"我仪""我特"。《毛序》谓此诗为共姜自誓之词,三家之说也大致相同。诗人之所倾慕者,似为一贵族男子。

《木瓜》——首章:"报之以琼琚。"二章:"报之以琼瑶。"三章:"报之以琼玖。"琼、瑶、玖皆为美玉之称。《有女同车》云:"佩玉琼琚";"佩玉将将。"《著》:"尚之以琼华乎而";"尚之以琼莹乎而";"尚之以琼英乎而。"故此诗为贵族男女相互赠答之词。三家诗以为美君臣之相报答,《毛序》以此诗为美齐桓公,以为卫有狄人之败,齐桓公救而封之,遗之车马器服,卫人思之,欲厚报之而作此诗。其说或亦有据。至朱熹《诗集传》始以为男女赠答之词。然皆与平民无涉。

《大车》——首章:"大车槛槛,毳衣如菼。"二章:"大车啍啍,毳衣如璊。"大车本为贵族坐乘。《说文》:"毳,兽细毛也。"《毛传》:"毳衣,大夫之服。"皆形容毳衣颜色之艳丽。《毛序》以为刺周大夫,刘向《列女传》以为息夫人所作。作者虽不能定,然此诗描写贵族则无疑。

《丘中有麻》——三章云:"彼留之子,贻我佩玖。"与《有女同车》《木瓜》等诗相类。《毛序》谓为国人思贤之作,亦谓其所歌咏者为贵族。

《墓门》——首章:"夫也不良,国人知之。"二章:"夫也不良,歌以讯止。"《毛序》谓此诗为国人所作以刺陈佗,虽无确据,但此诗为国人所作以刺其上则无疑。

《匪风》——首章:"匪车偈兮。"二章:"匪车嘌兮。"此本贵族之事。又诗中反复言"顾瞻周道","谁将西归"。"周道"指通往镐京的交通大道,即《小雅·大东》所云"君子所履,小人所视"之道。"西归"即去往镐京。此诗为桧国被灭前之诗,或为桧之使臣出使之诗。

《东山》——末章:"之子于归,皇驳其马。亲结其缡,九十其仪。"以形容其亲迎盛况。《毛序》谓周公东征,归而劳士,大夫美之而作。三家诗以为"劳我君子,役无休止"。实际此诗为东征战士所作,作诗者必为贵族武士。此诗背景在历史上有记载可查,与一般劳动者无涉,不容置疑。

四

依朱东润所确认和笔者以上推论,《国风》中能确定为贵族所作之诗便达 110 首,占《国风》总数的 68％以上①。另外,《国风》诸诗本身所吟咏、歌颂的内容,最能说明《国风》为什么阶层所作。我们试分析其余 50 首诗如下:

《芣苢》——此诗本义,古今诸说不一。《鲁诗》以为蔡人之妻以其夫有恶疾,其母将改嫁之,女不从而作此诗。《韩诗》亦以此诗为女子伤夫有恶疾而作。《毛序》以为"和平则妇人乐有子矣",其解均甚勉强。朱熹《诗集传》谓"化行俗美,家室和平,妇人无事,相与采此芣苢,而赋其事以相乐也",亦属臆测。又云:"采之未详何用。或曰,其子治难产。"故闻一多先生云:"传闻异辞,然宜子之效,则仍与此《传》'宜怀任(妊)'之说不异。""不知芣胚并'不'字之孳乳字,苢胎并'以'字之孳乳字,'芣苢'之音近'胚胎',故古人根据类以律(声音类近)之魔术观念,以为食苢即能受胎而生子。"②所以,此诗为祈子之诗,即祭祀用诗。"芣苢"即车前子,除入药之外别无他用。说此诗为劳动妇女采集车前子时所唱劳动短歌不过是后人的想象。方玉润的"恍听田家妇女"③云云,虽然很是动听,却距事实太远。

《甘棠》——此诗为歌颂周初重臣召公奭之诗,古今无异议。

①朱东润:《国风出于民间论质疑》,《诗三百篇探故》,第 1—46 页。
②闻一多:《诗经通义·周南》,《闻一多全集》第二卷,生活·读书·新知三联书店,1982 年,北京,第 121 页。
③〔清〕方玉润:《诗经原始》卷之一,第 85 页。

《左传》昭公二年(前540年),晋韩宣子聘于鲁,昭公享之,季武子赋此诗,"宣子曰:'起不堪也,无以及召公。'"又定公二年(前508年):"《诗》曰:'蔽芾甘棠,勿翦勿伐,召伯所茇。'思其人犹爱其树。"说明召公在当时人们心目中的地位。《史记·燕召公世家》载其事云:"召公之治西方,甚得兆民和。召公巡行乡邑,有棠树,决狱政事其下,自侯伯庶人各得其所,无失职者。召公卒,而民人思召公之政,怀棠树不敢伐,哥咏之,作《甘棠》之诗。"自古相传,故无异议。

《行露》——此诗古今皆释为女子拒婚之诗。究其实,皆出于对诗中"室家"二字的误解。西周、春秋时期"室""家"二字的含义与后世迥异。"诸侯立家,卿置侧室。"在《左传》《国语》中,"室"和"家"被广泛用来指当时各国卿大夫的血缘宗法家族①。从广义上讲,举凡当时卿、大夫贵族之家族的人口、财产、封邑、土地及妻妾子女等均可称"家"或"室",亦即"家""室"是西周、春秋时期贵族宗法家族及其财产、采邑的代称②。"室""家"用以指妻室或家室在当时极为少见。所以,此诗实际上是反映当时贵族"家室"之间矛盾争斗的诗。

《江有汜》——此诗古人多释为女子思男子之诗,今人又释为弃妇哀怨自慰之词,皆不确③。篇中无一语可证此诗为女子之作。"之子归",指女子归嫁,指他人而非作者自谓。《郑笺》云:"兴者,喻江水大,汜水小,然而并流,似嫡、媵宜俱行。之子,是子也。是子,谓嫡也。"郑释为他女虽确,谓"之子"为嫡妻却非。要

——————
① 朱凤瀚:《商周家族制度研究》第三章第二节。
② 金景芳:《中国奴隶社会的几个问题》,中华书局,1962年,北京,第3页。
③ 程俊英、蒋见元:《诗经注析(上)》,中华书局,1991年,北京,第51页。

之,此诗为男子慕女子之作,盖见其心爱之女嫁于他人,而想象其必"悔"、必"处"。思之不得,故"啸也歌"也。"之子"应与《桃夭》《鹊巢》诸篇中的"之子"同义,亦当为贵族作品。

《驺虞》——《毛传》释"驺虞"为义兽,显然不通。《鲁诗》和《韩诗》皆释为"天子掌马兽官",也无确据。闻一多释"驺虞"为虎,并谓"驺虞"似为楚语,其说颇为有理,今从之①。如此则此诗为吟叹贵族打猎之诗。

《谷风》——《毛序》谓此诗刺夫妇失道。刘向《列女传·贤明篇》载赵衰妻狄叔隗引此诗,以为夫妇失道之辞。《贞顺篇》载息夫人为楚所虏,与息君俱自杀;《节义篇》载楚昭王之越姬先昭王之死而自杀,传末皆引此诗之句,是此诗流行于贵族妇女中之证。而诗之如怨如慕、如泣如诉、语婉意曲,也绝非普通没有文化的劳动妇女所能作。

《静女》——此诗与《野有死麕》《褰裳》《野有蔓草》《溱洧》等诗同类,应为士或贵族男女约会之诗。《毛诗》及三家诗皆强为之说,益见其牵强。

《新台》——《毛序》谓此诗为卫之"国人"作之以刺卫宣公,且有《左传》之记载为佐证。齐、鲁、韩三家亦无异议。故此诗为"国人"所作无疑。

《二子乘舟》——诗中两次提到"子"字。以《诗经》言之,"子"为当时贵族男女之通称,如《汾沮洳》"彼其之子,美无度""彼其之子,美如英",《女曰鸡鸣》"子兴视夜""与子宜之",《褰裳》"子惠思我""子不我思",《丰》"子之丰兮""子之昌兮",《山有枢》"子有车马""子有钟鼓",《椒聊》"彼其之子,硕大无朋"等。《毛序》谓此诗

---

① 闻一多:《诗经新义·召南》,《闻一多全集》第二卷。

为卫之国人作之以思伋、寿,鲁、韩说同,并无确据。从诗义看,此诗似为怀人之作。至于其身份,自然不会是劳动人民。

《墙有茨》——《毛序》以为刺公子顽,三家诗以为刺卫宣公。要之为"国人"讥刺执政者之作则无异议。

《蝃蝀》——首章:"女子有行,远父母兄弟。"二章:"女子有行,远兄弟父母。"其用语与《泉水》等诗相类,而作者之语气心态,又与《日月》一诗相类。因此,该诗也应是贵族妇女所作,以婚姻之变故而自怨自艾之辞。《毛诗序》以为"止奔也",《鲁诗》《韩诗》以为"刺奔女也",《齐诗》以为"蝃蝀充侧,佞人倾惑。女谒横行,正道壅塞",而皆与平民无涉。

《相鼠》——此诗为刺骂时人不遵"礼"制而作,解见袁宝泉、陈智贤《诗经探微》。旧说原本有据,而从无将此诗定为下层劳动人民所作以刺在上位者。且古人亦多引此诗,如前文所举齐庆封无礼,鲁人赋《相鼠》以刺之。以此推之,《相鼠》一诗当作于春秋中期礼制开始破坏之时。

《有狐》——诗中言"之子无裳""之子无带""之子无服"。可按前文"之子"之例解之。从诗义看,此诗是一女子怀念其到远方服役的丈夫而作。三家诗以为刺男女失时,并无据。

《黍离》——《毛序》以为周之大夫所作,《韩诗》以为孝子伯奇所作。毛说虽无实据,然得其仿佛。此诗重章叠句,反复咏叹,回肠荡气,绵绵不绝,艺术水准极高,非有相当高的文化修养则不能为之。诗中所发丧亡之感慨,也非普通劳动人民之所能有。

《王风·扬之水》——诗中戍申、戍甫、戍许,皆史有其事。故此诗可能作于西周晚期或王室东迁前后,而作者必为戍军中的人物。以《击鼓》等诗例之,此诗为戍守的战士发泄自己久戍不归的愤懑。

　　《中谷有蓷》——《毛序》及三家诗以此诗为闵周之作,并无确据。朱熹《诗集传》以为是弃妇自作,也不够确切。程俊英以为此诗为同情弃妇者所作,似乎比前人之说更合诗旨,故从之。其说见《诗经注析》。

　　《兔爰》——旧说皆无据。观诗中反复言道"我生之初,尚无为,我生之后,逢此百罹","逢此百忧""逢此百凶",因而要"尚寐无吪""尚寐无觉""尚寐无聪",便分明是没落贵族悲观厌世之作,而与劳动人民无涉。其诗可能作于王室东迁前后。崔述《读风偶识》云:"其人当生于宣王之末年,王室未骚,是以谓之'无为'。既而幽王昏暴,戎狄侵凌,平王播迁,家室飘荡,是以谓之'逢此百罹'。"

　　《葛藟》——《毛序》以此诗为"王族刺平王也。周室道衰,弃其九族焉",部分地注明了此诗之旨。《诗经》中举凡称兄弟父母者,大都与西周、春秋时期宗法家族生活有关。春秋中期以前,周人的宗法家族制还不曾完全解体,而从春秋晚期始,宗法家族制愈来愈走向衰落。在西周晚期的社会动荡中,便有小部分宗族成员因离乱而从家族中游离出来。至春秋,这种情况更有增加,因此便出现了一些反映这种社会状况的诗篇,如《小雅》中的《常棣》《黄鸟》《我行其野》与《郑风·扬之水》和这首《葛藟》等。此诗似为脱离宗族者求生艰难的怨叹之诗。"谓他人母""谓他人昆"而终不得其所庇。故《左传》文公七年(前620年)云:"(宋)昭公将去群公子,乐豫曰:'不可。公族,公室之枝叶也。若去之,则本根无所庇荫矣。葛藟犹能庇其本根,故君子以为比,况国君乎?'"从乐豫的话来看,在春秋前期稍后,此诗似已流行。所以此诗与《王风》中的其他一些诗一样,约作于王室东迁前后的播荡时期。这首诗同时也可以看作一首贵族告诫人们要努力维护家族、宗族的诗。陈奂等对此诗的分析却完全走上了歧途。

《遵大路》——从诗义来看,此诗与《邶风·柏舟》《谷风》《日月》,《卫风·氓》等诗一样,是贵族妇女的哀怨之诗。

《萚兮》——此诗首章、二章皆曰"叔兮伯兮"。"叔""伯"为当时贵族男子之习称,其本身便带有浓厚的血缘宗法意味,并多见于《左传》《国语》。《诗经》中也多见之,如方叔、召伯、郇伯等,皆是大贵族。又《邶风·旄丘》"叔兮伯兮,褎如充耳",《郑风·叔于田》"叔于狩""叔适野"等。《卫风·伯兮》又有"伯兮朅兮,邦之桀兮。伯也执殳,为王前驱"。故此诗之所颂者必为贵族。

《郑风·扬之水》——此诗之解与《葛藟》同,旧解皆失之。唯方玉润谓此诗"不过兄弟相疑,始因谗间,继乃悔悟,不觉愈加亲爱,遂相劝勉"①,此解稍切近于诗旨。

《鸡鸣》——首章"朝既盈矣",二章"朝既昌矣",三章"会且归矣"等句,可证此诗为大夫一类在朝任职之人所作。《毛序》谓此诗"思贤妃也。哀公荒淫怠慢,故陈贤妃贞女夙夜警戒相成之道焉",不过是汉人附会引申之义,与本义相距甚远。

《东方之日》——首章:"在我室兮。"二章:"在我闼兮。"关于"室""闼",前人考证已多,明其为士以上贵族所居室屋结构之称。故此诗为贵族所作,反映其男女约会的诗篇。《毛序》谓此诗刺淫奔,只是揣度附会。朱熹《诗集传》云"此男女淫奔者所自作",更合于实情。

《齐风·甫田》——诗中反复言"甫田"。旧注谓此诗刺齐襄公,虽无确据,但认为此诗是耕种领主大田的农民所作也属臆测。这种结论纯是因诗中有"甫田"二字,以为"甫田"必农民所耕种,

①〔清〕方玉润:《诗经原始》卷之五,第223页。

故诗亦应农民所作①。实际上，该诗的"甫田"仅属起兴，与农民无关。因"无思远人"而以为是流亡农民所作，更为无稽。其实，诗人以"甫田"之难耕，比"思远人"之痛苦，其义本甚明了。末章"婉兮娈兮，总角丱兮"一句，说明此诗也是贵族写男女相思之诗。

《卢令》——《毛序》以为此诗刺齐襄公好田猎，无确据。但诗中"其人美且仁""其人美且鬈""其人美且偲"等句，与《郑风·叔于田》《大叔于田》及《齐风》中的《还》《著》等诗相类，亦应为赞美贵族武勇之作。

《魏风·陟岵》——此诗为行役之人所作，与《卷耳》《小星》《击鼓》《北门》《君子于役》等诗同类，其作者亦是士一类人物。以魏国之小，原不必行役而"夙夜无已""夙夜无寐"，故似为役于王室或霸主者而作。

《魏风·十亩之间》——《毛序》以为此诗"刺时"，本无所据。姚际恒《诗经通论》谓"此类刺淫之诗"，以美为刺，亦误。今人认为此诗为"一群采桑女子呼伴同归的歌唱"，更是望文生义。实际上此诗也是情诗。首章"行与子还兮"，二章"行与子逝兮"等句，与《野有蔓草》中的"邂逅相遇，与子偕臧"同义。泥于"十亩""桑者"而解之，大失诗旨。

《硕鼠》——此诗《毛序》以为刺重敛，《鲁诗》以为"履亩税而《硕鼠》作"，齐说与鲁说同。今人释为反抗剥削过重，幻想美好社会之诗，稍近于事实。但以此诗为受剥削压迫的农民所作则无确据。此诗首章言"适彼乐土"，二章言"适彼乐国"，三章言"适彼乐郊"。"乐土"，郑玄释为"有德之国"。"国"指当时诸侯所在之城

<hr>

① 闻一多：《风诗类钞》，《闻一多全集》第四卷，生活·读书·新知三联书店，1982年，北京，第 13 页。

邑,如鲁之曲阜、齐之营丘等,前文中已言之。"郊"即"国"外附郭之地。此诗虽与重敛有关,但重敛之受害者并非农民个人,而往往是家族,前文中已言之。故此诗应为士一类家族长式的人物作诗以反对魏君对下之重敛。魏之亡,也应与此有关。《魏风》七篇之中,表达对上之不满或愤懑者竟占了三篇,即《硕鼠》《陟岵》《园有桃》,《伐檀》则是贵族辩解自己"不素餐兮"之作。魏国内之矛盾,于此可见一斑。

《椒聊》——为祈子之诗。"《椒聊》喻多子,欣妇女之宜子也。"①首章云"彼其之子,硕大无朋",二章言"硕大且笃"。观《硕人》一诗曰"硕人其颀""硕人敖敖",《简兮》曰"硕人俣俣",《考槃》言"硕人之宽""硕人之苘",又《泽陂》"有美一人,硕大且卷""有美一人,硕大且俨"等,知"硕"为当时贵族形容人之美貌勇武之辞。而"硕大无朋""硕大且笃",则形容贵族子孙繁衍昌盛之辞。

《绸缪》——《毛序》谓"刺晋乱",无据;方玉润谓之"贺新婚",亦无据。此诗类于《野有蔓草》,抒写其邂逅心上人之欢悦。"良人"即称贵族。《秦风·小戎》云:"厌厌良人,秩秩德音。"《秦风·黄鸟》:"歼我良人。"《大雅·桑柔》:"维此良人,弗求弗迪";"维此良人,作为式榖。"则此诗也不可能是普通劳动者之诗。

《唐风·杕杜》——《毛序》谓"刺时也。君不能亲其宗族,骨肉离散,独居而无兄弟,将为沃所并尔"。言此诗指"不能亲其宗族",稍得其旨;谓此诗指曲沃武公之事则无据。诗首章云"岂无他人? 不如我同父""人无兄弟",二章言"不如我同姓",则此诗与《葛藟》《郑风·扬之水》及《小雅·常棣》等同为咏叹宗族亲情之诗。朱熹《诗集传》谓"此无兄弟者自伤其孤特,而求助于人之

---

①闻一多:《风诗类钞》,《闻一多全集》第四卷,第 44 页。

词"，较得诗旨。

《葛生》——仅其第三章"角枕粲兮，锦衾烂兮"一句，便可证明此诗非出自劳动人民之手。此诗似为贵族所写的悼亡诗。诗中反复称"予美"。陈奂《诗毛氏传疏》云："妇人称夫谓美，犹称夫谓良。"此诗是否为妇女所作尚难确定，认为是男子所作也完全可以。而"予美"之义与"良人""粲者"同义，皆称其心上之人。"良人"亦《诗》中所常见，如《秦风·黄鸟》"歼我良人"，《大雅·桑柔》"维此良人"等，为对贵族之习称。

《鸨羽》——诗之首、二、三章皆言"王事靡盬"，为当时士大夫谈及服役于王室时所习用之语，如《小雅》中的《四牡》《采薇》《杕杜》等诗皆反复言之。故《毛序》谓此诗为"君子"所作。朱熹《诗集传》改"君子"为"民"本已失误，今人释之为农民反抗无休止的徭役制度，更无实据。当时之怨刺征役，未必出自农民之口，前文已言之，兹不更举。

《采苓》——此诗为劝人勿信谗言之诗，与《郑风·扬之水》《小雅·巷伯》等诗颇相类。盖谗言之兴，必当国运濒艰之时，又必当昏君当政之际。故《毛序》以为此诗刺晋献公。我们今天虽然仍不能确定其起初的背景，但认为它是贵族感于时政之作还是可以的。

《蒹葭》——此诗意境飘逸，神韵悠长，惟恍惟忽，端崖无际，在《国风》诸诗中如鹤立鸡群，翛然自异。其艺术水准之高，与所谓"民歌"相距何止万里！此诗必为文化修养较高之贵族所作，不辩自明。

《宛丘》——此诗与下一首《东门之枌》一样，都是描写巫师婆娑祭神之诗，《毛序》及三家诗皆以为刺陈幽公淫于祭祀，游荡无度，或有可据。总之，此诗非为普通劳动者而作。

《东门之枌》——说同上。

《株林》——此诗为陈之"国人"刺陈灵公淫于夏姬之诗，为

《诗经》中最为有据而可定其写作年代者之一。《左传》宣公九年（前 600 年）："陈灵公与孔宁、仪行父通于夏姬,皆衷其衵服,以戏于朝。"宣公十年（前 599 年）："陈灵公与孔宁、仪行父饮酒于夏氏,公谓行父曰:'徵舒似女。'对曰:'亦似君。'徵舒病之。公出,自其厩射而杀之。"又《国语·周语中》："陈灵公与孔宁、仪行父南冠如夏氏。……单子曰:'……今陈侯不念胤续之常,弃其伉俪妃嫔,而帅其卿佐,以淫于夏氏,不亦渎姓矣乎?……弃衮冕而南冠以出,不亦简彝乎?'"此《株林》之所以作。故《毛序》谓之"刺灵公"。

《隰有苌楚》——《毛序》谓此诗"疾恣也",甚无据。此诗郭沫若释之甚确:"这种极端的厌世思想在当时非贵族不能有,所以这诗也是破落贵族的大作。自己这样有知识罣虑,倒不如无家无室的草木! 做人的羡慕起草木的自由来,这怀疑厌世的程度真有点样子了。"[1]

《蜉蝣》——《毛序》及齐诗诸解均属牵强。从此诗所表达的思想感情看,它与《隰有苌楚》一样,也应是没落贵族悲观厌世之作。

《下泉》——明何楷《诗经世本古义》及清马瑞辰《毛诗传笺通释》等认为此诗是曹人美晋荀跞纳周敬王于成周之诗,故诗之末章云:"四国有王,郇伯劳之。"其说有据,从之。诗为曹之"国人"所作。

《鸱鸮》——此诗通篇用兴,并含寄托,托为鸟言,以寄经营室家之辛苦劳瘁。旧注皆以为周公所作,虽未必为事实,但以此诗之兴寄浓厚,意韵悠长,手法高超,也决非普通劳动者所能为。

除以上各诗外,《国风》诸诗中难以确定其作者身份者,仅《凯

---

[1]郭沫若:《中国古代社会研究》第二编第二章,第 127—128 页。

风》与《采葛》二诗,而这两首诗所抒发的感情——孝和思念情人也同样可以列为贵族作品之列。"孝"的思想基础是周人的血缘宗法制度,是周代贵族所大力提倡,并为后来的儒家思想所大力发扬的,思念情人虽然不能说是只有贵族们才能有的感情,但只有有文化的贵族才可能吟唱出如此深沉的情歌。三章层层递进,以见其思念之深,秋日萧瑟,草木摇落,登高望远,临流叹逝,易感离别之怀,最动故人之思。所以,《国风》160余首诗中,实在很难找出抒发真正的劳动人民感情的诗篇。当然。从文学史的发展角度讲,任何的文学形式都有一个长期积累的过程,如乐府诗和词先在普通民众中流行而后被文人加以提高一样,《国风》中的许多诗篇,在某些用语、内容、思想感情,甚至音乐形式上都会受真正在普通民众中流行的音乐、用语等方面的影响。但它们一旦为贵族所采用和加工,便成了贵族的东西,我们依然不能据此而将其定为"民歌"。从另一个角度讲,当时的贵族都是血缘贵族,其富与贵皆植根于他们自然的血统。尽管存在着事实上的阶级压迫,但这种概念在当时人们的心中却是非常自然、天经地义的。贵族和家族成员尚处在利益攸关的共同体中,阶级的观念尚未得到发展。因此,出自贵族之手的《国风》同样代表着西周、春秋时期整个华夏部族的文化和情感。我们不能因误解而拔高其中某些诗篇的价值,但也决不能因其出自贵族之手而贬低它们的伟大价值。

第三章　诗言志与兴、观、群、怨

一

　　将《诗》三百篇置于西周、春秋时期的社会环境中看,还有一个十分重要的问题需要我们认真加以研究,即兴、观、群、怨与《诗》三百篇的关系及其在当时社会中的作用。

　　《论语·阳货》载孔子说《诗》云:

　　　　子曰:"小子何莫学夫诗?诗可以兴,可以观,可以群,可以怨。迩之事父,远之事君,多识于鸟兽草木之名。"

从古至今的学者,都认为孔子的这段话,特别是"兴""观""群""怨"四个字,是孔子从学《诗》、用《诗》的角度对《诗》三百篇的社会政治功能和伦理教育作用所作的全面概括,并进而认为兴、观、群、怨包含着孔子对诗乐艺术审美功能和特点的深刻理解。与此相关的赋、比、兴观念,也被解释为《诗》三百篇的体裁或表现方法。我们看古人的一般解释:

　　兴:"兴,引譬连类。"(汉·孔安国)

　　　　"诗可以兴者,又为说其学诗有益之理也。若能学诗,诗可以令人能引譬连类以为比兴也。"(《论语注疏》卷二〇邢昺疏)

"兴,见今之美,嫌于媚谀,取善事以喻劝之。"(《周礼注疏》卷二三郑玄注)

"兴者,托事于物。"(同上郑注引郑众语)

"兴者,以善物喻善事。"(《周礼注疏》卷二二郑玄注)

"兴,起也。"(《说文·廾部》)

"兴者,先言他物,以引起所咏之词也。"(朱熹《诗集传》)

观:"观,谛视也。从见雚声。"(《说文·见部》)

"观风俗之盛衰。"(《论语注疏》卷二〇何晏注引郑玄注)

"可以观者,诗有诸国之风俗盛衰,可以观览知之也。"(《论语注疏》卷二〇邢昺疏)

"寀谛之视也。《穀梁传》曰:'常事曰视,非常曰观。'凡以我谛视物曰观,使人得以谛视我亦曰观。犹之以我见人,使人见我皆曰视,一义之转移,本无二音也。"(段玉裁《说文解字注》八篇下《见部》)

群:"群居相切磋。"(《论语注疏》卷二〇何晏注引孔安国语)

"辈也。从羊君声。"(《说文·羊部》)

"可以群者,《诗》有'如切如磋',可以群居相切磋也。"(《论语注疏》卷二〇邢昺疏)

"朋也,类也,此辈之通训也。《小雅》:'谁谓尔无羊?三百维群。'犬部曰:'羊为群,犬为独。'引申为凡类聚之称。"(段玉裁《说文解字注》四篇上《羊部》)

怨:"怨刺上政。"(《论语注疏》卷二〇何晏注引孔安国语)

"怨,恚也。""恚,怒也。""恨,怨也。""恕,怨也。""愠,怒也。"(《说文·心部》)

不可否认,将兴、观、群、怨解释为孔子对《诗》三百篇的社会作用的认识和概括,认为孔子已经认识到《诗》的艺术审美功能和特点,认为"兴"指诗歌可以"感发意志"①,可以引起人们的翩翩联想;认为"观"是指诗歌的社会认识作用,通过诗歌可以考察社会政治状况、政治得失、人民愿望,可以对赋诗者的品性、志向作观察;认为"群"是"群居相切磋",诗歌可以使人们藉以交流思想,促进感情融洽,起到协和群体的作用;认为"怨"是"怨刺上政",可以抒写不满、泄导人情等等,都是有相当道理的②。但是,如果我们深入考察一下西周、春秋时期的社会历史现实,考察一下《诗》三百篇在当时人们社会生活中的运用和作用,我们就会发现,以上这些解释,虽然都涉及了兴、观、群、怨的真正含义,但都只是其中的一部分,而且都是当时贵族们习诗、用诗之后的后起之义。另外,对兴、观、群、怨的作用对象也语焉不详。我们可以说,这些解释并非孔子的原义,而是在贵族以诗歌创作参与社会政治活动和社会生活的风气久已消失之后人们的一般理解。而在孔子时代,这种风气还未完全消失。因此,以上那些解释是不全面、不准确的。

二

那么,兴、观、群、怨的真正含义是什么呢? 笔者认为,它是孔子对周代贵族运用诗乐形式参与社会政治生活的方式的概括,而不是对诗歌如何发挥社会作用的概括,更不是孔子对诗歌艺术特征的见解和文艺批评,尽管孔子的这段话对后来中国古代文学批评理论的发展产生了重大影响。在孔子时代,还不存在什么文艺

---

① 〔宋〕朱熹:《诗集传》卷一。
② 敏泽:《中国文学理论批评史》上册第一章,人民文学出版社,1981年,北京。

欣赏和文艺批评。对孔子及其弟子们而言,所有诗歌的学习和运用都有着真切而丰富的实用目的,都与自己如何参与现实社会政治相联系。兴、观、群、怨是周代贵族作诗、用诗的基本目的,而并非孔子的发明创造。对周代贵族而言,《诗》就是诗本身,是他们表情达意的方式和工具,而不是什么可供人们欣赏的文学作品。对孔子及其弟子而言,教《诗》学《诗》就是为了学会这种表达方式,学会运用这种工具以达到入仕和参与社会现实政治生活的目的。因此我们可以认为,兴、观、群、怨源自周代贵族的现实政治生活。

　　在前文中我们已经讲到,直到西周、春秋时期,华夏部族还停留在"早期国家"阶段,由原始社会的氏族蜕变演化而来的血缘宗法家族集团在当时的社会政治、经济生活中发挥着主导作用。贵族是血缘贵族,君臣上下的政治关系上覆盖着"亲亲"的血缘政治的面纱。它使周天子与诸侯之间、诸侯与卿大夫之间在血缘政治所能容许的最大范围内保持着相互之间的温和与天然的亲情。由于贵族们之间都是父子兄弟甥舅等亲戚关系,因此贵族们在依血缘关系的亲疏远近而确立相互之间的君臣上下政治关系时,也同时确立起相互之间的权力和应尽的义务,亦即作为父子兄弟甥舅的卿大夫士等贵族有"师保""补察"家国政治的权力和义务。毫无疑问,这是人类原始时代的军事民主制在西周、春秋时期周人的社会组织和生活中的遗存。故《尚书·无逸》篇载周公之言曰:"呜呼!我闻曰:古之人犹胥相告、胥保惠、胥教诲。"孔安国注曰:"叹古之君臣虽君明臣良,犹相道告、相安顺、相教诲以义方。"再看下面的记载。

　　《国语·周语上》:

　　　　为川者决之使导,为民者宣之使言。故天子听政,使公

卿至于列士献诗，瞽献曲，史献书，师箴，瞍赋，矇诵，百工谏，
庶人传语，近臣尽规，亲戚补察，瞽史教诲，耆艾修之，而后王
斟酌焉，是以事行而不悖。

《国语·晋语六》：

（范文子曰）夫贤者宠至而益戒，不足者为宠骄。故兴王
赏谏臣，逸王罚之。吾闻古之王者，政德既成，又听于民。于
是乎使工诵谏于朝，在列者献诗，使勿兜；风听胪言于市，辩
妖祥于谣，考百事于朝，问谤誉于路，有邪而正之，尽戒之术
也；先王疾是骄也。

又《左传》襄公十四年（前559年）载师旷评卫人出其君云：

天生民而立之君，使司牧之，勿使失性。有君而为之贰，
使师保之，勿使过度。是故天子有公，诸侯有卿，卿置侧室，
大夫有贰宗，士有朋友，庶人工商，皂隶牧圉，皆有亲昵，以相
辅佐也。善则赏之，过则匡之，患则救之，失则革之。自王以
下，各有父兄子弟，以补察其政。史为书，瞽为诗，工诵箴谏，
大夫规诲，士传言，庶人谤，商旅于市，百工献艺。故《夏书》
曰："遒人以木铎徇于路，官师相规，工执艺事以谏。"正月孟
春。于是乎有之，谏失常也。天之爱民甚矣，岂其使一人肆
于民上以从其淫，而弃天地之性？必不然矣！

从以上这些记载我们可以看出，在西周、春秋时期，原始社会
末期的氏族民主制是如何在处于早期部族国家时期的周人社会
组织内部发生作用的。春秋时期"国人"阶层不断地出君、逐君、
弑君等行动更生动地说了这一点。在周人内部，不仅贵族可以通
过"献诗"的方式以"师保""补察其政"，而且庶人、百工、商人等
"国人"中的低级阶层皆可以讽、诵、谏等方式参与社会政治活动。
前文中的"舆人之诵""城者讴""国人诵""野人歌"等，便是他们参

与政治的现实例证。贵族公卿大夫士身为家族之长和王之父兄子弟,更负有"在列者""补察其政"的政治责任。因"献诗"有为而作之诗,我们可以在《诗》三百篇中找出不少例证。如:

《魏风·葛屦》:"维是褊心,是以为刺。"

《陈风·墓门》:"夫也不良,歌以讯止。"

《小雅·四牡》:"是用作歌,将母来谂。"

《小雅·节南山》:"家父作诵,以究王讻。式讹尔心,以畜万邦。"

《小雅·四月》:"君子作歌,维以告哀。"

《小雅·何人斯》:"作此好歌,以极反侧。"

《小雅·巷伯》:"寺人孟子,作为此诗。凡百君子,敬而听之。"

《大雅·民劳》:"王欲玉女(汝),是用大谏。"

《大雅·卷阿》:"矢诗不多,维以遂歌。"

《大雅·板》:"犹之未远,是用大谏。"

《大雅·桑柔》:"虽曰匪予,既作尔歌。"

《大雅·崧高》:"吉甫作诵,其诗孔硕,其风肆好,以赠申伯。"

《大雅·烝民》:"吉甫作诵,穆如清风。仲山甫永怀,以慰其心。"

《陈风·墓门》郑笺云:"歌谓作此诗也。既作,又使工歌之,是谓之告。"《经典释文》引《韩诗》:"讯,谏也。"《大雅·卷阿》毛传云:"不多,多也。明王使公卿献诗以陈其志,遂为工师之歌焉。"《大雅·民劳》郑笺云:"玉者,君子比德焉。王乎,我欲令女(汝)如玉然,故作是诗,用大谏正女。"他们的解释,基本上合于《诗》作者的原意。

　　所谓"献诗"以"补察其政"，所谓"刺""讯之""告哀""大谏"和"作诵"，实际上都是通过"诗"抒情达意，此即所谓"诗以言志"①。而"诗"与"志"在上古同音同义。《说文》："诗，志也。从言，寺声。"杨树达先生释之云："'志'字从'心'，止声，'寺'字亦从止声。'止''志''寺'古音无二。故从言止，言寺即言志也。……盖《诗》以言志为古人通义，故造文者之制字也，即以言志为文。其以'止'为'志'，或以'寺'为'志'，音同假借耳。"②闻一多先生也说："'志'从'止'从'心'，本义是停止在心上。停在心上亦可说是藏在心里。"故"志与诗原来是一个字。"③作诗即是言志，言志之文合于音律，便即是诗，故诗、乐合一。《尚书·尧典》：

　　　　诗言志，歌永言，声依永，律和声，八音克谐，无相夺伦，
　　神人以和。

郑玄注云：

　　　　诗所以言人之志意也。永，长也，歌又所以长言诗之意。
　　声之曲折，又长言而为之。声中律乃为和。

《国语·鲁语》云：

　　　　诗所以合意，歌所以咏诗也。

　　因表达心声的"诗"与乐不分，故凡所以达意言志以合于音律者，皆可以"诗"目之。故《周礼·春官·大师》所云"教六诗：曰风、曰赋、曰比、曰兴、曰雅、曰颂"，不过是讲六种言"志"（"诗"）的

---

①《左传》襄公二十七年。

②杨树达：《积微居小学金石论丛·释诗》，中华书局，1983年，北京，第25—26页。

③闻一多：《歌与诗》，《闻一多全集》第一卷，生活·读书·新知三联书店，1982年，北京，第185页。

不同方式。这六种方式无一不是以合乐的方式表达出来，故下文
又云："以六德为之本，以六律为之音。"当然，风、赋、比、兴、雅、颂
的区分实际上已经是春秋以后的后起之义，是以春秋以后的用诗
之法取代了"诗"或"志"的原始含义，是重义时代的解释。故段玉
裁《说文解字注》云：

> 《毛诗序》曰："诗者，志之所之也。在心为志，发言为
> 诗。"按许不云"志之所之"，径云"志也"者，《序》析言之，许浑
> 言之也。所以多浑言之者，欲使人因属以求别也。

即不欲使人因后人析而言之而泯灭、模糊了"诗"原来所具有的含
义。古代又有所谓"乐语"。《周礼·春官·大司乐》：

> 大司乐掌成均之法，以治建国之学政，而合国之子弟
> 焉。……以乐德教国子：中、和、祗、庸、孝、友；以乐语教国
> 子：兴、道、讽、诵、言、语；以乐舞教国子：舞《云门》《大卷》《大
> 咸》《大磬》《大夏》《大濩》《大武》。以六律、六同、五声、八音、
> 六舞、大合乐，以致鬼神示，以和邦国，以谐万民，以安宾客，
> 以说远人，以作动物。

"兴、道、讽、诵、言、语"统称为"乐语"，而不称为"诗"，大概因为
这些方式虽然与音乐有关，却不像风、赋、比、兴、雅、颂那般明显
和强烈。《国语·周语下》所载单靖公享叔向，为之"语说《昊天
有成命》"，可以部分地说明这一点。但不论是乐，是诗，是歌，或
其他形式，都是为言"志"，以之合于音律，则是为了更好地言
"志"。观之春秋，不论献诗或赋诗，皆合于乐。《诗》三百篇即全
为乐歌。

　　以上材料已经较为充分地说明了音乐，或以乐歌为主要形式
的表达方式在西周、春秋时期的重要性，而且这种以乐言志的传
统延续了很久。《荀子·乐论》云："君子以钟鼓道志。"《礼记·仲

尼燕居》云："是故古之君子不必亲相与言也,以礼乐相示而已。"
清劳孝舆《春秋诗话》卷一云:

> 风诗之变,多春秋间人所作……然作者不名,述者不作,
> 何欤? 盖当时只有诗,无诗人。古人所作,今人可援为己诗;
> 彼人之诗,此人可赓为自作,期于"言志"而止。人无定诗,诗
> 无定指,以故可名不名,不作而作也。

朱自清先生也曾经指出:

> 以乐歌相语,该是初民的生活方式之一。那时结恩情、
> 做恋爱用乐歌,这种情形现在还常常看见;那时有所讽颂,有
> 所祈求,总之有所表示,也多用乐歌。人们生活在乐歌中,乐
> 歌就是"乐语"……明白了这种"乐语"才能明白献诗和赋诗。
> 这时代人们还都能歌,乐歌还是生活里的重要节目。献诗和
> 赋诗正从生活的必要和自然的需求而来。①

请看春秋时期的实例:《左传》昭公十二年(前530年)载楚右
尹子革引祭公谋父所作《祈招》之诗以劝楚灵王。又同年,南蒯欲
叛鲁,"将适费,饮乡人酒。乡人或歌之曰:'我有圃,生之杞乎!
从我者子乎? 去我者鄙乎? 倍其邻者耻乎? 已乎已乎,非吾党之
士乎。'"乡人即以歌而谏。又"南蒯之将叛,其乡人或知之,过之
而叹,且言曰:'恤恤乎,湫乎攸乎! 深思而浅谋,迩身而远志,家
臣而君图,有人矣哉!'"这里的"言"便带有明显的乐歌意味。

---

① 朱自清先生在《诗言志辩》中说:"(兴、道、讽、赋、言、语等)似乎都是以歌
　辞为主。'兴''道'(导)似乎是合奏,'讽''诵'似乎是独奏。'言''语'是
　将歌辞应用在日常生活里。这些都用歌辞来表达情意,所以称为'乐
　语'。"此说可供参考,见《朱自清古典文学论文集》上册,上海古籍出版社,
　1981年,上海。

那么,兴、观、群、怨和"诗言志""献诗""赋诗""乐语"等是什么关系呢? 兴、观、群、怨是周代贵族通过"诗言志""献诗""赋诗""乐语"以"补察其政"、抒发情感的主要手段和目的。比较而言,"兴"偏重于个人之"志"的抒发,"观""群""怨"则无一不与现实社会政治密切相关。故"兴"主要就个人言之;"观""群""怨"则延伸其作用于社会。《诗》三百篇,正可以此度之。考察这几个字的来龙去脉,并结合西周、春秋时期的社会现实,我们才能对它们的含义作较为准确的把握,对它们在中国诗歌史上的作用也可以作出较为恰当的解释。

我们先说"兴"。

"兴"字在汉语中出现甚早,在殷商时期的甲骨文中就已多次出现,其基本形状为𦥑,有个别变形①。金文中"兴"的写法大致与此相同②。甲骨文中的"兴"约有两种含义:一是祭祀之名,一是方国之名。罗振玉释四手中间的为般,即盘,商承祚同之,谓像四手各执盘之一角而兴起之。杨树达释为几之初文,却甚似而实误③。四手承盘以祭,正所以示祭祀之庄重、虔敬,至后世进祭犹然如此。因"兴"与祭祀相连,故后代"兴"与"釁"(衅)通。《礼记·文王世子》:"既兴器用币。"祭祀时荐祭品谓之"兴物"。《礼记·祭统》:"夫祭之为物大矣,其兴物备矣。"郑注曰:"兴物,谓荐百品。"祭祀之时作舞谓之"兴舞"。《周礼·地官·舞师》:"凡小祭祀则不兴舞。""兴"义又与"庌"相近。《说文·广部》:"庌,陈舆服于庭也。"《广雅·释诂》:"庌,兴也。""庌"即与祭祀有关,故《周

_____

①参看孙海波:《甲骨文编》,中华书局,1965年,北京,第105页。
②参看高明:《古文字类编》,上海古籍出版社,2008年,上海,第1096页。
③杨树达:《积微居小学述林》卷三,中华书局,1983年,北京,第90页。

礼·春官·大司乐》云："大丧，莅庪乐器。"郑注云："庪，兴也。临
笙师镈师之属，兴乐器也。"指在丧仪上奏乐。又《大师》："帅瞽而
庪。"郑注云："庪，兴也，兴言王之行，谓讽诵其治功之诗。"又《小
师》："大丧，与庪。"谓小师逢大丧，以其所习参与之。又《眡瞭》：
"凡乐事，相瞽。大丧，庪乐器，大旅亦如之。"郑注云："旅，非常
祭，于时乃兴造其乐器。"《天官·司裘》："大丧，庪裘，饰皮车。"郑
注云："庪，兴也。若《诗》之兴，谓象似而作之。凡为神之偶衣物，
必沾而小耳。"《周礼》的其余篇章也反复提及。故《集韵》释"兴"
为"象也"，实际比《说文》等释"兴"为"起"更接近"兴"的本义。
"兴"因祭祀而起，故又含有喜、歆之意，而歆则是"神食气也"，故
可"降兴上下之神"。从以上诸例我们可以看出，原始的"兴"实际
上包含了宗教祭祀仪式中进祭品、兴舞、作乐以及诵诗等诸多内
容。特别是"兴象"，将上古先民祭祀之时衣死者之服饰，执羽而
舞，诵之以诗，乐师从而作之的逼真情态展现在我们面前。正因
为如此，故"兴"之义除了"象""歆""起"之外，又衍生出作、生、盛、
举、昌、行、动、荐、善等众多的含义。更重要的是，"兴"从对祭祀
仪式中诸种活动的概括演变而为上古先民的一种独特的思想及
情感表达方式。这种表达方式的形成，又和上古时期人类独特的
原始思维方式有极大关系。

　　那么，上古时期先民们原始思维方式的独特特征是什么呢？
那就是意象思维。意大利文艺复兴时期的著名学者马蒂斯塔·
维柯在其名著《新科学》中，曾力证处于人类儿童时期的原始民族
只会形而上学的形象思维而不会抽象思维。"这些原始人没有推
理的能力，却浑身是强旺的感觉力和生动的想象力。这种玄学就
是他们的诗，诗就是他们生而就有的一种功能（因为他们生而就
有这些感官和想象力）"。各民族的"原始祖先都是些在发展中的

人类的儿童,他们按照自己的观念去创造事物。……在他们的粗鲁无知中却只凭一种完全肉体方面的想象力。而且因为这种想象力完全是肉体方面的,他们就以惊人的崇高气魄去创造,这种崇高气魄伟大到使那些用想象来创造的本人也感到非常惶惑,因为能凭想象来创造,他们就叫做'诗人','诗人'在希腊文里就是'创造者'"①。推而广之,世界各民族的原始文化,包括宗教、神话、历史乃至各种典章文物和语言文字,无一不是形象思维的产物,因而都带有诗的性质。中国上古的文化,正是这样一种充满形象思维的文化。仅以《周易》为例,我们便可以看出上古先民充实而丰富的想象力是如何得到体现的。"兴"起源于宗教祭祀,而《周易》起源于另一个主要原始宗教形式占卜(维柯称之为"诗性智慧的最初特性")。占卜是人类试图把握人类与自然事物之间内在联系的第一步主动尝试,在人类认识发展史上有极其重要的开创意义。

布留尔对此亦有精辟的论述:

　　　　对原始人来说,占卜乃是附加的知觉,如同我们使用工具能使我们看到肉眼看不到的微小东西或弥补我们不足的感觉,原始人的思维则首先和主要利用梦,然后利用魔棍、算命、晶球、卜骨、龟鉴、飞鸟、神意裁判以及其他无数方法来在神秘因素及其结合为其他办法所不能揭露时搜索它们。②

前文中我们曾经讲过,中国上古社会巫史不分,卜筮者便是那个时代最高级的"知识分子",是那个时代的政治家、道德家、哲

---

① 维柯著,朱光潜译:《新科学》第二卷第一部分《诗性的玄学》,商务印书馆,1989年,北京,第181—182页。

② 列维·布留尔著,丁由译:《原始思维》,商务印书馆,1981年,北京,第280页。

学家、艺术家、科学家和重要的决策者,是中国文字的实际创造者和掌握者。而那些刻在木片、陶器、甲骨、青铜器上的占卜文字,不仅是神意的启示,而且往往是最早的道德箴语。不仅上古用作占卜之书《周易》是这样,就是在《诗经》中,特别是大、小《雅》和《周颂》中的许多诗句,不仅自身包罗了当时人们所能体悟到的各种社会生活哲理,而且也被春秋时期的人们用作"恒言"以说明道理,判断是非。我们看一看春秋时期贵族们的引诗用诗便可明白这一点。这种独特的思维方式不仅导致了以象形为基础的汉字的产生,而且使汉语在这个基础之上发展成为一种极富形象思维的"诗性"语言。反过来,极富形象思维的语言和文字又促进了中国传统思维方式的形成。语言对人类思维方式的影响从来都是不可低估的,语言就是人类最原始的思维方式。当一个民族选择了一种语言,它同时也就选择了一种思维方式。如果我们将传说中的仓颉见鸟兽之迹而造为文字视为类比式的形象思维的话,"仰则观象于天,俯则观法于地,观鸟兽之文与地之宜,近取诸身,远取诸物,于是始作八卦,以通神明之德,以类万物之情"的《周易》,则可称之为意象思维。许慎《说文解字序》云:

仓颉之初作书,盖依类象形,故谓之文。其后形声相益,即谓之字。文者,物象之本。字者,言孳乳而浸多也。

汉字及汉语的发展过程,便是一个以意象为基础而不断孳乳繁衍的过程,这和"生生不息"的《周易》是相通的。"象"是《周易》的核心范畴,卦象是《易》象最基本的单位,是观物取象、法象万物的结果。而"兴"也同样具有"象"的意味,并以外在的物象为基础。"象"是万事万物及其联系在人脑中经过一番概括加工而显现出的体现事物本质特征的物形模拟,"兴"则是外界事物进入人脑在思想及情感上发生的一系列启悟和感发。《易》之"象"是"圣

人立象以尽意"，"兴于诗"则是"诗以言志""诗言志"或"诗"即
"志"。《周易》的"象"是"具象的抽象"，是"象"的组合、流动和启
示，人们通过《易》"象"可以举一反三，使意合于象，得象可忘言，
得意可忘象。"兴"则"引譬连类"，"托事于物""托物兴辞"，自然
事物凡足以感发意志、引起联想者，皆可"起兴"，皆可言志而尽
意。这种思维方式是跳跃式的，完全不需要理性的逻辑推断。因
此，"诗歌起兴多无关义理，作者或就所见之物而起其言，或就所
忆之物而引起韵，皆未可知"①。《易辞》的主要功能是明象（"言
以明象"）、尽言（"系辞焉以尽其言"）、表情（"圣人之情见乎辞"），
是《易》"象"的延伸和定型。"兴"辞则可使人"引譬连类以为比
兴"，以达其不尽之意。所以，《周易》的"象"与《诗》之"兴"的功能
在本质上是相通的，都是当时先民们所特有的意象思维的产物。
故章学诚认为：

> 《易》之象也，《诗》之兴也，变化而不可方物矣……象之
> 所包广矣，非徒《易》而已，六艺莫不兼之，盖道体之将形而未
> 显者也。雎鸠之于好逑，樛木之于淑贞，甚至而能（熊）蛇之
> 于男女，象之通于《诗》也……《易》象虽包六艺，与《诗》之比
> 兴，尤为表里。

战国之文，深于比兴，即深于取象者也。所以他得出结论：
"《易》象通于《诗》之比兴。"②从这个意义上讲，比和赋实际上都
可以包括在"兴"的范围之内，都是"兴"的概念的延伸和不同的表
述方式。所以僧皎然在《诗议》中说：

> 取象曰比，取义曰兴，义即象下之意。凡禽、鱼、草、木、

---

① 顾颉刚：《史林杂识·论兴诗》，中华书局，1963年，北京，第259页。
② 〔清〕章学诚：《文史通义·易教下》。

人物、名数，万象之中，义类同者，尽入比兴。

因此我们才在《诗经》中看到那么多的鸟兽草木虫鱼。我们只要将《周易》的卦、爻辞和《诗经》中的诗篇作一比较分析，便可以看出《诗经》"兴"的方式和《周易》中意象流动的卦、爻辞如出一辙。《周易》之辞，"或喻于声，或方于貌，或拟于心，或譬于事"[1]，栩栩如生。如：

> 《明夷·初九》："明夷于飞，垂其翼；君子于行，三日不食。"

> 《中孚·九二》："鸣鹤在阴，其子和之。我有好爵，吾与尔靡之。"

> 《否·九五》："其亡其亡，系于苞桑。"

> 《屯·六二》："屯如，邅如，乘马班如。匪寇，婚媾。"

以上这些句子，皆系于各卦的卦象之后，使人睹卦象，读系辞，而以"明象"，以"尽意"，以联想，以启悟隐含于卦象之中的神秘天机。《易》象和《易》辞之间的联系在似有似无之间，其语言也含蓄、凝炼而蕴藉，读者读《易》辞，重要的不在于这些系辞本身，而在于你通过它们能够联想、体悟到多少，所谓"不著一字，尽得风流"，给人留下无限的想象余地。而这一点，正是包括诗歌艺术在内的中国艺术的最大特点。

就上举《周易》诸例而言，它们可以说是"言以明象"，也可以说是"兴以尽意"。我们再看看《诗经》，诗人睹"桃之夭夭，灼灼其华"，可以联想到"之子于归，宜其室家"；睹"关关雎鸠，在河之洲"，可兴"窈窕淑女，君子好逑"；既"瞻彼淇奥，绿竹猗猗"，可以兴"有匪君子，如切如磋，如琢如磨"。孔子与子夏对答还可以

---

[1]〔梁〕刘勰：《文心雕龙·比兴》。

"兴"至"绘事后素",以至于孔子叹曰:"起予者,商也,始可与言
《诗》已矣。""起予"实即"兴予",这正是"兴"所具有的意象思维功
能的活生生的例子,也是《诗》之"兴"义的最好注解。据陆玑《毛
诗草木鸟兽虫鱼疏》,《诗经》中可用于譬喻、起兴的有草木一百多
种,虫鱼四十余种,兽类二十余种。这与《易》之"象""法象天地",
主要用自然界各种物象取譬兴"象"如出一辙。故孔颖达云:"凡
《易》者,象也。以物象而明人事,若《诗》之比喻也。或取天地阴
阳之象以明义者,若《乾》之'潜龙''见龙',《坤》之'履霜,坚冰'
'龙战'之属是也;或取万物杂象以明义者,若《屯》之六三'即鹿无
虞',六四'乘马班如'是也。"如此之类,《易》中多矣。这完全是一
种极富想象的"得意忘象"的诗性语言。另外,《周易》的"象"是流
动的意象,其系辞也随着"象"的演进而流动变化,层层深入。《诗
经》中的"兴"与各诗章节的演进也完全如此。如《周易·渐卦》从
"初六"爻到"上九"爻,其卦辞分别为"鸿渐于干""鸿渐于磐""鸿
渐于陆""鸿渐于木""鸿渐于陵""鸿渐于陆",由远至近,由下至
上,又循环往复,意味深长。其他如《乾》《贲》《咸》等卦也无不如
此。《诗经》之中如《殷其雷》之各章首句"殷其雷,在南山之阳"
"在南山之侧""在南山之下",也是层层递进。又如《干旄》"孑孑
干旄,在浚之郊""在浚之都""在浚之城"。其余如《淇奥》《考槃》
《有狐》《黍离》《扬之水》《兔爰》《将仲子》《叔于田》等等所谓"兴"
体之诗,其"兴"之感发,无不由浅及深,由近及远,意味隽永,含义
深长。用重章叠句、一唱三叹来解释这种章法,并不能完全说明
这些"兴"诗在艺术上的意义。刘勰谓"兴之托喻,婉而成章,称名
也小,取类也大",既可以用来概括《诗经》中的"兴"诗,也可以概
括《周易》中的易象易辞。而强行将"比"与"兴"分开,就不免有些
胶柱鼓瑟。因为"兴"既是一种诗化、意象化的情感表达方式,就

可以有多种表现形式。凡兴发感悟、托物言志、引譬连类、比喻引申以言志尽意者,皆可包于"兴"义之中,故《论语》只提"兴"而不言比、赋。《毛传》只将"兴"标于章句之中,其意仅在于指明诗的上下句是"兴"的关系,实在并无深意。

由此我们可以认为,"兴"不是《诗》的一种体裁,不是当时人们已明确认识到的作诗的方法,也不是什么用诗方法①,而是一种极富于中国民族特色,极富于想象力和艺术意味的"诗"化的情感表达方式。它植根于我们先民独特的"意象思维"的肥沃土壤之中,并对中国文学艺术的发展产生了极为深远的影响。

那么,孔子所说的"兴"是什么含义呢?

从《左传》《穀梁传》等来看,春秋时期所说的"兴"大约有三个方面的含义:首先,"兴"还部分地保留着其起于祭祀的原始含义。前文中已多言之,兹不举例。其次,由原始的"诗"化的"兴"而引申出来的兴趣、出现、招引、壮大等含义。如《左传》僖公二十三年(前637年):"天将兴之,谁能废之?"庄公二十三年(前671年):"故有得神以兴。""国将兴,听于民。"宣公十二年(前597年):"麇兴于前。"又襄公十年(前563年):"是臣兴诸侯以自封也。"昭公元年(前541年):"穆叔、子皮及曹大夫兴拜。"第三种,便是孔子所言的"兴"。《论语》载孔子言"兴"有三次:《论语·泰伯》:"君子笃于亲,则民兴于仁。"又"兴于《诗》,立于礼,成于乐"。再就是《阳货》中的兴、观、群、怨。看来,"兴于《诗》"是孔子言"兴"的正解。所谓"兴于《诗》",即指通过学习《诗》三百篇以学习、锻炼"引譬连类""托事于物"的情感表达方式。其著名者,如《论语·学

---

① 鲁洪生:《从赋、比、兴产生的时代背景看其本义》,《中国社会科学》1993年第3期。

而》："子贡曰：'贫而无谄，富而无骄，何如？'子曰：'可也。未若贫而乐，富而好礼者也。'子贡曰：'《诗》云"如切如磋，如琢如磨"，其斯之谓欤？'子曰：'赐也，始可与言《诗》已矣，告诸往而知来者。'""告诸往而知来者"便是引譬连类。但是，孔子及其弟子们之"兴于《诗》"是以《诗》三百篇中现成的篇章为基础，他们已经不能像作诗时代的人们一样感于万物而连类不穷，"流连万象之际，沉吟视听之区"，而只是在不自觉中继承并运用着先代遗留给他们的部分能力。他们还懂得"兴"，但其能力已仅限于《诗》三百篇所能提供的材料范围。他们可以运用《诗》三百篇为托喻起"兴"的材料，却已奏不出天籁。能奏出"诗"的天籁意趣的时代刚刚成为过去，文学艺术的自觉时代却还远未到来。作诗风气的熄灭固然是春秋中期以后社会环境变迁的结果，同时也是我们民族的思维方式逐渐摆脱原始的混沌、直观，摆脱神话—巫术的笼罩而走向理性和成熟的结果。如果说《诗》三百篇和《周易》代表了前一个时代，战国勃兴的诸子哲学和散文则代表了后一个时代。而孔子恰恰处在这两个时代的转折时期。所以，孔子一方面在不自觉地、部分地继承、运用着先代"兴"的情感表达方式，同时却也在愈来愈理性地将《诗》三百篇进行切割、分类，甚至肤浅地比附，从中寻找自己所需要的东西，并以自己的方式去理解、阐释《诗》三百篇。这已经为后世的儒家经生们作出了表率。《左传》中所记载的各诸侯国贵族们之"赋诗""诵诗"，其方式正与孔子大致相同。不过，从形式上讲，这一时期的"赋诗断章"还保留了早期"兴"的情感表达方式的部分形式，即合于声律，有表情、舞蹈等等，还没有像声乐失传以后那样只是以义为用，求其字义而不顾其余。顾颉刚在《〈诗经〉在春秋战国间的地位》和《论〈诗经〉所录全为乐歌》二文中对《诗》的运用形式作过详细考证，兹不赘述。到孔子时代,《诗》三百篇已走向实用。孔子"述而不作",但出于教其弟子"先进于礼乐"以求出仕的实用目的,流行于当时贵族中间的周人主要文化典籍的《诗》三百篇必然要被列入其教授范围。孔子对教授《诗》三百篇的目的说得很明白:"诵《诗》三百,授之以政,不达;使于四方,不能专对,虽多,亦奚以为?"①"不学《诗》,无以言。"②"可以兴,可以观,可以群,可以怨。迩之事父,远之事君,多识于鸟兽草木之名。"③从实用的目的性而言,"兴"在孔子这里已成为一种可供利用的表达工具。这和原来的"兴"义相比,其境界自然相差甚远。早期的"兴"是自然的天籁,作诗是为满足情感表达的需要,后来演变为赋诗以言志。及至春秋晚期孔子之后,又变成教诗、习诗以明志了。

三

在前文中,我们已经列举了古人对于"观"的主要解释。除了作为文字学家的许慎、段玉裁之外,历来对于"观"的理解大多是从"观风俗"入手的,即"观风俗之盛衰""观得失,自考证"等。但是,仅仅将"观"解释为"观风俗之盛衰"或认为是孔子诗歌价值观的一个重要命题是不够的。"观"在当时有着深厚的历史意蕴,而且不属于孔子的发明创造。

《说文》:"观,谛视也。从见雚声。"《穀梁传》云:"常事曰视,非常曰观。"这说明二者之间有相当的区别。《说文》释"视"为"瞻

---

① 《论语·子路》。
② 《论语·季氏》。
③ 《论语·阳货》。

也”，“瞻，临视也”。是“视”与“瞻”其义几同，而“视”与“观”则大有区别。以字之初形而言，“观”字从“雚”，而“雚”之造型源自鸟隼，二口像目，像其炯炯审视、明察秋毫；而“视”则从示从见，其义重在显示、展示。《周易》特设“观”卦，其卦辞云：“观，盥而不荐，有孚颙若。”初六爻云：“童观，小人无咎，君子吝。”六二爻：“窥观，利女贞。”六三爻：“观我生进退。”六四爻：“观国之光，利用宾于王。”九五爻：“观我生，君子无咎。”上九爻：“观其生，君子无咎。”这里所强调的是观察判断以识天机，是“观”对于处事决断和天下国家的重要意义。结合考察西周、春秋时期的社会历史环境，“观”的历史意蕴可以从以下几个方面表述：

一、“观”他人之志。不仅要“观”别人的言语行为举措，还要通过赋诗以观察、体会他人的志向、心态。这种“观”通常和当时流行的礼仪道德规范相联系。先看孔子的“观”：

《论语·学而》：

子曰：“父在，观其志；父没，观其行；三年无改于父之道，可谓孝矣。”

《为政》：

视其所以，观其所由，察其所安，人焉廋哉？人焉廋哉？

《公冶长》：

始吾于人也，听其言而信其行；今吾于人也，听其言而观其行。

孔子所谓的“观”，显然是考察、分析别人的行为、言语，然后对人的道德品质加以判断，因为人的言语和行为最直接地反映着他的心理和思想。通过人之言语行为以“观”人之心志大概是当时“观”的一个最重要的方面。《周易·系辞传》中有一段言论颇有代表性：

将叛者其辞惭，中心疑者其辞枝，吉人之辞寡，躁人之辞
多，诬善之人其辞游，失其守者其辞屈。

以我们今天的水准看来，这种"观"也许算不了什么，但在当
时它们却是积累了多少代人的心智，尤其是在民族的思维和创造
智慧正在从原始思维中挣脱出来而走向理性和奔放时，这种"观"
正代表着当时的民族思维所能达到的水平。《左传》中有不少
"观"其言行以判断其未来前途的成功事例。如文公十七年（前
610 年），齐君至鲁，襄仲言于鲁公曰：

臣闻齐人将食鲁之麦，以臣观之，将不能。齐君之语偷。
臧文仲有言曰："民主偷，必死。"

僖公三十三年（前 627 年），秦军千里袭郑：

春，秦师过周北门，左右免胄而下，超乘者三百乘。王孙
满尚幼，观之，言于王曰："秦师轻而无礼，必败。轻则寡谋，
无礼则脱。入险而脱，又不能谋，能无败乎？"

又成公十四年（前 577 年）：

卫侯飨苦成叔，甯惠子相。苦成叔傲，甯子曰："苦成家
其亡乎？古之为享食也，以观威仪，省祸福也。故《诗》曰：
'兕觥其觩，旨酒思柔。彼交匪傲，万福来求。'今夫子傲，取
祸之道也。"

又襄公三十一年（前 542 年），郑子产不毁乡校，并云为政之
道犹如防川：

仲尼闻是语也，曰："以是观之，人谓子产不仁，吾不
信也。"

又《论语·先进》云：

南容三复"白圭"，孔子以其兄之子妻之。

"白圭"即《大雅·抑》中的"白圭之玷，尚可磨也。斯言之玷，

不可为也"。南容三复之以明己志。孔子由此判断出南容能出言谨慎,人品可靠,故以侄女妻之。这样做,正合乎他"敏于事而慎于言"的君子人格。

在春秋时期,"观"他人之志的一个重要方面是赋诗观志。当时贵族所习之文化典籍,主要是《诗》三百篇和《尚书》,另外还有一些如《志》《军志》《史佚之志》等,但基本上是道德箴言。贵族们最为熟悉、引用最多的还是《诗》三百篇和《尚书》。"诗"所以言志,当时作"诗"之风渐渐不行,习诗、教诗、用诗便成为训练贵族言语表达及交际能力的主要途径。《左传》中所记载的几乎所有当时朝会盟聘时贵族之"赋诗"言志都和"观"志有关。如襄公二十七年(前546年),郑伯享赵孟于垂陇,子展、伯有、子西、子产、子太叔、二子石从。赵孟请皆赋,以卒君贶,并以观七子之志。子展赋《草虫》,伯有赋《鹑之奔奔》,子西赋《黍苗》之四章,子产赋《隰桑》,子太叔赋《野有蔓草》,印段赋《蟋蟀》,公孙段赋《桑扈》。卒享后,赵孟告叔向曰:

> 伯有将为戮矣。诗以言志,志诬其上,而公怨之,以为宾荣,其能久乎?……其余皆数世之主也。子展其后亡者也,在上不忘降。印氏其次也,乐而不荒。乐以安民。不淫以使之,后亡。不亦可乎?

昭公十六年(前526年),郑六卿饯晋韩宣子于郊,韩宣子请皆赋,并以此知"郑志",子齹赋《野有蔓草》,子产赋《羔裘》,子太叔赋《褰裳》,子游赋《风雨》,子旗赋《有女同车》,子柳赋《萚兮》。韩宣子曰:

> 郑其庶乎?二三君子以君命贶起,赋不出郑志,皆昵燕好也。二三君子数世之主也,可以无惧矣。

又襄公十六年(前557年),晋侯与诸侯宴于温,使诸大夫舞,

曰:"歌诗必类。"齐高厚之诗不类,荀偃怒,且曰:"诸侯有异志矣。"又文公十三年(前 614 年)秋:

> 公如晋,朝且寻盟。卫侯会公于沓,请平于晋。公还,郑伯会公于棐,亦请平于晋。公皆成之。郑伯与公宴于棐,子家赋《鸿雁》……文子赋《四月》,子家赋《载驰》之四章,文子赋《采薇》之四章。郑伯拜,公答拜。

在上举之第一例中,赵孟通过各人所赋之诗而判断出各人及其所代表的家族在郑国地位之升降及自身的安危,其根据是当时的"礼"。伯有志诬其上,以臣而谤君(《鹑之奔奔》:"人之无良,我以为君。"),故赵孟言其必亡。子展赋《草虫》,而敬其君,故赵孟谓其后亡。第二例也是同样的道理。第三例中,"歌诗必类",即要求所歌之诗与所要表达的思想相配,齐高厚歌诗不类,故意违荀偃之意,是对霸主晋国的不尊,故荀偃怒而谓诸侯有异志,而与诸侯同讨之。在第四例中,赋诗言志之意更为明显。郑子家赋《鸿雁》,取诗中"之子于征,劬劳于野。爰及矜人,哀此鳏寡",请鲁文公为郑国向晋国请和。季文子赋《四月》,取诗中"四月维夏,六月徂暑。先祖匪人,胡宁忍予?"言思归心切,不欲更还晋国以拒之。子家又赋《载驰》之四章,"控于大国,谁因谁极?"再次向鲁国求援。季文子赋《采薇》之四章,取诗中"戎车既驾,四牡业业。岂敢定居?一月三捷"之意,表示答应为郑国向晋国求和,故郑伯起而拜之。仅从此数例,便可以看出通过赋诗、言语以"观"他人之志在当时所具有的重要意义。

二、"观"他国政治。后世所谓"观风俗,知得失,自考证"即导源于此。"观"他国政治有两个主要目的:一是观衅而动,试探、观察对方的反应以帮助自己决策。《左传》僖公三十年(前 630 年):

> 晋人侵郑,以观其可攻与否。

襄公四年(前569年):

> 无终子嘉父使孟乐如晋,因魏庄子纳虎豹之皮以请和诸戎。晋侯曰:"戎狄无亲而贪,不如伐之。"魏绛曰:"诸侯新服,陈新来和,将观予我。我德则睦,否则携贰。"

襄公十年(前563年):

> 宋公享晋侯于楚丘,请以《桑林》,荀罃辞。荀偃、士匄曰:"诸侯、宋、鲁于是观礼。鲁有禘乐,宾祭用之。宋以《桑林》享君,不亦可乎?"舞,师题以旌夏,晋侯惧而退入于房。

昭公五年(前537年):

> 卜之以守龟,曰:"余亟使人犒师,请行以观王怒之疾徐而为之备。尚克知之。"

第二是观他国风俗政治以借鉴,即《周易·观》卦所谓"观国之光,利用宾于王""观我生进退""观其生"。此"观"须合于正道,即合于"礼"。故《春秋》隐公五年(前718年):"公观鱼于棠。"《公羊传》曰:

> 何以书?讥。何讥尔?远也。

《穀梁传》曰:

> 常事曰视,非常曰观。礼,尊不亲小事,卑不尸大功。鱼,卑者之事也。公观之,非正也。

而《左传》载臧僖伯之谏语曰:

> 凡物不足以讲大事,其材不足以备器用,则君不举焉。君将纳民于轨物者也……不轨不物,谓之乱政。乱政亟行,所以败也。

庄公二十三年(前671年),公如齐观社。《公羊传》曰:

> 何以书?讥。何讥尔?诸侯越竟观社,非礼也。

《左传》载曹刿之谏曰:

不可。夫礼，所以整民也。故会以训上下之则……非
是，君不举矣。君举必书。书而不法，后嗣何观？

而襄公廿九年（前544年）吴公子季札"请观于周乐"，观诸国
之诗而判断其国之盛衰，则是"观"他国风俗政治的典型事例。在
这里，《诗》三百篇成为反映诸国政治兴衰的主要表征。而仅仅通
过诗歌以及与之相配合的音乐舞蹈以判断诸国之政，尤其需要渊
博的知识和对社会的深刻洞察力。这大概是孔子强调《诗》可以
"观"的一个重要因素。

三、"观"贵族之修养、威仪。对当时的贵族阶层而言，"观"不
仅要观他人之志、他国风俗政治，同时还要自律自"观"，使自己的
言语或行为合乎"礼"，并使他人和后代可师可法。因此，是否可
"观"是当时贵族修养的一个重要组成部分。而习《诗》用《诗》，正
是当时贵族提高自身修养、培养自己进退有节、举措合度、威仪可
观的重要途径。观他人之志和观风俗政治只是停留在"观"的社
会运用和社会效果上，而自"观"自律强调的是贵族思想观念中
"观"对于贵族完善自身修养的价值，这种价值足以使贵族担负起
自己应负的社会责任。《左传》文公十八年（前609年），莒太子仆
弑其君而奔鲁，文公"命与之邑，曰：'今日必授。'季文子使司寇出
诸竟，曰：'今日必达。'"公问其故，季文子使大史克对曰："先君周
公制《周礼》曰：'则以观德，德以处事。'"又曰"毁则为贼，掩贼为
臧"，并举少皞氏之不才子、缙云氏之不才子以例之。此处之
"观"，即观其道德行为。威仪之可"观"与否，又与贵族之安危祸
福相连。《左传》定公十五年（前495年），邾隐公朝于鲁，"子贡观
焉。邾子执玉高，其容仰，公受玉卑，其容俯。子贡曰：'以礼观
之，二君者皆有死亡焉。夫礼，死生存亡之体也，将左右周旋，进
退俯仰，于是乎取之；朝、祀、丧、戎，于是乎观之……高仰，骄也；

卑俯,替也。骄近乱,替近疾。君为主,其先亡乎?'"又襄公三十一年(前542年),北宫文子见楚公子围(后之楚灵王)之威仪僭于其君,谓其不免。襄公问何以知之,对曰:"《诗》云:'敬慎威仪,惟民之则。'令尹无威仪,民无则焉。民所不则,以在民上,不可以终。"并云君臣各有威仪,"故能守其官职,保族宜家。顺是以下皆如是,是以上下能相固也"。"故君子在位可畏,施舍可爱,进退可度,周旋可则,容止可观,作事可法,德行可象"。因威仪反映着贵族的道德水准和处世能力,故"观"其进退容止,即可知其内心之道德水准与未来之祸福。鲁昭公欲废季氏,败而奔齐,犹能节而有礼,"以遇礼相见。孔子曰:'其礼与辞足观矣。'"

除"礼"以外,先王之法也是"观"的重要准则。定公四年(前506年),晋朝诸侯于召陵,以蔡为先而卫为后,苌弘云:"蔡叔,康叔之兄也。先卫,不亦可乎?"子鱼则说:

> 以先王观之,则尚德也……(鲁公、康叔、唐叔)三者皆叔也,而有令德,故昭之以分物。不然,文武成康之伯犹多而不获。是分也,唯不尚年也。

至于"观兵于东夷"[①]"观兵于周疆"[②]"观兵以威诸侯"[③]"楚子遂观兵于坻箕之山"[④],则是炫耀、展示实力,已是"观"的引申义,且与《诗》之"观"无涉,《诗》对于培养贵族容止威仪及其在社会政治生活中的重要性可从以下事例中看得出来。

其一是齐之庆封。《左传》襄公二十七年(前546年),庆封聘

---

①《左传》僖公四年。
②《左传》宣公三年。
③《左传》宣公十二年。
④《左传》昭公五年。

于鲁，其车美，然"叔孙与庆封食，不敬。为赋《相鼠》，亦不知也"。
第二年，庆封奔于鲁，"献车于季武子，美泽可以鉴。展庄叔见之，
曰：'车甚泽，人必瘁，宜其亡也。'叔孙穆子食庆封，庆封氾祭，穆
子不悦，使工为之赋《茅鸱》，亦不知"。故穆子谓庆封必亡。

　　其二是宋大夫华定。昭公十二年（前 530 年）夏，"宋华定来
聘，通嗣也。享之，为赋《蓼萧》，弗知，又不答赋。昭子曰：'必亡。
宴语之不怀，宠光之不宣，令德之不知，同福之不受，将何以在？'"
昭子之解《诗》虽然是断章取义，然《诗》既为当时贵族所通习，诵
之在口，虽断章而赋，人皆知其用意，而不劳解释，亦无须合于本
义。不知不答，才是怪事，才是无宠无光又无誉无"观"的表现。
不习于《诗》，则其容止德行便不足"观"。此庆封、华定之所以亡。
相反，举止可观、德行可法者，未尝不被贵族以《诗》赞之。《左传》
所记载的春秋时期诸国贵族于朝会盟聘之时赋《诗》言志，对答如
流，授之以政则达，使于四方则可以专对，正体现着"观"对于贵族
修养的意义。孔子所要求于其弟子的，正是这种"兴于《诗》，立于
礼，成于乐"的"观"，可以"迩之事父，远之事君"之观。

四

　　孔子说《诗》"可以群"，孔安国仅释之为"群居相切磋"，远未
揭示出"可以群"在西周、春秋时期所具有的历史意蕴。邢昺等人
的疏解也是如此。"群"字不见于甲骨文，但见于金文。《说文》：
"群，辈也。"段玉裁注谓："朋也，类也，此辈之通训也。""引申为凡
类聚之称。"似更接近"群"字的原义。纵观先秦时期"群"字的运
用，主要有以下几个方面的含义：

　　1. 朋辈。《说文》："群，辈也。"《玉篇》："群，朋也。"《广韵》：

"群，队也。"

2.类。《逸周书·周祝解》："用其则必有群。"注云："群，类也。"群兽以类相从亦曰群。《国语·周语》："兽三为群。"《小雅·无羊》："谁谓尔无羊？三百维群。"

3.亲党。《礼记·三年问》："因以饰群。"《小雅·吉日》："或群或友。"除了朋辈、类、亲党外，则是"群"的引申义。《论语·卫灵公》："君子矜而不争，群而不党。"谓君子应和以处众。《荀子·非十二子》之"壹统类而群天下之英杰"，则为会合之意。《秦风·小戎》之"俴驷孔群"，乃取"群"协调之意。而《左传》中多言"群公子""群臣""群公"等，仍含有朋辈之意。仅释其与"诸"字相通，便丢掉了"群"字原来所包含的许多含义。

无疑，"群"最基础的含义是朋、辈、类，而"群"字中所包含的历史意蕴，则应追溯到遥远的原始时代。后代对于"群"字的朋、辈、类、亲党等的解释，正说明了"群"字与人类早期的血缘集团有着密切的关系。而血缘集团，又基于原始的婚姻制度。

人类群体的最早划分，是从婚姻开始的。摩尔根的研究表明，人类摆脱杂乱性交关系的原始状态后的第一个婚姻形式是血缘家庭。在这里，婚姻集团是按照辈数来划分的。原始的班辈婚使人类第一次在自己集团内部按不同年龄形成了班辈类群。以后，原始的班辈婚又进一步演变成"普那路亚"家庭，它排除了近亲之间的血亲婚配，而互为夫妻的男女群体相互之间互称"普那路亚"，即亲密的同伴。而氏族就是由这一步直接引起的。这种婚姻制度一经确立，"上述的集团便转化为氏族了，换言之，即组成一个确定的、彼此不能结婚的女系血缘亲属集团；从这时起，这种集团就由于其他共同的社会制度和宗教制度而日益巩固起来，并且与同一部落内的其他氏族区别开来了"①。以后"普那路亚"
婚制又向原始的对偶婚制转变。人类的这种婚姻制度,使人类结
合成更为稳固的群体,有条件"以群的联合力量和集体行动来弥
补个体自卫能力的不足"②,与严酷的大自然做斗争。因此,
"群",不论是人们因婚制而形成的班辈意识,或因氏族的产生而
出现的类群、亲党意识,对早期人类社会历史的发展都具有极其
重要的意义。在西周、春秋时代,我们仍然能从当时的婚姻习俗
中看出不少原始婚制的遗迹。如当时诸侯娶女、嫁女时的"媵"制
(同姓诸侯亦送女陪嫁,侄娣相从)。从我国古代流行的亲属称谓
中也可以看出原始班辈群婚的痕迹③。因为"群"包含有这些原
始氏族婚姻的积淀,所以到西周、春秋时期,"群"又和当时尊卑有
别、长幼有序的血缘宗法社会联系在一起。《左传》中所反复道及
的"群公子""群子"仍是基于其班辈而言。而"群公""群臣""群
蛮"等则是依类而言。《春秋》文公十三年(前614),"世室屋坏",
《公羊传》云:"世室者何?鲁公之庙也。周公称大庙,鲁公称世
室,群公称宫。"除周公旦之庙和伯禽之庙稍有区别(以其功与始
封)外,其余鲁国世代之君概称"群公"。"群臣"之义亦不须辩,因
为当时各诸侯国执政之卿大夫,尽皆诸侯之同姓宗室(晋国稍为
特殊)。因此,"群臣"之义仍未超出"亲党"的范围。

　　"群"既然和西周、春秋时期的血缘宗法制度相联系,它便必
然成为维护这种社会结构的一种手段,即血缘宗法制下的辈、朋、

————————————

①恩格斯:《家庭、私有制和国家的起源》,人民出版社,1972年,北京,第
　39页。
②同上,第31页。
③〔汉〕刘熙:《释名·释亲属》。

类之间（亦即各个宗族男性成员之间）都必须具有"群"的观念和素质。因此，"群"在当时所发挥的是一种团结宗族成员、培养血缘关系前提下的集体意识和道德伦理观念的社会作用。《诗》"可以群"正是指的这种社会作用。《诗》三百篇中常见的一个与"群"义密迩的词汇是"朋友"，如《七月》"朋酒斯飨"，《常棣》"每有良朋"，《雨无正》"怨及朋友"，《既醉》"朋友攸摄"，《假乐》"燕及朋友"，《抑》"惠于朋友"等。从出土的西周金文结合《诗经》来看，"朋友"（或"朋""友"）恰恰指贵族家族中的亲属成员，它不仅包括同胞兄弟，也包括从父以至从祖兄弟等，以至于后来"友"和"孝"等联系在一起，发展成一种强调宗族感情的道德准则①。作使动用法的"群"，强调的正是加强宗族团结、维护宗族亲情的主观努力，这种努力在《诗》三百篇的创作和结集时期显得尤为重要。《诗》三百篇的结集是以周人为主体的华夏部族面临四夷交侵、中国不绝若线的危机局面振奋部族精神、进行自身文化建设的产物。它的结集本身便是周代贵族"群"的结果。大、小《雅》中的那些歌颂、强调兄弟甥舅关系的诗篇如《常棣》《伐木》《頍弁》《角弓》，以及反映宗族生活的《斯干》《既醉》等，无一不与"群"的社会作用相联系。《诗》三百篇中用"群"凡 19 次，如《小雅·天保》"群黎百姓，遍为尔德"，《吉日》"升彼大阜，从其群丑""儦儦俟俟，或群或友"，《大雅·假乐》"无怨无恶，率由群匹"等，其字义无一不具朋、辈、类等方面的含义，而《诗》乐可以"群"的最好实例，是《左传》僖公二十四年（前 636 年）富辰之言：

　　　　臣闻之，大上以德抚民，其次亲亲，以相及也。昔周公吊

────────

① 参看朱凤瀚：《商周家族形态研究》第二章第三节，天津古籍出版社，1990年，天津。

二叔之不咸，故封建亲戚以蕃屏周……召穆公思周德之不类，故纠合宗族于成周而作诗，曰："常棣之华，鄂不韡韡。凡今之人，莫如兄弟。"其四章曰："兄弟阋于墙，外御其侮。"如是，则兄弟虽有小忿，不废懿亲。

《小雅·伐木》一诗亟言"相彼鸟矣，犹求友声。矧伊人矣，不求友生？"而且具肥牡、肥羜以速诸父、诸舅和兄弟。"群"的作用更于此可见。《荀子·乐论》曾谈到乐对于君臣父子等级制度的重要性："故乐在宗庙之中，君臣上下同听之，则莫不和敬；闺门之内，父子兄弟同听之，则莫不和亲。"《诗》三百篇正是用于贵族之宗庙、朝堂和筵席之上的，是"礼"的重要部分。礼非乐不行，乐非礼不立，而乐与《诗》相表里①。贵族们正是通过《诗》乐的运用来达到团结宗族、稳定血缘宗法社会结构的目的。这才是"群"的真正意义所在。"群"与"类"相通，而"类"的概念正是西周、春秋时期贵族们所特别强调的。"群"强调的是宗族成员之间的血缘群体意识，"类"强调的则是宗族和部族本身，是该宗族和部族群体所以不同于其他宗族部族的特征、区别，故"非我族类，其心必异"。故《大雅·皇矣》强调"克明克类""是类是祸"，《既醉》云"永锡尔类，其类维何"，而《桑柔》则痛骂"贪人败类"。召穆公"思周德之不类"也是关乎宗族群体的。

由于血缘宗法等级制度逐渐瓦解，礼崩乐坏，作诗之风又衰，在孔子时代，"群"对于血缘宗法社会制度的意义已远不如从前那么重要。并在新的时代条件下衍生出新的含义。《诗》可以"群"除了团结宗族之外，又指君子呼朋引类，以道相聚，同气相求。呼朋引类已不限于同宗族成员之间，它使"群"成为普遍意义上的贵

①〔宋〕郑樵：《通志·乐略·乐府总序》。

族"君子"道德修养的一部分,这也是孔子教其弟子学习《诗》乐的重要目的之一。而在《论语》中,孔子反复强调"君子周而不比,小人比而不周"①,"君子矜而不争,群而不党"②。这虽然和原始的"群"的含义相去甚远,但通过《诗》乐以达到呼朋引类的目的作为一种手段还在继续发挥作用。这种作用正是以引《诗》用《诗》为基础的。引《诗》对别人的行为作出评价也是其表现之一,这种情况在春秋晚期尤其多见。在这个意义上,《诗》中的许多辞句所表达的思想已逐渐演化为一种人们应该牢记于心并在生活中加以运用的道德准则。借《诗》句以评价他人,实际上也表明了自己的立场和准则。如《左传》襄公三十一年(前542年),晋叔向引《大雅·板》以评价子产曰:

> 辞之不可以已也如是夫!子产有辞,诸侯赖之,若之何其释辞也?《诗》曰:"辞之辑矣,民之协矣;辞之绎矣,民之莫矣。"其知之矣。

表示自己对子产的由衷钦佩。昭公十三年(前529年),孔子引《小雅·南山有台》以评子产曰:

> 于是行也,足以为国基矣。《诗》曰:"乐只君子,邦家之基。"子产,君子之求乐者也。

又昭公二十八年(前514年),孔子引《大雅·文王》评魏舒曰:

> 《诗》曰"永言配命,自求多福",忠也。魏子举之也义,其命也忠,其长有后于晋国乎!

从孔子之引《诗》,我们可以看出"群"在春秋晚期的部分实际意义。

----

① 《论语·为政》。
② 《论语·卫灵公》。

五

前面我们已经指出，"怨"有恚、怒、恨、愠、怼等多种情感方面的含义，这些含义是宽泛的，并不仅仅局限于"怨刺"。《论语》中孔子谈到"怨"达二十次之多，均指一种带恚愠、遗憾等的宽泛的感情状态。如《宪问》篇的"贫而无怨难"、《颜渊》篇的"在邦无怨，在家无怨"、《公冶长》篇的"伯夷、叔齐不念旧恶，怨是用希"等，但并无一处作"怨刺"讲。释"怨"为"怨刺"的是汉儒，以这种观点去解释《诗》三百篇中的那些带有讽刺、不满之意的诗篇，无疑将后人对《诗》三百篇的理解引上歧路。要准确地理解《诗》可以"怨"的历史意蕴，我们仍然得从当时的社会背景中找寻。

实际上，《诗》之可以"怨"是西周、春秋时期原始时代部族民主制有较多保留的体现。如前文所言，作为宗族、家族成员的卿大夫士及其隶子弟（普通国人）有"师保""补察其政"的权力和"过则匡之、患则救之、失则革之"的义务，作为宗族首领和家族长的诸侯、卿大夫则有恤族收族、救助寡弱等一系列对宗族成员的保护义务。因为"补察其政"是在其宗族内部进行（不论诸侯对周天子或卿大夫对诸侯），所以不论其内心情感多么激烈，言辞多么激愤甚至怨恨，在表现形式上却大都没有超过"献诗"、"献曲"、赋、诵、箴、谏等范围。除非周天子或诸侯太过于激怒其家族成员，才会发生厉王为"国人"所逐或春秋时期的逐君出君等类事件。怨愤其政、表达不满既然是合法合理并在一定程度上受到鼓励，针对社会现实政治的"言志"之诗便必然产生、流行，并作为有借鉴意义的旧典而在贵族中流传。这类诗篇在《小雅》中数量最多，而春秋前期大、小《雅》在贵族上层中的流行也正说明了这种情形。

《左传》所载襄公四年（前 569 年）以前贵族引《诗》凡 57 次，其中《雅》诗达 41 次。他们用诗的方法虽多是断章取义，但其基本精神则是以《诗》（主要指《雅》《颂》）为恒言，为先人之志，前车之鉴，以讽谕、评价现实政治。如僖公五年（前 655 年）晋士蔿引《大雅·板》中的"怀德惟宁，宗子惟城"以讽晋献公宠骊姬而欲废群公子。僖公十五年（前 645 年）秦晋韩原之战中，晋惠公为秦军所俘，韩简引《小雅·十月之交》中的"下民之孽，匪降自天。僔沓背憎，职竞由人"以讽晋惠公之为秦军所败，是由于他自己作恶，怨不得他人。僖公二十二年（前 638 年），富辰以王室内乱，王子带奔齐，引《小雅·正月》以谏周王曰："请召大叔。《诗》云：'协比其邻，昏姻孔云。'吾兄弟之不协，焉能怨诸侯之不睦？"如果说作诗时代贵族以《诗》乐为"怨"是出自自然的维护宗族利益的需要，春秋时期贵族之引《诗》用《诗》则带有自觉而明显的现实政治目的。在大、小《雅》的 106 篇诗中，表达对现实政治不满的诗篇约占了近一半。但这只是《诗》可以"怨"的主要内容之一，而并非全部。

《诗》可以"怨"的第二个主要内容是表达当时贵族情感的征人思妇之怨。这一类诗不仅大量出现于大、小《雅》中，也多出现于《国风》之中，大、小《雅》中的诗，如《四牡》述作者奔波王事、不遑起居之伤悲，《采薇》写征人之思妻室，《出车》述作者尽瘁王事，忧国忘家。其余如《杕杜》《鸿雁》《黄鸟》《何人斯》《谷风》《蓼莪》《四月》《北山》《小明》《无将大车》《白华》《緜蛮》《渐渐之石》《何草不黄》等，皆是此类。在《风》诗之中，旷男怨女之相思、离别、婚变、失意、出征、劳役之怨为数尤多，如《周南》中的《卷耳》，《召南》中的《行露》《殷其雷》《小星》，《邶风》中的《柏舟》《燕燕》《日月》《击鼓》《谷风》《北门》《新台》，《鄘风》中的《墙有茨》《载驰》，《卫风》中的《伯兮》《氓》，《王风》中的《黍离》《君子于役》《中谷有蓷》

《兔爰》,《魏风》中的《陟岵》《伐檀》《硕鼠》,《唐风》中的《杕杜》《鸨羽》,《秦风》中的《黄鸟》,《豳风》中的《东山》等。因此,《诗》可以"怨",既是宗族成员对当时现实政治的补察、箴谏,更是他们不满怨愤之情的一种发泄、导流和平抑。这大概是周代贵族"为川者决之使导,为民者宣之使言"的具体体现。孔子所教、要求于其弟子的,大概正是理解《诗》三百篇中这些"怨"诗的意义并学会运用它们。以《诗》为"怨"既通行于贵族之中,一生坎坷的孔子教育弟子《诗》可以"怨"自也在情理之中。《管子·内业》篇所谓"止怒莫若《诗》,去忧莫若乐,节乐莫若礼",正道出了《诗》可以"怨"在那个时代的真正实质。

综上所述,我们可以认为,在西周、春秋早期的作"诗"时代。"兴"是我们先民的一种极富想象力和艺术意味的"诗"性情感表达方式。尽管在其早期与原始巫术相联系,但当它发展到西周、春秋时期,它已逐渐摆脱了原始的巫术意味而使我们先民的思维方式在它的影响下固化为"意象思维",从而对后世的文学和艺术产生着极其深远的影响。直至今天,这种思维方式仍然强烈地影响着我们民族的文化创造。"观""群""怨"在西周、春秋时期也都有着浓厚的历史意蕴。"观"不仅要观他人之志、他国政治风俗,还和当时贵族阶层的自身修养相联系,对当时的贵族阶层起着一种自律、自导作用。"群"最早源自原始社会的班辈婚姻,并一直与血缘集团相联系,在西周、春秋时期,仍然发挥着团结宗族成员、培养血缘关系前提下的集体意识和道德伦理规范的社会作用。到孔子时代,它又成为呼朋引类、以道相聚的一种"君子"必备的修养。"怨"则是一种宽泛的情感观念。西周、春秋早期,在宗族成员有权力和义务"补察"社会现实政治的前提下,它不仅指怨刺上政,发泄不满,还指以《诗》泄导贵族阶级的相思、离别、远成、失意、婚变等等不平。因此,从总的意义上讲,兴、观、群、怨乃是华夏部族在早期部族国家的独特环境中保持的带有一定原始传统的社会和情感表达方式。这些方式和《诗》三百篇的产生、运用有着极为密切的关系,在某种程度上可以作为《诗》三百篇的创作思维方式和运用背景看待,它们并不是孔子的个人总结和发明;认为兴、观、群、怨只包含着孔子对诗乐艺术审美功能和社会作用的深刻理解的说法显然超越了孔子时代我们民族所能达到的哲学和审美水平。而笔者不厌其烦在这里作的论述和考订,也许才比较合于孔子自己所说的"述而不作,信而好古,窃比于我老彭"的对待古代文化之态度的原意。而且由这里出发,我们可以对《诗》三百篇作更符合当时实际社会历史状况的理解和阐释。

第四章 《诗经》祭祀诗
与周代贵族政治思想

一

研究《诗经》中的祭祀诗,第一个需要我们解决的问题是祭祀诗的认定。依我们今天的观点,广义的祭祀诗指一切写到祭祀或用于祭祀以及赞神颂神的诗歌,狭义的祭祀诗指其基本内容和性质属于人神相接、上通天地以祈福禳灾的诗歌。前者不但包括纯祭祀诗,而且还包括颂赞诗、部分农事诗和史诗,笔者所想要论述的是《诗经》祭祀诗所反映的周代贵族政治思想,涉及范围有限,故在论述中将以狭义的祭祀诗,即《周颂》中的《清庙》《维天之命》《烈文》《天作》《昊天有成命》《我将》《时迈》《执竞》《思文》《有瞽》《潜》《载见》《丝衣》《赉》《般》等为基础。但关于其思想的论述,决不能仅限于这几首诗。不专言祭祀而用于祭祀者,亦在论述之列。论述中有需要涉及其诗句者皆在行文中叙述之,兹不更列。而《鲁颂》《商颂》仅附论于后。

祭祀起源于原始社会人类对超自然力的"神灵"的崇拜,是为了建立、维持或恢复人与"神"的良好关系而将物品进献给神灵的宗教仪式。远古时期人类的祭祀对象和时刻各种各样,祭祀不仅是为了使神灵喜悦,还包括请求神灵赦免罪行,乞求恩宠,得到回报,获得佑助。事实上,祭祀占据着远古人类大部分的精神生活,舞蹈、音乐、雕刻、绘画、诗歌等艺术也大都由祭祀而产生。进入阶级社会以后,祭祀转化为权力的象征,成为族中长老对宗族成员进行约束的重要政治手段。与祭祀有关的物事,如祖庙、牌位、礼器等,对所有的宗族成员的血缘情感都有着强化和叮咛作用。祭祀及相关的物事也成为氏族或宗族凝聚力的象征。同时,祭祀不仅深刻影响着人类早期艺术的发展,也深刻影响着人类建立在社会组织基础之上的社会思想、礼仪制度和伦理道德观念,尤其是在祭祀中占主要地位的祖先崇拜。在西周、春秋时期,祖先崇拜的直接目的便是维护血缘宗法组织和家庭秩序。宗法家族组织是当时政治和伦理思想赖以产生的基础,也决定着这些思想和由此而产生的礼制的内容。因此,它也就在相当程度上制约着当时周人的文化发展。如果细加考索我们便可以知道,周代的所谓“礼”(即“周礼”),便直接导源于远古时期的祭祀和神灵崇拜。《说文》:“禮(礼),履也,所以事神致福也。从示,从豊,豊亦声。”又:“豊,行礼之器也,从豆,象形。”

故王国维云:

　　盛玉以奉神人之器谓之豐,若豐,推而奉神人之酒醴亦谓之醴,又推之而奉神人之事通谓之禮(礼)。①

所以“礼”最早起源于远古时期的祭祀仪式,而祭祀又所以为人祈福。故“礼”实际即包括了神事和人事两大方面,直到春秋晚期尚且如此。“国之大事,在祀与戎。”祭祀对西周、春秋时期人们生活的影响几乎无所不在,而且已经由先民单纯的神灵崇拜而演

①王国维:《观堂集林·释礼》。

化为现实政治生活的重要组成部分，与国家之治乱、部族之兴衰和血缘宗法等级制度紧密联系在一起。《国语·楚语》载观射父云：

> 祀所以昭孝息民，抚国家，定百姓也，不可以已……是以古者先王日祭月享，时类岁祀。诸侯舍日，卿大夫舍月，士庶人舍时。天子遍祀群神品物；诸侯祀天地三辰，及其土之山川；卿大夫祀其礼；士庶人不过其祖……国于是乎烝尝，家于是乎尝祀，百姓夫妇，择其令辰，奉其牺牲，敬其粢盛，洁其粪除，慎其采服，禋其酒醴，帅其子姓，从其时享，虔其宗祝，道其顺辞，以昭祀其先祖，肃肃济济，如或临之。于是乎合其州乡朋友婚姻，比尔兄弟亲戚，于是乎弭其百苛，殄其谗慝，合其嘉好，结其亲昵，亿其上下，以申固其姓，上所以教民虔也，下所以昭事上也……自公以下，至于庶人，其谁敢不齐肃恭敬，致力于神。民所以摄固者也。

这段文字清楚地向我们表明了春秋时期贵族所理解的祭祀之于政治生活的含义。它不仅仅为了取悦于神灵，更重要的是通过祭祀以"合其州乡朋友婚姻，比尔兄弟亲戚"，止苛解怨，安上固下，使人们昭明于君臣上下之则，以达到"抚国家，定百姓"的政治目的。此即王夫之所云："昭明德以格于家邦，人神之通以奉神而治人者也，非仅以事神者也。"①故《国语·鲁语》又云："夫祀，国之大节也。""故慎制祀，以为国典。""夫圣王之制祀也，法施于民则祀之，以死勤事则祀之，以劳定国则祀之，能御大灾则祀之，能捍大患则祀之。非是族也，不在祀典。"这表明当时人们在祭祀时更注意被祭者对部族和人类的功绩。这也许可以解释为什么《诗

———————

① 〔清〕王夫之：《诗广传》卷五。

经》中虽然有不少祭祀诗或用于祭祀的诗篇,却没有太多的神秘气息。周人是古老的农业部族,长期的农业生活使周人多注重于现实的需要而较少幻想色彩。如用于秋冬报赛田事祭祀的《丰年》一诗,不去歌颂田神的伟大神异,却说"丰年多黍多稌,亦有高廪,万亿及秭",先描述丰收的景象,然后再道出"烝畀祖妣,以洽百礼,降福孔皆"。因为粮食多了才可以供祭祀,使神既得享,人亦得福。其余如《潜》《载芟》等皆是如此。另外,血缘宗法家族是周人的基本社会组织,是宗教思想产生的基础和发展壮大之根本,故周人极重视"族"和"类"的区别。"非我族类,其心必异"①;"神不歆非类"②。而本族先祖的神灵必然被放在重要地位。祭祀先祖的诗在《周颂》的祭祀诗中占了绝大多数。"天"虽然威严,却是以佑助先祖的面目出现的。如《维清》一诗,不提"天"字,只颂文王之典之清明可为周人之祯祥。《烈文》同样只及人事而不及上天。所谓"烈文辟公,锡兹祉福。惠我无疆,子孙保之"。诸侯之来助祭成了获福祉而惠子孙的原因,"无竞维人,四方其训之。不显维德,百辟其刑之。於乎,前王不忘"。强调莫强于人,莫显于德。先王之成功在于此,所以后王不能忘记这一点。所以《诗经》中的祭祀诗有着自己十分独特的内涵。

二

祭祀诗的祭祀之义,重在先祖的德业勋烈,而不在其"神威"或超自然的神力。我们看《维天之命》:

①《左传》成公四年。
②《左传》僖公十年。

> 维天之命,於穆不已。於乎不显,文王之德之纯。假以
> 溢我?我其收之。骏惠我文王,曾孙笃之。

天道是无穷尽的,文王的"德"纯粹不杂,又与天道合二而一,也是无穷尽的。这正是文王遗惠于我,我当顺而行之,而后王更应笃于此而不或忘。文王之所以为"文",乃因其德业与天同功,惠于后人而无已。《维清》云:

> 维清缉熙,文王之典。肇禋,迄用有成,维周之祯。

"缉熙"是光明,"典"是法。该诗开宗明义,声言天下之所以无败乱之政而清明缉熙,乃是因为文王有"典",即征伐之法。"肇禋"《郑笺》云"始祭天而枝伐",指周人自文王时起才开始祭天,奉天命以征伐四方。正因为文王有了奉天而征伐的典法,才"迄用有成",取得灭商的胜利。所以"文王之典"是周人获得天下的吉祥。《天作》云:

> 天作高山,大王荒之。彼作矣,文王康之。彼徂矣,岐有
> 夷之行,子孙保之。

天生万物于高山,其功已大矣。而大王行德布泽,又能荒而大之。这是颂大王自豳迁岐,周人之兴从此始,即《鲁颂·闷宫》所谓:"后稷之孙,实维大王。居岐之阳,实始翦商。""彼"应指族众和其他部族归附之人,文王能使他们安居乐业。岐之道虽然有险阻,但文王布德施惠,民之归于岐者,皆视其道如平坦的大道一般。后代之子孙正应保此而勿失。杨树达《诗周颂天作篇释》云:

> 天作岐山,大王垦辟其芜秽。彼为之始,而文王赓继治
> 之。是以虽彼险阻之岐山,亦有平易之道路也。夫先人创业
> 之艰难如此,子孙其善保之哉![1]

---

① 杨树达:《积微居小学述林》卷六,第 225 页。

正道出了此诗的主旨。《昊天有成命》云：

> 昊天有成命，二后受之。成王不敢康，夙夜基命宥密。
> 於缉熙，单厥心，肆其靖之。

上天将天命赋予了周人，文王和武王恭受天命，施德行业，不敢自我安逸。成王继之，夙夜信恭天命而不敢懈怠，谋行宽仁安静之政而定天下，所以才能继承光明的文武的事业，使周人的天下安固而和平。《国语·周语下》载晋叔向聘于周，单靖公享之，俭而恭敬，燕饮之上无私语，送行不出于郊，并对叔向语说《昊天有成命》。叔向曰：

> 昔史佚有言曰："动莫若敬，居莫若俭，德莫若让，事莫若咨。单子之贶我礼也，皆有焉……且其语说《昊天有成命》，颂之盛德也。……是道成王之德也，成王能明文昭，能定武烈者也。夫道成命者而称昊天，翼其上也；二后受之，让于德也；成王不敢康，敬百姓也；夙夜，恭也；基，始也；命，信也；宥，宽也；密，宁也；缉，明也；熙，广也；亶（即单），厚也；肆，固也；靖，和也。其始也，翼上德让，而敬百姓；其中也，恭俭信宽，帅归于宁；其终也，广厚其心，以固和之。始于德让，中于信宽，终于固和，故曰成。"

叔向的解释，也说明该诗是以颂扬先王之"德"为主旨。《思文》之颂先祖德烈更为明显：

> 思文后稷，克配彼天。立我烝民，莫匪尔极。贻我来牟，帝命率育。无此疆尔界，陈常于时夏。

后稷的功德，可以和广大丰厚的上天之德相匹配。养育众民，至德无边。留下麦子，使众生都得到供养。后稷的农政之功，可以施行于天下，尽天下之疆界而没有彼此远近。此外，著名的《大武》乐章更集中地体现了祭祀仪式对于先祖德业功烈之反复颂扬和强调。据王国维先生的考证,《武》《桓》《赉》《酌》《般》《我将》六篇颂诗即为《礼记·乐记》所载之"《武》乐六成"①。《左传》宣公十二年(前 597 年):

> 武王克商……又作《武》,其卒章曰:"耆定尔功。"其三曰:"铺时绎思,我徂维求定。"其六曰:"绥万邦,屡丰年。"

《吕氏春秋·古乐篇》:"武王即位,以六师伐殷。六师未至,以锐兵克之于牧野。归,乃荐俘馘于京太室,乃命周公作《大武》。"这些歌颂武王功业的乐歌,被周人用为祭祀乐章。《礼记·乐记》载《大武》舞之情状云:

> 乐者,象成者也。总干而山立,武王之事也;发扬蹈厉,大公之志也;《武》乱皆坐,周召之治也。且夫《武》,始而北出,再成而灭商,三成而南,四成而南国是疆,五成而分周公左、召公右,六成复缀,以崇天子。夹振之而驷伐,盛威于中国也。分夹而进,事蚤济也。久立于缀,以待诸侯之至也。

今天我们虽然无法再目睹这些配着诗乐的舞蹈场面,但仍然可以从《礼记》的这些描述中,从现存的《武》《桓》《酌》等颂诗中体会到当年周族军队在武王指挥下的昂扬奋发,威武雄壮。《武》云:

> 於皇武王,无竞维烈。允文文王,克开厥后。嗣武受之,胜殷遏刘,耆定尔功。

我君武王,克商之功业无疆无际。有文德的文王为子孙开辟了基业,武王承受文王之业,举兵伐商而胜之,遏止了暴虐者的杀人恶行。《酌》的首二句云:"於铄王师,遵养时晦。"铄铄有光而威武的王师,去铲除殷纣王这个晦昧之人。洪亮悠扬,唱出了王师的强

---

① 王国维:《观堂集林·周大武乐章孝》。

盛。下文云："时纯熙矣,是用大介。我龙受之,蹻蹻王之造。载用有嗣,实维尔公允师。"晦昧既除。则天下清明,此之为大善("介"即善)。我知此大善为上天之宠而承受之,使天下蹻蹻之武臣,争来归附,相继不绝。既荷天宠,又得人和,信可为后世之师范。《桓》云:

> 绥万邦,娄丰年,天命匪解。桓桓武王,保有厥士。于以
> 四方,克定厥家。於昭于天,皇以间之。

朱熹《诗集传》云:"大军之后,必有凶年,而武王克商,则除害以安天下,故屡获丰年之祥。"天命为善而不懈倦,桓桓有威之武王秉承天意,用武于四方,保有其士,而能定周家先王之业。武王之德,上昭于天,故上天命武王君天下而伐纣。武王之德烈,令人悠然神往。《赉》云:

> 文王既勤止,我应受之。敷时绎思,我徂维求定。时周
> 之命,於绎思!

文王既劳心于政事,我当受之,将布陈文王之德于天下。自此以往,我惟求与诸臣共定天下耳。周之基业,是先王承天命而劳心所得。我与诸臣更应发扬光大这种精神。诗只六句,言简意赅,既颂扬了文王的功烈,又启发后之君臣勤于政事,勿因安逸而懈怠。《般》云:

> 於皇时周,陟其高山,嶞山乔岳,允犹翕河。敷天之下,
> 裒时之对,时周之命。

谓美丽的周国,我登上了它的高山,山有乔岳,高而狭长,众水顺势归流于大河(黄河)。普天之下,众神皆会聚于此以配合我的祭祀,这是因为周邦承受天命,当王天下的缘故啊!虽只短短七句,却气势宏大,写出了天下之服从于周,有如众山朝岳、万川归海的雄伟气势。

周人祭祀之重先祖德业，以德配天并非偶然。从上举诸诗可以看出，西周人心目中的"天"虽然威严，"天命"虽然不可违抗，但它们却是虚幻的，远不如先祖功业那般可见可感。"天"之超自然的神力是有限的，先祖们只是以自己的"德"克配了天命。因而周人对祭祀对象之功业的看重成了他们选择祭祀对象的主要条件。它不仅表现在对人的祭祀上，也表现在对山川天地的祭祀上。《国语·鲁语上》曾说：

> 凡禘、郊、祖、宗、报，此五者，国之典祀也。加之以社稷山川之神，皆有功烈于民者也。

前哲受祭祀，是因为他们的德行可为后人之典范；日月星三辰之受祭祀，是因它们为民所瞻仰；大地及九州山川之受祭祀，是因为它们是人类生活之所依靠，又为人类提供着衣食财用之资。不然，则不在周人之祀典。《国语·鲁语》所列举的为后人所祭祀的人，也都是"有功烈于民者"，如舜、汤、稷、文王、武王等。如果我们恢复三代的神仙系统，先祖列宗便处在这个系统的中心。夏代的祭祀已不可知，商人王室的祭祀中，祖先崇拜已居于主导地位，祖先即上帝，上帝即祖先，合二而一，不可分开①。周人之先祖却与上帝（天）分立，又相互配合。于是，"敬天""保民"等思想也随之而生。天既与先祖神分离，则天意未可尽凭，维德维业，方能保其宗族和后嗣的繁昌。所以"德"才成了周人祭祀所反复强调的概念。除了前文列举的例子之外，我们看《周颂·清庙》："济济多士，秉文之德。"《烈文》："不显维德，百辟其刑之。"文王之丕显荣光乃周文王之德，这是诸侯们所应当念念不忘、学习效法的。再如《大雅·文王》之"无念尔祖，聿修厥德"，告诫殷人不要只是

---

① 侯外庐主编：《中国思想通史》第一卷上篇第三章。

怀念先祖曾经有过的宏大基业,它因无德而丧,所以你们应当修德。例子甚多,兹不遍举。

　　"德"的概念是在西周才出现的,它被周人用为周族取代殷人统治天下的根据。在《尚书》中,"德"被反复提及,作为周人克配上帝受民受土的根据,如《尚书》中的《康诰》《酒诰》《梓材》《召诰》《君奭》《多方》等篇。金文中也所在多有。它们的用意,与上文所列《周颂》中的诗篇基本相同。"德"的思想也贯穿了有周一代。王国维曾经指出,"周之制度、典礼,实皆为道德而设","周之制度、典礼,乃道德之器械"①。而历代周王自文王而下,其名号皆具有道德的含义。"文"是"允文",义通于德;"武"是自强不息,而功勋皇大;"昭"是明德;"懿"是厚德;恭、孝、夷等也指各种显德。那么,什么是"德"? 我们看《左传》的记载:"敬,德之聚也。能敬必有德。"②"忠,德之正也;信,德之固也;卑让,德之基也。"③"德以施惠。""民生厚而德正。"④"恤民为德。"⑤综而言之,不外敬忠恭信,恤民施惠,恩及他人。而这些概念,又无一不与当时的血缘宗法之制相联系,成为维持血缘宗法礼制的道德价值标准。这也是《诗经》祭祀诗颂扬先祖德烈的现实道德基础。

　　在祭祀这种特殊场合极力颂扬先祖德烈功业,对于周人来说还有很强的目的性。殷人的先祖和上帝是合一的。周人取天下服人心,就要有更合理有力的依据。如果先祖和上帝合一,则上

①王国维:《观堂集林·殷周制度论》。
②《左传》僖公三十三年。
③《左传》文公元年。
④《左传》成公十六年。
⑤《左传》襄公七年。

帝早为殷人所有,上帝又何必生此周国,用以代殷呢？如果上帝
与先祖毫不相涉,则殷人先祖可以立殷,周人先祖也可以立周。
双方胜负之定数便在于"德"。"上帝既命",使殷人"侯服于周",
乃是因周之先人德业隆盛,博得上帝欢心。因此,《诗经》中的许
多诗篇,一方面要讲"天命靡常""帝命不时"(《大雅·文王》),另
一方面便大讲先祖德业之盛以证明周人膺受天命之合理。除了
上列祭祀诗外,我们再看《大雅·文王》等诗篇。《文王》首章云：

> 文王在上,於昭于天。周虽旧邦,其命维新。有周不显,
> 帝命不时。文王陟降,在帝左右。

文王有功于民,其德上著于天,上天方使其君临天下。二章又言
文王"令闻不已",故使"文王孙子,本支百世。凡周之士,不显亦
世",世世君长于天下。《大雅·皇矣》之首章云：

> 皇矣上帝,临下有赫。监视四方,求民之莫。维此二国,
> 其政不获。维彼四国,爰究爰度。上帝耆之,憎其式廓。乃
> 眷西顾,此维与宅。

说明上天开明而公平,监观四方而察民之疾苦。因夏、商二国"其
政不获",不得民心,才将天命赋予了周人。西方周人之首领王季
正合上帝之心。《大雅·皇矣》第三章又云：

> 维此王季,因心则友。则友其兄,则笃其庆。载锡之光,
> 受禄无丧,奄有四方。

王季能友爱兄弟,增笃周人之福祉,故上天给了他禄位。王季又
"其德克明,克明克类,克长克君,王此大邦。克顺克比,比于文
王"。他能够区别善恶,明辨是非,能够做人们的君主,更是人们
的师长,因此使上下和顺,受福无边。

　　在宗庙隆重的祭祀场合对文王、王季等先祖先公奉行这样的
祭祀和赞颂,实际上是将他们的业绩变成了神话。"如果说祭礼

及有关的物事如祖庙、牌位和礼器有加强与叮咛的作用,并作为氏族凝聚的象征,神话则赋予氏族典章,以证明其存在的合理性。英雄神话几乎总是千篇一律地讲述宗族祖先的功德行为,他们正因此而在祭祀时受人赞颂"①。周人通过祭祀而鼓吹先祖德业,为周人取代殷人寻找合理的根据,并将之灌输于殷人之后的头脑之中以求达到稳定部族关系、维护周人统治的目的是非常成功的。首先我们在用于宗庙祭祀的《周颂》中见到了赞颂殷人的篇章。《有客》一诗,齐、鲁、韩、毛四家皆以为是周初微子来见祖庙之歌。

> 有客有客,亦白其马。有萋有且,敦琢其旅。有客宿宿,
> 有客信信。言授之絷,以絷其马。薄言追之,左右绥之。既
> 有淫威,降福孔夷。

《郑笺》云:

> 成王既黜殷,命杀武庚,命微子代殷。后既受命来朝
> 而见。

《白虎通·王者不臣篇》释云:

> 王者不臣二王之后者,尊先王,通天下之三统也。《诗》
> 云"有客有客,亦白其马",谓微子朝周也。

诗中言道:那乘白马而来的客人,有着如云的随从,威仪棣棣,而来朝于周了。客人住了一夜又一夜,主人还不满足,用绳子来绊住马足,挽留他住几日。客人要走了,天子的公卿们都来送行。客人既有大德,上天自然会降大福于他。诗中客人之整肃,主人留客之诚恳皆溢于言表。将此诗置于庄严肃穆的《周颂》之中,通

---

① 张光直:《美术神话与祭祀》,辽宁教育出版社,1988 年,沈阳,第 25—
29 页。

过祭祀仪式以展现对殷人之后的真诚相待,不能不说是姬姓贵族的高明之处。《商颂》之列入《诗经》,也同样深有含义。春秋时期,这些祭祀、颂赞殷人先祖的诗篇已在华夏诸国贵族中广泛流传。《左传》载春秋时人引《商颂》凡四次。在其他一些材料中我们可以看到,姬姓贵族不但效法、赞颂本族的先公先王,也赞颂殷人的先公先王。《尚书·康诰》即载周公告诫康叔,要他"往敷求于殷先哲王,用保乂民",即学习殷人哲王的治国之道以安国治民。《尚书·微子之命》中表达了同样的意思。而在祭祀场合的表达,是最为隆重,也最能说明周人对殷人的团结的。《大雅·文王》亦云:

> 侯服于周,天命靡常。殷士肤敏,裸将于京。厥作裸将,
> 常服黼冔。王之荩臣,无念尔祖。无念尔祖,聿修厥德。永
> 言配命,自求多福。

这里颂扬了殷臣(实即宋臣)的壮美敏捷,同时又描述了他们身着殷人之服而助祭于周的情形。"永言配命,自求多福"也同时规定了殷人"侯服于周"的从属地位。祭祀在当时社会政治中所起的作用于此可见一斑。

三

《诗经》祭祀诗所表达的另一个主要思想是敬德思艰。颂扬先祖的德业勋烈,并不仅仅是为了证明周人取代殷人之合法,更重要的是要后人知道先祖创业之艰难,告诫他们要兢兢业业,绪承家业,以图永安。在"天命靡常""天难忱斯"的思想指导下,"不(丕)显维德"、敬德思艰便成为在合族祭祀的庄严场合向后王及群臣训导的主要内容了。我们看《敬之》:

> 敬之敬之，天维显思，命不易哉！无曰高高在上，陟降厥
> 士，日监在兹。维予小子，不聪敬止？日就月将，学有缉熙于
> 光明。佛时仔肩，示我显德行。

小心呀小心，天道是显明之极的，命运实在难保呀！不要以为天
高高在上不管事，它天天都在监视着我们呢！小子敢不听从上天
的警戒吗？唯有不断地学习，日日有所成就和有所奉行，以期积
渐广大以至于光明。辅助我的群臣们，也希望你们示我以显明之
德行。既知"天命不易"，则必当兢兢业业，夕惕若厉，所思惟艰。
我们再看《闵予小子》，诗云：

> 闵予小子，遭家不造，嬛嬛在疚。於乎皇考，永世克孝！
> 念兹皇祖，陟降庭止。维予小子，夙夜敬止。於乎皇王，继序
> 思不忘！

《毛序》云："嗣王朝于庙也。"郑玄以为"嗣王"指成王。可悼伤呀，
小子我！遭先王崩逝，家道未成，嬛嬛孤特，忧念于心。我的先君
武王长世能孝，以为子孙法度；而皇祖文王，以其德行上配上天，
下治万民。我惟有夙夜不懈，慎行先祖之道，继其宗绪，思其所行
而不敢忘！《史记·乐书》云：

> 成王作颂，推己惩艾，悲彼家难，可不谓战战恐惧，善守
> 善终哉？

此时的成王虽"遭家不造"，痛之在心，然思慕皇考、皇祖之创业艰
难，立志励精图治、继承父祖功业的决心却溢于言表。《访落》一
诗，旧说皆以为成王谋政于庙而所作之诗。诗中有"维予小子，未
堪家多难"等语，既访政于群臣，又祈祷于武王之灵，诚惶诚恐，宛
转曲折。《小毖》一诗，《毛序》谓："嗣王求助也。"《郑笺》云："毖，
慎也。天下之事当慎其小，小时而不慎，后为祸大。故成王求忠
臣辅助己为政，以救患难。"诗云：

予其惩,而毖后患。莫予荓蜂,自求辛螫。肇允彼桃虫,
拚飞维鸟。未堪家多难,予又集于蓼。

这首诗似是成王在向先王诉苦:管蔡之难,我应接受教训,惩于前
而毖后患。群臣们不肯帮助我,使我自求辛劳。小桃虫(即鹪鹩)
会变成大雕;小患不除,会酿成大祸。我年纪幼小,不堪承受家邦
的多种灾难。(如今淮夷又叛)我又陷入困境,就像吃到了辛辣的
蓼草。方玉润云:"此诗名虽'小毖',意实大戒,盖深自惩也。故
开口即言惩患,不知如何自儆而后可免于祸,虑之深则惕之
至耳。"①

《敬之》《闵予小子》《访落》《小毖》这四首诗,其风格非常独
特,与《周颂》中的其余诗篇大异其趣。方玉润曾说这四首诗"除
《闵予小子》一篇似祝辞外,余皆箴铭体,非颂之正也"②。体近箴
铭而置于《颂》中,在祭祀先祖的隆重场合演唱使用,更说明这些
诗篇饱含着政治上的训诫意义,而不能够仅仅从祭祀神灵的意义
上来理解。这是《诗经》祭祀诗的一个特殊之处。知先王创业之
艰难,立国之不易,思艰方能敬德,敬德必然思艰。所以,当厉王
和幽王使国家陷入危机之时,贵族们便总要拿先王的功业以与今
王对比。如《大雅·召旻》云:

昔先王受命,有如召公,日辟国百里。今也日蹙国百里。
於乎哀哉! 维今之人,不尚有旧。

《瞻卬》在抨击幽王罪行的同时,还希望他"无忝皇祖,式救尔后",
不要辱没了文王、武王,使来者犹可挽救,子孙蒙受其福。

从西周初期的历史背景看,《诗经》祭祀诗中的这种"天命靡

① 〔清〕方玉润:《诗经原始》卷之十七,第616页。
② 同上。

常"、敬德思艰思想之产生是有相当深刻的历史根源的。除了周人欲为本部族之代殷寻找合理的根据之外,还和西周初期的形势有关。《大雅·大明》等诗在谈到周之灭商时虽然说"肆伐大商,会朝清明",言之甚易,但揆诸史实,其实际情形远非如此。《孟子》称"文王以百里"而王天下,"一怒而安天下之民",只是后人的夸大之词。倒是《周易·系辞下传》的作者悟出了周人创业的艰辛:

> 易之兴也,其当殷之末世,周之盛德耶? 当文王与纣之事耶?

> 易之兴也,其于中古乎? 作易者其有忧患乎?

史传文王拘于羑里而演《周易》,于困厄忧患之时,悟出了自然和人事的几微之处;深思远虑,推极人事之可能。故《易》之为书,"变动不居,周流六虚。上下无常,刚柔相易,不可为典要,唯变所适。其出入以度,外内使知惧,又明于忧患与故,无有师保,如临父母"。"是故其辞危"[1]。这种深深的忧患意识,与《诗经》祭祀诗中所表达的敬德思艰、天命靡常的思想产生于相同的历史背景之下,其思想自然也是相通而可以互相证明补充的。认识到"天命靡常",则天命不可为据,而部族之兴衰、家国的存亡便全系于人。虽然当时人们还不知道"天"的本质,还不敢否定天,但既知天不可信,人事的努力自然会上升到重要的地位。这正是《诗经》祭祀诗中"天"虽威严却邈远,先祖人事功业却显要而明朗的主要原因。《诗经》祭祀诗中的这种思想,实际上已经为后代"变雅"诗人们怀疑"天"、否定"天"埋下了伏笔。"变雅"诗人们对"天"之怀疑和否定不是突然出现的,周初的祭祀诗中已显露出了

---

[1]《周易·系辞下传》。

一线理性的曙光。佐之以《尚书》等材料,我们便可以知道周初的祭祀诗所表达的"不显维德,百辟其刑之"的敬德和"敬之敬之,天维显思,命不易哉"的思艰思想其实乃是当时在姬姓贵族中流行的思潮。这种思潮在《尚书》许多篇章中的表现甚至更为强烈,如《尚书·大诰》:"武王崩,三监及淮夷叛,周公相成王,将黜殷,作《大诰》。"这是周公东征之前所作的文告,周公说:"予惟小子,若涉渊水,予惟往求朕攸济。"(小子我承先人之业,像过深渊,涉深水,战战兢兢,一心只求如何渡过难关。)"王曰:若昔朕其逝。朕言艰日思。"(周公说:要顺从古道,我要东征了,我所说的国家之艰难已非常多了,你们要每天都想着这些话。)在《尚书·召诰》中,辅政的召公反复叮咛:

> 王敬作所,不可不敬德。我不可不监于有夏,亦不可不监于有殷。我不敢知,曰:有夏服天命,惟有历年……不其延,惟不敬厥德,乃早坠厥命……有殷受天命,惟有历年……不其延,惟不敬厥德,乃早坠厥命。

不能不以夏和殷为借鉴。夏和殷都以能敬德,所以统治天下多年,也都因不敬其德而早失其王天下之命。"肆惟王其疾敬德,王其德之用,祈天永命。"王当疾行敬德,惟德唯用,以求上天长命有周之年数。在《尚书·酒诰》中,周公还称引殷人之哲王成汤等,以为他们畏于天,畏于民,经德秉哲,足为周人所师法。《有客》之赞微子,也就有其深刻的历史渊源了。

四

《诗经》祭祀诗的另一个重要功能是团结、凝聚宗族。它可以说是祭祀诗最基本的出发点和目的所在。祭祀可以有多种多样,

祭祀的目的也可以多种多样,但施之于宗庙的先祖祭祀却是以承
继血缘宗统、祈求先祖保佑宗族子孙繁盛、荣昌光大为直接目的,
赞颂先祖德业,敬德思艰以维护王业,实际上都是围绕着这个目
的。在西周、春秋时期,祭祀这项活动本身便是维护、凝聚血缘宗
族的一种强有力的手段,同时也是维护血缘宗法等级制度的有力
手段,祭祀变成一种权力,这种沟通人神、承绪上下的仪式活动只
有各级宗子(大小贵族)才有权力主持。普通的族众像《豳风·七
月》一诗所描述的那样,只有在年终岁末的时候,"跻彼公堂,称彼
兕觥,万寿无疆",参加一下作为宗子的家族长(贵族)主持的祭
祀。在《周颂》各诗中,主祭者当然是天下之大宗的周王;助祭者
也都是诸侯,即相对于周王(大宗)的小宗宗子们。祭祀的祝辞,
常常是"子孙保之"。我们看《清庙》:

　　　　　　於穆清庙,肃雝显相。济济多士,秉文之德。对越在天,
　　骏奔走在庙。不显不承,无射于人斯。

幽深壮美、肃然清静的祖庙,持事敬敏、严肃雍容的有明德的助祭
的诸侯们,还有仪度整齐的多士(执事之人)们,他们都秉承了文
王的大德,报答宣扬文王的在天之灵,在庙中恭敬而迅疾地奔走。
文王的盛德昭明于天,为人们所承继,永远发扬不已呀! 这是一
首祭祀文王的乐歌。仅从文字我们仍然能够感受到它雍容肃穆
的气氛、缓节舒迟的舞姿和悠扬的歌唱。这样一种庄敬的氛围,
正是祭祀先祖所要创造的。祭如在,祭神如神在。"庙之言邈也。
死者精神不可得而见,但以生时之居,立宫室象貌为之耳。"①《孔
疏》云:"《礼记》每云升歌《清庙》,然则祭宗庙之盛,歌文王之德,
莫重于《清庙》。"

----

①《诗·周颂·清庙》郑笺。

从这首诗中。我们确实能够感受到文王的在天之灵对周人后王及子孙们所具有的凝聚和统摄力量。而"子孙保之"成了《诗经》的常用语。《烈文》云："惠我无疆,子孙保之。"《天作》云："彼徂矣,岐有夷之行,子孙保之。"由于血缘宗法制是周人的基本社会组织结构,所以其祭祀也以血缘宗法家族为基础(姜姓、子姓等也不例外)。祭祀仪式中的主祭者代表着整个宗族或家族,而并不只代表个人,所以《维清》要提到"显相"和"多士",《烈文》更提到"辟公"(诸侯)、"百辟"(指助祭的诸侯和"子孙")。助祭诸侯被反复提及,如《雝》:"有来雝雝,至止肃肃。相维辟公,天子穆穆。"来助祭的诸侯和睦恭敬,主祭的周王端庄肃穆。《载见》云:

> 载见辟王,曰求厥章。龙旂阳阳,和铃央央。鞗革有鸧,休有烈光。率见昭考,以孝以享,以介眉寿。永言保之,思皇多祜。烈文辟公,绥以多福,俾缉熙于纯嘏。

诸侯们始入武王之庙,车马服饰要合于典章。绣着蟠龙的旗帜光彩飘扬,车上鸾铃和鸣央央。缰绳上的铜饰闪闪发亮,诸侯的仪度辉辉有光。在成王的率领下入祭昭考(武王),以孝以享,以献祭祀之礼,以助寿考之福,长使我安行此道,使王和诸侯皆受多福。如果我们认真体味,就会感受到这完全像是一家人在祭祀。类似的情况更见于祈谷籍田的祭祀诗中,如《载芟》云:"千耦其耘,徂隰徂畛。侯主侯伯,侯亚侯旅,侯彊侯以。"主是家长,伯是长子,亚是仲叔,旅是众子弟,彊才是来助耕的他人。诗中又说:"烝畀祖妣,以洽百礼。"证明同家族之内的人共同受福。《良耜》:"其比如栉,以开百室。百室盈止,妇子宁止。"刻画出一幅家族共同生活的画面。

宗教观念上的敬天,在伦理观念上就延伸为敬德;而宗教观念上的尊祖,在伦理观念上就延伸为敬宗。《小雅·楚茨》中代表宗族主持祭祀者在先祖的灵位之前自称"孝孙"。诗中又云:"徂赉孝孙,苾芬孝祀。""孝孙徂位,工祝致告。"《大雅·既醉》于祭毕之后言:"威仪孔时,君子有孝子。孝子不匮,永锡尔类。"威仪是那样的美善,君子同时又是孝子。孝子奋勉而不废坠,先祖会长久地赐予他以不辱没先人的善道。下文又云:"其类维何? 室家之壶。君子万年,永锡祚胤。其胤维何? 天被尔禄。君子万年,景命有仆。"能孝,则先祖便会赐以室家的昌盛,子孙的福禄。保有王位,策受天命,君临天下。《既醉》这首祭祖之诗,鲜明地道出了周代贵族们祭祀时的祈求。

"孝"的观念同"德"一样也是周代才出现的。《说文》所释之"善事父母者"只是孝用于人伦之上的最基本的出发点。孝与德并列,是周礼的精神主干,也涉及"礼"的各个方面。《一切经音义》引《谥法》云:

慈爱忘劳曰孝,从命不违曰孝,秉德不回曰孝。

《孝经》卷一《开宗明义》云:

夫孝,德之本也。

《孝经》卷三《三才》云:

夫孝,天之经也,地之义也,民之行也。

《国语·周语》称:

孝,人之本也。

《左传》文公二年云:

凡君即位,好舅甥,修昏姻,娶元妃以章粢盛,孝也。孝,礼之始也。

所以,孝不仅包括善事父母,还包括协日祭享、和协宗族、修身敬德、从命不违、承嗣宗绪等一系列内容。人能以"孝"为道德伦理准则,则可以做到为父慈,为子孝,为兄友,为弟恭。上顺君亲之命,下率子孙之则。"孝"不但是族之宗亲的亲亲原则,也和"德"一样成为维护血缘宗法等级制度的重要手段。正如有子所云:"其为人也孝悌,而好犯上者鲜矣!"①《尚书·康诰》:

> 王曰:封,元恶大憝,矧惟不孝不友,子弗祗,服厥父事,大伤厥考心。于父,不能字厥子,乃疾厥子;于弟,弗念天显,乃弗克恭厥兄,兄亦不念鞠,子哀,大不友于弟。惟吊兹,不于我政人得罪。

在周公看来,人之罪恶,莫大于不孝不友。为人子而不能敬身服行父道,而怠忽父业,大伤乃父之心;为人父不能字爱其子,反疾恶其子,这是不慈。为人弟不能恭事其兄,为人兄不能友于其弟,又不念稚子之可哀,是大不友。不孝不友,是为大罪。

"孝"作为道德伦理准则,在祭祀仪式中得到了更为深刻的实现。祭祀是通过仪式与先祖神灵相往来。在这种仪式中,作为"孝子"的宗子得与先祖相接,不但如闻其声,如见其影,还要从先祖的神灵那里获得精神的鼓舞和福佑。这种福佑不但要施之于"孝子",更要施之于"孝子"所代表的宗族。无疑,这样一种仪式可以使同宗同族的人获得一种心理上的认同和亲近感,加强了他们之间情感上的联络,以有力地维护宗族的团结,永保王业,以固家邦,故周王必使诸侯助祭,诸侯又必使大夫助祭,血缘的纽带通过祭祀仪式得到了有力的强化。"惠我无疆,子孙保之"不仅是《诗经》常见的意义,也是西周、春秋青铜铭文中常见的意义。"子子孙孙,其永保之""其眉寿万年无疆,子子孙孙永保用"成了铭文固定的话语。在这样的祭祀仪式中,不仅与诗相配的乐舞能起到强化氛围、导人于幽明之际的作用,与祭祀相关的一切物事,如祖

---

① 《论语·学而》。

庙、牌位、礼器、祭品等无不在强有力地叮咛着宗族血缘情感，而与祭祀仪式一起成为宗族凝聚的象征。《礼记·祭义》对这种祭祀过程作过极其生动的描述，并论其意义曰：

> 先王之所以治天下者五：贵有德，贵贵，贵老，敬长，慈幼。此五者，先王之所以定天下也。贵有德何为也？为其近于道也。贵贵，为其近于君也。贵老，为其近于亲也。敬长，为其近于兄也。慈幼，为其近于子也。是故至孝近乎王，至弟近乎霸。至孝近乎王，虽天子必有父；至弟近乎霸，虽诸侯必有兄。先王之教，因而弗改，所以领天下国家也。

又曰：

> 子曰："立爱自亲始，教民睦也。立敬自长始，教民顺也。教以慈睦，而民贵有亲；教以敬长，而民贵用命。孝以事亲，顺以听命，错诸天下，无所不行。"

这些论述都道出了周人如此重视祭祀的精神实质。在这种仪式中，"孝子"与先祖的血缘亲情是极为重要的。先祖之灵或上天之监昭昭在上，昭昭在兹，惟惕惕戒惧，方能与之"神交"，而获其福佑。王夫之正是悟出了斋戒仪式、器物之于《诗经》祭祀诗所用的祭祀过程之重要。他说：

> 孝子之事其先，惟求诸神乎？神则无所不浃矣……于物而见之，于器而见之，于墙屋而见之，于几筵而见之，于绣绘之色而见之，于歌吹考击之声而见之。于彼乎，于此乎，入其庙，践其位，行其礼，奏其乐，无一之不合于漠，而后与其神浃也……功由是以兴，道由是以建，斯先王之所以为先王乎！①

正是在"孝"的意义上，我们可以看出祭祀诗对血缘宗法等级

---

① 〔清〕王夫之：《诗广传》卷五。

制度的维护作用,也只有在血缘宗族关系未曾打破的周代社会,"孝"才会在这样比较广泛的领域内被强调,从而成为《诗经》祭祀诗(尤其是先祖祭祀诗)的真正灵魂。它不仅赋予《诗经》,也赋予同时期的中国文化以浓重的人伦亲爱色彩,并一直保持到今天。"孝"及由此而延伸出来的"忠"遂成为中国古代社会伦理思想的骨干。

《诗经》言祭祀之详者,无过于《小雅·楚茨》。朱熹《诗集传》引吕氏曰:

> 《楚茨》极言祭祀,所以事神受福之节,致详致备,所以推明先王致力于民者尽,则致力于神者详。观其威仪之盛,物品之丰,所以交神明,逮群下,至于受福无疆者,非德盛政修,何以致之?

此诗在细致描述祭祀过程的同时,正向我们展现出当时以周王为代表的贵族合宗族以祭祀的场面,诗中尊尊亲亲之意,溢于言外。祭祀的参加者,除了自称"孝孙"的周王,还有君妇(天子诸侯的嫡妻)、诸宰(家臣)、王的诸父兄弟等。他们在祭祀的过程中,"或剥或亨,或肆或将","执爨踖踖,为俎孔硕。或燔或炙。君妇莫莫,为豆孔庶。为宾为客,献酬交错"。有的宰杀用于祭祀的牛羊,有的拿去烹饪,有的将做好的祭品捧奉到祭台上。掌灶的人敏捷恭敬,做出来的牲体丰而又大;君妇们清静恭谨,摆上品类众多的菜肴。宾尸和宾客分班入座,主人和客人献酬交错,终于使"祀事孔明","礼仪卒度,笑语卒获"。"先祖是皇,神保是飨,孝孙有庆,报以介福,万寿无疆"。祭祀的礼节很完备,又完全合于法度,参加祭祀的人皆大欢喜。先祖的神灵也来了,享受祭祀所献的酒食。孝孙有了福祥,先祖赐以大福,万寿无疆。最后是撤去祭品,孝孙与宗族中的诸父兄弟合族宴饮,还要祝愿"子子孙孙,勿替引之",

族运绵长。

《信南山》也是周王烝祭之诗，与《楚茨》约为同时之作。《楚茨》对祭祀的描述详于后而略于前；《信南山》则详于前而略于后；《楚茨》为祭祀祖先之歌，《信南山》与其大致相同，而结构却不相同。《楚茨》重点描写合族祭祀的场面，而《信南山》则从田事说起，第二章谈及雨雪，颂扬雨雪沾渥大地，哺育百谷；第三章才写及宾尸祭祀场面。故姚际恒《诗经通论》认为《信南山》是周王冬祭的乐歌。《甫田》和《大田》虽用于祭社和田祖而非用于祭先祖，我们仍然能够从中看到周代贵族在祭祀时的亲亲、尊尊、合宗族、祈永年之意。而《周颂》中的《噫嘻》《臣工》《载芟》等诗皆与《大田》《甫田》相类。这些祭祀用诗，正反映着周王率其父兄子弟卿大夫食公田者致力于农事的情形。

团结、凝聚宗族，除了祭祀诗中的"孝"享、亲亲、祈子孙万年之外，对有殊勋之先祖的特别颂赞，即所谓的"史诗"（英雄史诗），也是周代贵族通过祭祀仪式以凝聚宗族的重要内容。孙作云即认为《大雅》中的《文王》《大明》《緜》《公刘》等我们通常只视为"史诗"的诗篇，都是西周末期创作的用于祭祀周人先公先王的诗篇①。这些诗篇实际上就是周部族的英雄神话。如果说祭祀以及与此相关的物事如宗庙、牌位、礼器、乐舞等有对族人的宗族血缘情感起叮咛和加强团结作用，并由此而作为氏族凝聚的象征的话，英雄神话则赋予了本部族或氏族以典章模范，以证明其存在的合理性。英雄神话（"史诗"）几乎总是千篇一律地讲述氏族祖先的功德行为，讲述他们对本氏族或部族的发展所做出的贡献，并赋予这种贡献以神性或天命意志，他们也因此而在祭祀时受到

---

① 孙作云：《诗经与周代社会研究·论二雅》，中华书局，1966年，北京。

后人的赞颂和崇拜。《诗经》中周人所赞颂、崇拜的祖先英雄主要是几个对周人的发展有突出贡献的人物——始祖后稷、公刘、古公亶父和文王。诗篇则有《大雅》中的《生民》《文王》《大明》《緜》《皇矣》《公刘》等。这些诗篇的内容着重在三个方面：

第一是周人自述的先祖出世之神异，如《生民》之述后稷，先述其母姜嫄怀孕之神异，次述其出生后的种种不同寻常，写姜嫄无论怎样丢弃后稷，后稷总是受到各种保护。接着写后稷刚刚学会手足爬行，便懂得寻找各种食物了。

第二，也是最主要的，是叙述先祖功业之伟之巨。述后稷，则言其"诞后稷之穑，有相之道。茀厥丰草，种之黄茂。实方实苞，实种实褎，实发实秀，实坚实好，实颖实栗。即有邰家室"①。后稷之种稼穑，有帮助它们长得更茂盛的方法。拔除荒茂的野草，种上丰茂的嘉谷。种子萌芽，小苗儿丛生，迎来了五谷丰登，周人便在邰地安下了家室。接着又写"诞降嘉种"，丰收之后，开始祭祀祈年，以求来岁再丰收。公刘之功，则在率领居民由邰迁豳，《史记·周本纪》云：

> 公刘虽在戎狄之间，复修后稷之业，务耕种，行地宜。自漆沮渡渭，取材用。行者有资，居者有蓄积。民赖其庆。百姓怀之，多徙而保归焉。周道之兴自此始，故诗人歌乐思其德。

《緜》则历叙古公亶父之迁于岐，开国奠基，周族从此强大起来。《鲁颂·閟宫》所谓"后稷之孙，实维大王。居岐之阳，实始翦商"是也。而《诗经》英雄史诗的重点还是在文王。《文王》《大明》《皇矣》诸诗皆以文王功业为叙述的中心。

---

① 《大雅·生民》。

　　英雄史诗的第三个主要内容是比较浓重的天命意识。"天"在西周初年的诗篇中是比较虚幻而邈远的,远不如先祖德业勋烈可见可感。但在《文王》《大明》等颂赞文王的诗篇中,"天"的神威却又被空前地强调了。这不仅和《周颂》中的"天"相矛盾,更和后来"变雅"诗中被诗人否定甚至咒骂的"天"相冲突。《文王》一诗,即一方面讲"天命靡常""命之不易",另一方面却大讲天对于文王的佑助。"文王在上,於昭于天。""有周不显,帝命不时。文王陟降,在帝左右。"文王之德上昭于天,天命美好而伟大。文王之神一升一降,无时不在帝之左右,子孙也蒙受其福泽。而周之灭殷,是因"上帝既命,侯于周服"。而"上天之载,无声无臭",天道之难知,耳不得闻其声,鼻不得闻其香。《大明》云:"明明在下,赫赫在上。天难忱斯,不易维王。天位殷适,使不挟四方。"文王之德虽显明于天之上下,但天命难以相信、依靠,王天下实在不易。上天立起一个殷纣的敌人,使他不能再拥有天下。"天监在下,有命既集",上天监视着在下的人们,而天命已经从殷人转移到了文王的身上。而"惟此文王,小心翼翼,昭事上帝,聿怀多福。厥德不回,以受方国",文王因恭慎地信事上帝,得到福佑,行之而无悖,才使四方来附。《皇矣》述周人之膺受天命更为详细,而且从太伯、王季一直写到文王末年之伐崇墉,表明周人之兴起全是上天的意志。这种思想意识在《诗经·大雅》用于祭祀先王的诗中的出现和"宣王中兴"相关。西周初期,周人灭殷而进取天下的过程中虽然也谈"天"和"上帝",但部族精神正处于高涨时期,谈"天"和"上帝"的背后有着军事、政治上的巨大成功。虽然忧心忡忡,却生机勃勃,力图进取,故周初的"天"和"上帝"只徒具其表,威严但不万能。"德"的观念的兴起正和"天"志相表里。表现于《文王》等诗中的"天"却产生于周部族危机严重暴露,王室走向衰落的时期。

这些诗篇的产生不能不具有巩固部族团结、恢复先王旧制以图"中兴"的目的。"天"也因此而重新得到强化,成为一个威严而万能的超凡形象。然而和宣王的"中兴"一样,这个形象又是苍白无力的。随着宣王晚年的失败,王室继续走向衰落,幽王即位,又倒行逆施,王室之祸已不可避免。这个威严而空虚的"天"便迅速崩溃了。在"变雅"诗人的咒骂声中,我们看到了另外一重"天"。

五

下面我们附带谈一谈《商颂》和《鲁颂》。

同样是祭祀用诗,《商颂》《鲁颂》和《周颂》等在艺术风格和精神面貌上有着很大的差别。就艺术风格而言,《周颂》诸诗虽然佶屈聱牙,也不用韵,但情真意切,恭敬虔诚,言简意赅。此外,《周颂》诸诗的运用方式也比较原始。要充分表达祭祀时的情感,还须借助与之相配的同样古朴率真的音乐和舞蹈来实现。《商颂》和《鲁颂》则不然。这两部分诗词藻华丽,其情则浮而不实,殊少用于祭祀时的恭敬虔诚而多炫耀之辞、享乐之意。《周颂》中之最长者《载芟》不过 1 章 31 句,其次《良耜》1 章 23 句,其余多在 8 至 10 句左右。《商颂》和《鲁颂》却多长篇巨制。《商颂》之《长发》7 章 51 句;《鲁颂》之《泮水》8 章 64 句;《閟宫》9 章 131 句,是《诗经》中少有的长篇之一。《周颂》中的《维清》《烈文》《天作》《昊天有成命》《思文》《敬之》等,一章围绕一个中心,以颂先人之德,《商颂》和《鲁颂》则由颂德转向颂功,情意由此而大减;笔法则由凝练简洁而变得铺张扬厉,描叙外在的景色极尽其详。如《駉》之颂鲁公养马众多,四章复叠,共举出 16 种马名,使人目不暇接,指不胜屈;"彭彭""伾伾""绎绎"等形容词大量运用,已开后世汉赋铺张扬厉之风。《泮水》一诗用语夸张,言过其实。末章的"翩彼飞鸮,集于泮林。食我桑黮,怀我好音"四句,被刘勰在《文心雕龙·夸饰篇》中引为良好例证之一。《閟宫》一诗,浮艳夸诞更甚,铺张炫耀,名不副实,王安石谓:"《周颂》之辞约,约所以为严,所美盛德故也。《鲁颂》之辞侈,侈所以为夸,德不足故也。"①正道出了《鲁颂》和《周颂》的一个本质区别。《商颂》中的《那》在形式上虽模仿《周颂》(如《有瞽》),但语言浅显,殊少恭敬肃穆之感。《长发》一诗讲究修饰,句句用韵,读来节奏抑扬,音调铿锵。这些都是西周早期或更早时期(不少人认为《商颂》作于商代)所根本不能有的特色。由肃穆庄严而欢快明朗,由凝重古朴而轻浮华丽,由简洁单纯而繁文缛饰,正是从西周到春秋中国一切艺术的主要转变特征。青铜器如此,金文书法如此,诗歌更加如此。究其原因,实在是因为文化的进步和社会的发展,迷信宗教意识的衰微和理性意识的兴起。远古神学巫术的笼罩在逐渐被发展着的人类理性智慧所削弱。作为人类精神表现的诗歌和艺术其表现尤为明显。文辞之由简向繁,由散而整,由无韵而有韵,由素朴而华丽,是西周至春秋我国语言文字发展的大趋势。由《周颂》至《大雅》至《小雅》再至《国风》,便鲜明地向我们展示了这一发展历程。而在同时期的金文中,我们可以找到不少相类的证据②。仅就这一点而言,认为《商颂》作于商代的说法就是根本不值一驳的。《商颂》《鲁颂》其诗用于祭祀而其辞繁丽,其情浮艳,究其原因,皆由于春秋时期原始宗教观念逐渐淡薄,人们对神鬼的畏惧远不如西周之甚。故《颂》诗便由周初之诚惶诚恐、战战兢兢而变为谀词如潮,

①王安石:《诗义钩沉》卷二十《鲁颂》,中华书局,1982年,北京,第300页。
②参看郭沫若《两周金文辞大系》所载《大克鼎》《成鼎》和《者减钟》等铭文。

夸辞满纸;由对先祖神灵的祈求福佑而变为夸耀炫功。学者以为《鲁颂》之体同于列国之"风"正由于此。是时代的变化使《鲁颂》《商颂》与《周颂》之内容风格大相径庭,因此,这些诗篇也和宗庙祭祀所要求的肃穆庄严、恭敬虔诚气氛极不协调。故王夫之评《鲁颂》云:

> 《鲁颂》之于《诗》,敖辟烦促、政散民流之音也⋯⋯《有駜》之声胡为乎奏于周公之庭乎? 一往而极,儇而荡,乘凌而不必厝之之安;以之管则急,以之弦则繁,以之金则嘄,以之革则噫,以之盘旋于舞蹈则轻翾而鸷击,非杂霸之雄心,其谁与为之乎?[1]

这段话,也完全可以用于评《商颂》。

---

[1]〔清〕王夫之:《诗广传》卷五。

第五章　《诗经》宴饮诗论

一

　　如果说《诗经》中的祭祀诗使周代贵族实现了宗族血缘关系的巩固和家国的平安,因而祭祀仪式及其所运用的诗歌是西周、春秋时期贵族礼乐文明的内在社会基础的话,《诗经》中的宴饮诗及与之相关的周代贵族逐步建立的礼乐制度则是西周、春秋时期贵族礼乐文明的外在表现形式。

　　《诗经》中的宴饮诗,无论是其形式还是其思想内容,都属于当时的贵族阶层,这一点是毫无疑问的。也正因为如此,几十年来我们对《诗经》宴饮诗的研究便十分薄弱,宴饮诗长期受到忽视,对宴饮诗所包含的深刻思想内涵人们都不甚了了,或视而不见,或一概予以否定。但只要我们本着实事求是的精神,将这些诗篇与西周、春秋时期的社会历史相联系,我们就可以发现,这些诗篇是周代贵族努力进行华夏部族文化创建所结出的丰硕果实,是周代贵族礼乐文明的重要内容,是华夏民族文化史上的重要篇章。

　　广义地讲,《诗》三百篇除三《颂》之外的十五《国风》及大、小《雅》诗都可以用于宴饮奏乐,因此都可以称之为宴饮用诗。只要看春秋时期列国诸侯朝会盟聘之中广泛引诗赋诗便可以明白这一点。这是从《诗》之为用的角度来谈，而不管其所引用的诗篇在内容上是否与宴饮相关。《仪礼·乡饮酒礼》云："工歌《鹿鸣》《四牡》《皇皇者华》……笙人堂下，磬南北面立，乐《南陔》《白华》《华黍》……乃间歌《鱼丽》，笙《由庚》，歌《南有嘉鱼》……乃合乐《周南·关雎》《葛覃》《卷耳》，《召南·鹊巢》《采蘩》《采蘋》。"这些诗中，《四牡》《皇皇者华》《葛覃》《卷耳》等就其内容而言本与宴饮之事无关。又如《左传》襄公四年（前 569 年）载鲁穆叔使晋，晋悼公享之，"金奏《肆夏》之三""工歌《文王》之三"，又"歌《鹿鸣》之三"。"文王"之三是《文王》《大明》《绵》，"《鹿鸣》之三"是《鹿鸣》《四牡》《皇皇者华》。这些诗除《鹿鸣》之外，都与宴饮无关。而穆叔谓"《三夏》，天子所以享元侯也"；"《文王》，两君相见之乐也"；"《鹿鸣》，君所以嘉寡君也"；"《四牡》，君所以劳使臣也。《皇皇者华》，君教使臣曰：'必咨于周。'"又襄公二十六年（前 547 年），齐侯、郑伯如晋，晋侯兼享之。"晋侯赋《嘉乐》，国景子相齐侯，赋《蓼萧》。子产相郑伯，赋《缁衣》。""国子赋《辔之柔矣》，子产赋《将仲子兮》。"这些诗中除《嘉乐》和《蓼萧》二诗内容与宴饮有关外，其余均与宴饮无关。由此可见春秋时期的宴饮用诗，主要是以声为用。这种以声为用在当时有一定的等级规定，如穆叔之所言。春秋中期以后，因"礼崩乐坏"，这些规定逐渐被打破。原来只能用于个别场合的诗篇如《文王》《鹿鸣》等，被广泛用于各种宴乐场合。但是，不论这些诗篇的等级规定如何被破坏，它们用之于贵族宴飨并通过这种运用实现"礼"的目的却没有改变。这种破坏在一定程度上也促进了《诗经》在贵族中的传播。因此，《诗》的这种运用是当时贵族阶层"礼"的一部分是无可怀疑的。另一方面，就诗的内容而言。《诗经》中有不少诗篇，特别是大、小《雅》中的不少诗篇如《小雅》中的《鹿鸣》《常棣》《天保》《伐木》《鱼丽》《南有嘉鱼》《南山有台》《蓼萧》《湛露》《彤弓》《菁菁者莪》《宾之初筵》《鱼藻》《采菽》，《大雅》中的《行苇》《既醉》等，其作诗就是为了宴饮，或与各种宴饮的内容直接相关。如《楚茨》虽以描写祭祀过程为主，但又描写了祭祀之后的合族宴饮情况。因此，我们今天研究宴饮诗，不仅要研究为宴饮而作的诗，也要研究那些春秋以后用于宴饮的在内容上与宴饮并不相干的诗篇，因为它们不仅反映了宴饮诗自身的发展变化，也反映了当时社会状况的变化。

　　宴饮诗产生于何时？为何而作？古人对各诗分别作了许多猜测，虽然不少猜测颇有道理，但合在一起，也并不能说明这些诗篇的产生背景。至于今人说这些宴饮诗的产生是因为周初统治者在生产力发展、社会经济繁荣的形势下，逐渐忘掉先祖训诫而日益腐朽、追求奢侈享乐，为粉饰太平而作①，或说是周宣王在农奴大起义之后实行改革，使国家富强，诸侯宾服，对外屡获胜利之后，天子诸侯互相颂美而歌等②，都是没有多少历史根据的；又有学者认为宴饮诗是古代中华文化的独特产物，它突出了礼乐文化的道德实质，而且展现了它的外在形式，其目的在于维护礼乐文化的基本精神和道德风范，是比较切合历史实际的③，但仍未说出"礼乐文化精神"的具体内容。因此，对这些诗篇应该做更进一步深入的研究。

　　那么，宴饮诗的产生背景到底如何？它体现了周代贵族礼乐

①游国恩等：《中国文学史》第一册，人民文学出版社，1964年，北京。
②孙作云：《诗经与周代社会研究·论二雅》。
③赵沛霖：《诗经研究反思》第二章，天津教育出版社，1989年，天津。《〈诗经〉宴饮诗与礼乐文化精神》，《天津师范大学学报》，1989年第6期。

文化中的什么精神？笔者认为，宴饮诗的产生与原始宗教的祭祀仪式有关。它们创作的直接目的是维护巩固周族的血缘宗法等级制度；它们的产生和在贵族阶层中的流行，又有力地促进了周代贵族道德精神的培养和贵族礼乐文化的形成。

从世界文学的范围看，上古各民族如埃及、印度、中国、希腊、罗马等，在他们各自的文学宝库中，都有某些种类相同的诗歌，如史诗、情歌、祭祀诗、农事诗和牧诗等。由于各民族的具体发展道路不同，由此而形成的民族文化心理不同，使各民族的文学又各有其不同的内容和特征，各有其突出反映本民族精神风貌、文化心理特征的文学种类和体裁，如古希腊及印度的史诗和戏剧，古埃及的故事和宗教诗。而在中国，能够突出反映西周、春秋时期中国文化精神特征的文学作品正是长期被人们所忽视的宴饮诗。而宴饮诗正是中国上古社会所独有的①。那么，为什么只有中国才产生了宴饮诗？答案只有一个：在世界所有创造古老文化的民族中，只有中国在进入阶级社会之后还比较完整地保留了原始社会的氏族血缘制度。如我们前文所言，周人的政权机关是从周人的氏族权力机关蜕变"维新"而来，氏族、血缘制度被巧妙地利用来在新形势下维护以血缘关系为基础的宗法等级社会的安定。而在古代的埃及、希腊和印度等，氏族的血缘关系早已因财产的私有化和阶级社会的出现而被击碎。《诗经》宴饮诗的基本精神便是部族内部的血缘亲情，代表西周、春秋时期中国社会文明的贵族礼乐文化也由此而兴起。古代的埃及、希腊和罗马等尽管也存留了一些原始社会的遗风，但他们只有按财产划分出等级的贵族的"军事民主制"。因此，在他们的"元老院"或"议事会"的圆形

---

① 赵沛霖：《诗经研究反思》第二章；《〈诗经〉宴饮诗与礼乐文化精神》。

餐桌上只会产生定军国的军谋大计，却产生不出歌颂血缘亲情的宴饮诗，更产生不出讲道德、重威仪、和蔼可亲的血缘贵族的"君子"形象。只有在中国上古的合族宴饮的场合才会产生出这些独特的诗篇。

"礼"最早起源于远古时期的氏族祭祀仪式，它包括了两大方面：神事和人事。祭神、与神交往是祈福，要通过仪式而质诸神灵，即《左传》所谓"明恕而行，要之以礼"。"要之以礼"是为获得明信。祭礼之祈福求信运用于人际交往中，演变成人际之间的种种交往仪式和规范，即《礼记·曲礼》所谓"道德仁义，非礼不成；教训正俗，非礼不备；分争辩讼，非礼不决；君臣上下、父子兄弟，非礼不定；宦学事师，非礼不亲；班朝治军、莅官行法，非礼威严不行；祷祠祭祀，供给鬼神，非礼不诚不庄"，以致"人有礼则安，无礼则危"①。

春秋时期，华夏部族贵族中所通行的"礼"是经过长期的发展演变而来的，即孔子所谓："殷因于夏礼，所损益可知也；周因于殷礼，所损益可知也。"②在其发展过程中不断地自我调节、修整以适应时代的需要。到春秋时期，"礼"已经获得了一种至高无上的地位，成为上至军国大事、下至个人言语行为的道德礼仪准则。"礼""经国家，定社稷，序民人，利后嗣者也"③；"礼，国之干也"④；"礼乐，德之则也"⑤；"礼，所以守其国"⑥；"礼，人之干也；无礼，无

①《礼记·曲礼》。
②《论语·为政》。
③《左传》隐公二年。
④《左传》僖公十一年。
⑤《左传》僖公二十七年。
⑥《左传》昭公五年。

以立"①;"礼,上下之纪"②。但"礼不下庶人",成为维护血缘宗法等级制度的有力工具。因此,"礼"的产生和固定,是与周人内部血缘关系的分化和社会阶级的分化相联系的。在周人宗法政治的亲亲与尊尊、名与贵不分的基础上,"礼"成为一种特别的政权形式,它不但体现在人们社会等级的尊卑中,更体现在与此相连的一套仪式中,体现在鼎尊爵彝等神物之中。"礼"在人谓之尊贵,在器谓之尊爵。在器之尊爵,指用尊、爵等彝器祭祀及相关的音乐、舞蹈;在人之尊贵,则是祭祀权的掌握和相应的仪式规范的礼乐化。周代贵族政治由此而带上浓厚的宗教化色彩。"礼"又是与乐相表里的,"礼"非乐不行。而乐又与《诗》相表里。所以在西周、春秋时期,"礼"又是和《诗》相表里的,有礼必有乐,有乐而必有《诗》。《诗经》中的宴饮诗,正是周代贵族将政治宗教化、创建适合于血缘宗法等级制度的礼乐文明的产物。

实际上,在西周时期,祭祀和宴饮是一个事情的不同发展阶段。由氏族发展蜕变而来的宗族内部的宴饮聚餐都离不开祭祀仪式。有祭祀(重大祭祀如腊祭、社祭、祀先祖等)便必有宴饮。祭祀是在族长或宗子的率领下会聚族中所有重要人物和耆年高德共同进行,祭祀后的宴饮也在他们中间进行。由族长或宗子率领的集体祭祀是将先祖和上天的赐福播于全体与祭之人和族众,祭祀后的宴饮活动更使这种意义得到加强,并进一步强化族众之间的血缘亲情。祭祀及祭祀后的合族宴饮在《小雅·楚茨》中描述得最为清楚明白。周人是农业部族,因农业而发展,因农业而强盛。从周人所歌颂的始祖后稷到《诗经》中的许多篇章都反复

①《左传》昭公七年。
②《左传》昭公二十五年。

谈到农业,周人的祭品中,黍稷等农产品的数量也最多。农业的丰收可以使他们"以为酒食,以享以祀",以丰收奠于先祖和神灵之前。在周人心目中,先祖与天神也和人一样嗜于酒食,故先祖和天神所嗜酒食丰盛便是周人自己的酒食丰盛。在先祖、天神获其歆香,"神嗜饮食"之后,祭祀的人再去吃"神嗜"过的酒食,便如分得了神的赐福。故周人的祭祀,往往以为酒食始,以肆酒食中,而以宴饮终。较大规模的祭祀仪式之后,必是合族长老的宴饮。故《小雅·楚茨》一诗的结尾是"诸父兄弟,备言燕私","既醉既饱,小大稽首。神嗜饮食,使君寿考。孔惠孔时,维其尽之。子子孙孙,勿替引之"。其余《信南山》《甫田》及《周颂》中的《丰年》等诗皆反映了类似的情形。祭必有乐,宴饮也同样有乐,故《楚茨》写祭毕而"诸父兄弟,备言燕私"时,要"乐具入奏,以绥后禄"。祭祀之后的"燕私"而奏乐正是为了完成祭祀以祈福的过程,故朱熹《诗集传》释之云:

> 凡庙之制,前庙以奉神,后寝以藏衣冠,祭于庙而燕于寝。故于此将燕,而祭时之乐,皆入奏于寝也。且于祭既受禄矣,故以燕为将受后禄而绥之也。

又如《大雅·凫鹥》,《诗集传》云:

> 此祭之明日,绎而宾尸之乐。

《郑笺》云:

> 祭祀既毕,明日,又设礼而与尸燕。

诗中云:"尔酒既清,尔殽既馨,公尸燕饮,福禄来成……尔酒既多,尔殽既嘉,公尸燕饮,福禄来为……公尸来燕于宗。既燕于宗,福禄攸降。"正道出了祭祀之后宴饮而作此诗的目的。宴饮诗也便由此而产生。

《礼记·礼运》篇曾经谈到"礼":"夫礼之初,始诸饮食。其燔黍捭豚,污尊而抔饮,蒉桴而土鼓,犹若可以致其敬于鬼神。"按《礼记》的说法,人们在祭祀仪式中的宴饮和用乐都是为了"致其敬于鬼神"。也正因为这样,祭祀之后的宴饮便与祭祀仪式一样,成为行"礼"的重要场合。因为"礼"有多种多样,反映"礼"的诗歌便也有多种多样。到后来,"礼"不必一定和祭祀相关,但与诗乐的关系却更加密切。各种各样的用于族中宴饮的诗篇也被贵族们陆续创作出来并广为传唱,如《周南·桃夭》《召南·鹊巢》等明显是婚宴用诗,《小雅·斯干》是考室典礼之诗,《彤弓》是周王行颁赐诸侯之礼后的宴享用诗。当然,在作诗时代,并不是所有的"礼"都作有相应之诗,如西周时期的冠、婚、丧、祭、朝、聘诸礼中,冠礼和丧礼未见到相应的诗篇,婚、射、朝、聘等礼在《诗经》中有反映,但今天已不能明确分辨。《周南》中的《桃夭》,《召南》中的《鹊巢》,似为婚礼用诗;《召南·何彼秾矣》和《邶风·燕燕》的描写与婚礼有关;《召南·驺虞》、《郑风·叔于田》《大叔于田》、《齐风·猗嗟》、《秦风·驷驖》和射猎有关,但不一定用于射礼。《小雅》中的《鹿鸣》《天保》《鱼丽》《南有嘉鱼》《南山有台》《蓼萧》《湛露》《彤弓》《庭燎》《桑扈》《采菽》等皆与朝聘之礼有关。《左传》文公四年(前623年)载宁武子之言曰:

> 昔诸侯朝正于王,王宴乐之,于是乎赋《湛露》,则天子当阳,诸侯用命也。诸侯敌王所忾,而献其功,王于是乎赐之彤弓一,彤矢百,玈弓矢千,以觉报宴。

可见《湛露》和《彤弓》是用于天子诸侯的朝聘之礼上。此外,燕礼和祭礼在《诗经》中留下了它们专门的成组的诗歌,因为燕礼和祭礼对于维护宗法血缘制度和促进宗族血缘情感是最为重要的。直到春秋时代,我们仍然能从当时的宴饮用诗和"礼"后的饮食中看到宴饮是如何在"礼"的运行中起着重要作用的。"礼终乃宴"①。这时的宴饮仍然非专为饮食，而是为了行"礼"。"礼"的所有主要内容：亲亲、尊尊、贵贱长幼、君臣父子等，都在宴饮中体现出来。这一点，我们只要读一下《仪礼》和《礼记》中所记载的行"礼"时的繁文缛节便可以知道。故《左传》成公十二年（前579年）载晋郤至之言曰：

> 世之治也，诸侯间于天子之事，则相朝也，于是乎有享宴之礼。享以训共俭，宴以示慈惠。共俭以行礼，而慈惠以布政。政以礼成，民是以息。百官承事，朝而不夕，此公侯之所以扞城其民也。

宴饮之礼被提到了关乎国家政治兴衰的高度，这也正是《诗经》中宴饮诗较多的主要原因之一。

二

综上所述，我们可以由此推论出《诗经》宴饮诗（和春秋时期宴饮用诗）的几个主要社会功能。

第一，歌颂、强化宗法血缘亲情。

周代的分封以同姓为主，受封者为周王之父兄子弟，可谓同气连枝。即使不是同姓，也是以世代的联姻而建立起血缘亲戚关系，齐、宋、陈诸国遂成甥舅之国。兄弟甥舅之情便成为创作通行于华夏诸侯之间的宴饮诗所歌颂的主要内容之一。如《小雅·常棣》，朱熹《诗集传》云："此燕兄弟之乐歌。"诗中反复言："凡今之人，莫如兄弟"，"死丧之威，兄弟孔怀"，"脊令在原，兄弟急难"，

____
① 《左传》昭公元年。

"兄弟阋于墙,外御其侮"。人与人只有兄弟之间是最可亲密的,人们在灾难之时只有兄弟才会相救于急难,兄弟虽然会在墙内相互争吵,但一旦有外侮,就要共同抵御,在这个时候,即使有好友也不会有什么实际的帮助的。所以"丧乱既平,既安且宁。虽有兄弟,不如友生。傧尔笾豆,饮酒之饫。兄弟既具,和乐且孺。妻子好合,如鼓瑟琴。兄弟既翕,和乐且湛"。既经丧乱,则兄弟当更加相亲。陈列出笾豆食物,合族在一起宴饮。兄弟都已来齐,饮酒和乐而相亲。与妻子之相亲,如琴瑟之相和;兄弟之间更应和睦相处。《小雅·伐木》不仅提到同姓诸侯之"兄弟""诸父",还提到异姓诸侯的"诸舅"。诗云:"既有肥羜,以速诸父。宁适不来,微我弗顾。""既有肥牡,以速诸舅。宁适不来,微我有咎。"既有美酒与佳肴,就要召请同姓和异姓的长辈,宁可他们碰巧有事不能来,也不要让他们说我不顾念他们。"笾豆有践,兄弟无远。"笾豆陈列得整整齐齐,兄弟之间也不要疏远。《蓼萧》,《诗集传》云:"诸侯朝于天子,天子与之燕,以示慈惠,故歌此诗。"诗中有"既见君子,孔燕岂弟。宜兄宜弟,令德寿岂"。兄弟相见,和乐平易。为兄亦宜,为弟亦宜。既有美德,又长寿快乐。《頍弁》,《诗集传》云:"此亦燕兄弟亲戚之诗,故言'有頍者弁,实维伊何?''尔酒既旨,尔殽既嘉',则岂异人乎?兄弟而匪他也。又言茑萝施于木上,以比兄弟亲戚缠绵依附之意,是以未见而忧,既见而喜也。"《大雅·行苇》,《诗集传》云:"疑此祭毕而燕兄弟耆老之诗。"诗中云:"戚戚兄弟,莫远具尔。或肆之筵,或授之几。"开筵之初,便致殷勤之意,诗中间极言宴饮之乐,末云:"曾孙维主,酒醴维醹。酌以大斗,以祈黄耈。黄耈台背,以引以翼。寿考维祺,以介景福。"这首诗是周王宴饮族众的,故诗中提到"黄耈台背"。"曾孙"是宴饮的主人,美酒味道醇厚,用大斗来挹酒,祈求黄发的老人长寿;宴罢告辞,有人在前面为老人引路。长寿便是吉祥,祈求他们获得大福。《大雅·假乐》是周王宴诸侯群臣之诗,诗中言:"之纲之纪,燕及朋友。百辟卿士,媚于天子。""朋友"即指同族的父兄子弟①。统领天下纲纪的周王,宴请为诸侯的父兄子弟。众诸侯及卿士,都真诚地爱戴天子。仅从以上所引诸诗我们便可以看出,借宴饮兄弟甥舅而达到宗族和部族的团结,无疑是当时所能运用的最好方式。在血缘宗法制的结构中,是没有任何其他方式可以取代宴饮而更好地达到这个目的的。

研究宴饮诗的内容,我们必须谈一下宴饮诗的创作时代。将宴饮诗说成是周初统治者在社会经济繁荣的形势下忘掉先祖训诫、追求奢侈享乐并为粉饰太平而作,只是望文生义;将这些诗篇说成是宣王中兴之后天子诸侯的互相颂美之歌,也只说出了事情的一个方面②。这些诗篇大约都创作于宣王时代或稍晚。除了对周王室暂时的"中兴"而颂美之外,这些诗篇的创作更和西周晚期因贵族家族势力的发展而导致的离心倾向、王室和诸侯之间逐渐疏远并产生矛盾、周族内部的血缘宗法礼制因此而产生危机相关。"礼崩乐坏"从西周晚期便已开始了。厉王之被逐是周族内部矛盾的一次大爆发。在"共和执政"期间,周部族已经上演了一次春秋以后更加明显的政治危机。厉王时期的危机过后,贵族们最先意识到了宗族和家族内部团结的重要性。一旦宗族和家族秩序陷入混乱,他们便会失去最基本的依靠。而在部族或宗族的内外危机中,只有血缘亲情是最可依赖的。因此,厉王时期的危机过后,一批以歌颂兄弟甥舅血缘亲情的宴饮诗便产生了。其中

①朱凤瀚:《商周家族形态研究》第二章第三节。
②孙作云:《诗经与周代社会研究·论二雅》。

不少诗篇便明显地表达了对血缘宗法亲情被破坏的敏感和忧虑，如著名的《常棣》，《左传》中富辰之言便以为是"召穆公思周德之不类，故纠合宗族于成周而作诗"①。所谓"周德之不类"，实际即指周人宗法之离散，兄弟之不和。故《常棣》一诗具有很强的训诫意味。又如《角弓》，对当时周人内部矛盾有很好的反映：

> 骍骍角弓，翩其反矣。兄弟昏姻，无胥远矣。尔之远矣，民胥然矣。尔之教矣，民胥效矣。此令兄弟，绰绰有裕。不令兄弟，交相为瘉。民之无良，相怨一方。受爵不让，至于己斯亡。

镶牛角的弓，一旦松弛不用，弓弦就会向反面弯曲，兄弟婚姻也不可疏远。你要疏远兄弟，下民便会效仿。友好的兄弟相互间会宽容相待，不友好的兄弟便会互相嫉恨。人之无良，一方之人皆怨而恶之，轮到自己受爵而不谦让，便忘记了责备自己。所以"如蛮如髦，我是用忧"。小人之行如夷狄之不可王化，我因此而深为忧虑。而《頍弁》在宴饮兄弟，强调"岂伊异人？兄弟甥舅"的同时，又说：

> 如彼雨雪，先集维霰。死丧无日，无几相见。乐酒今夕，君子维宴。

周人的危难，就像下雪而先有霰一样，是自微至著，逐渐形成的。人不知哪一天就要死去，我们相见的时候不多了，姑且在今天晚上欢乐饮酒，君子只以享受安逸生活为事。全诗呈现出一副浓重的末世心态。除了社会危机之时的忧虑，自然还有不少对血缘亲情和天子、诸侯群臣关系的颂赞。越是出现危机，与人们的利益密切相关的东西越是容易受到人们的关注。《老子》所谓"大道废，有仁义"，"六亲不和有孝慈；国家昏乱有忠臣"。有之与无，常

---

① 《左传》僖公二十四年。

常是相反相成的。从西周晚期至春秋早期,金文材料中提到的参与宴饮的人有兄弟、诸考、婚媾等,恰恰是与《诗经》中的宴饮诗相符合的。兄弟关系可以代表宗族关系,因为在周代血缘宗法等级制下的宗族秩序和宗法关系主要体现在作为宗族长的宗子与诸弟(及庶兄)的关系上,《白虎通·宗族》谓:"大宗能率小宗,小宗能率群弟,通其有无,所以纪理族人者也。"

从春秋时期各诸侯国贵族们对宴饮诗中歌颂兄弟甥舅血缘亲情诗篇的运用,我们也可以看出这些诗篇在当时所具有的强烈的维护血缘宗族亲情的社会作用。《左传》僖公二十四年(前636年)载富辰谏周王欲以狄伐郑,在讲了"召穆公思周德之不类,故纠合宗族于成周"而作《常棣》之后又说:

> 郑有平、惠之勋,又有厉、宣之亲,弃嬖宠而用三良,于诸姬为近,四德具矣……周之有懿德也,犹曰"莫如兄弟",故封建之。其怀柔天下也,犹惧有外侮。扞御侮者,莫如亲亲,故以亲屏周。

文公十五年(前612年):"史佚有言曰:'兄弟致美。救乏,贺善,吊灾,祭敬,丧哀,情虽不同,毋绝其爱,亲之道也。'"成公二年(前589年):"晋与鲁、卫,兄弟也。"昭公元年,晋赵孟使郑,郑伯享之,穆叔赋《鹊巢》,又赋《采蘩》,赵孟赋《常棣》,且曰:"吾兄弟比以安,尨也可使无吠。"昭公七年(前535年)秋,卫襄公卒,晋大夫言于范献子曰:

> 卫事晋为睦,晋不礼焉,庇其贼人而取其地,故诸侯贰。《诗》曰:"鹡鸰在原,兄弟急难。"又曰:"死丧之威,兄弟孔怀。"兄弟之不睦,于是乎不吊,况远人,谁敢归之?

又襄公三年(前570年),

> 晋为郑服故,且欲修吴好,将合诸侯,使士匄告于齐曰:

"寡君使匄,以岁之不易,不虞之不戒,寡君愿与一二兄弟相
见,以谋不协,请君临之,使匄乞盟。"

宴饮诗在当时的影响于此可见。

第二,确立、强化贵族阶级的礼乐制度。

西周、春秋时期通行于华夏诸国贵族中的"礼"对于家国天下
的重要性,是当时人和先儒们所反复道及的,宴饮恰恰是行"礼"、
实践"礼"之最有效的场合和手段,君臣、父子、尊尊、亲亲等通过
合族宴饮活动而得到确立和强化,故《礼记·乡饮酒义》云:

> 祭荐,祭酒,敬礼也。啐肺,尝礼也。啐酒,成礼也。于
> 席末,言是席之正,非专为饮食也,为行礼也……贵贱明,隆
> 杀辨,和乐而不流,弟长而无遗,安燕而不乱,此五行者。足
> 以正身安国矣。

《礼记·射义》云:

> 古者诸侯之射也,必先行燕礼;卿大夫士之射也,必先行
> 乡饮酒之礼。故燕礼者,所以明君臣之义也;乡饮酒之礼者,
> 所以明长幼之序也。

虽然《仪礼》《礼记》等载周代之所谓"周礼"极其完备,但事实
上它们不可能如此周密,而且也不可能在短时期内完成。谓周礼
之"曲礼三百,经礼三千"为周公所制定只是出于后人的虚构。从
《诗经》中的宴饮诗,我们正可以见出周代贵族致力于自身文化建
设的努力。据学者研究,在西周早期,卿大夫等贵族曾经是"国
人"的一部分,还未完全从基本族众中分化出来,到西周中期以
后,随着宗族人口的增加、势力的扩展和宗族的分化,他们的地位
才越来越牢固,越来越凌驾于普通族人之上而成为真正的"贵
族"。"贵族"阶级的礼乐文化,正是随着贵族阶层政治地位的巩
固而逐渐发生发展的。宴饮是贵族们"经礼"即实践"礼"的最好

场所,是贵族确立"礼"制的最好途径。宴饮既体现了君臣父子的血缘宗法等级,又使它蒙上了一层温和而诱人的色彩。而"和"正是宴饮之上用乐所要达到的目标。在"和而不流"的乐声中,宾主交酬,君臣有节,长幼有序,血缘宗法亲情得到了一种升华。《诗》即是乐,乐即是《诗》,而《诗》乐的合乎血缘宗法等级之运用便是"礼"。此即郑樵所谓"礼乐相须以为用,礼非乐不行,乐非礼不举",而"乐以诗为本,诗以声为用"①。故"钟鼓管磬,羽籥干戚,乐之器也;屈伸俯仰,缀兆舒疾,乐之文也。簠簋俎豆,制度文章,礼之器也;升降上下,周还裼袭,礼之文也"。故"乐者,天地之和也;礼者,天地之序也。和,故百物皆化;序,故群物皆别"。"论伦无患,乐之情也;欣喜欢爱,乐之官也。中正无邪,礼之质也;庄敬恭顺,礼之制也。"②

《诗经》中的许多宴饮诗,正是着力描写天子诸侯贵族之间的这种温和而恭敬,彬彬然有礼的情状。《小雅·鹿鸣》一诗,最能体现贵族宴饮礼乐"和"的精神。《毛序》云:

> 《鹿鸣》,燕群臣嘉宾也。既饮食之,又实币帛筐篚以将其厚意,然后忠臣嘉宾得尽其心也。

全诗三章均以鹿鸣起兴,使鹿这种仁兽所象征的和融一体的含义,伴随着欢乐的呦呦鸣声,一开始便造成了笼罩全篇的欢乐而庄重的气氛。《毛传》云:

> 鹿得萍,呦呦然鸣而相呼,恳诚发乎中,以兴嘉乐宾客,当有恳诚相招呼以成礼也。

三章之中,嘉宾与仁鹿相照,琴瑟笙簧的奏鸣与仁鹿呦呦的

---

① 〔宋〕郑樵:《通志·乐略·乐府总序》。
② 《礼记·乐记》。

欢叫声对应,筐筥币帛又与萍藁芩草互映,水乳交融;三章又层层递进,主题逐步深化,从首章"人之好我,示我周行",周王向臣宾垂询治国大道,到"德音孔昭,视民不恍,君子是则是效",要贵族们树立起为民众所仿效的榜样,再到第三章"以燕乐嘉宾之心",在"和乐且湛"中奏出了君臣和融、浑然一体的主题。这正是周代贵族通过宴饮所欲达到的目的。又如《伐木》一诗,也是力图通过宴饮而达到兄弟(朋友)甥舅"和"合友爱的目的,故诗之首章即云:

> 相彼鸟矣,犹求友声。矧伊人矣,不求友生!神之听之,终和且平。

鸟尚知居高木而呼其友,何况人呢? 谨慎之而行由此道,则兄弟(朋友)甥舅可以相与和乐而亲爱。故《毛序》云:

> 燕朋友故旧也。自天子至于庶人,未有不须友以成者。亲亲以睦,友贤不弃,不遗故旧,则民德归厚矣。

又如《鱼丽》,在极道"君子有酒,旨且多""多且旨""旨且有"的同时,又云:"物其多矣,维其嘉矣。物其旨矣,维其偕矣。物其有矣,维其时矣。"极道宴饮食物之美且多,以见主人礼宾之优勤。《南有嘉鱼》言"君子有酒,嘉宾式燕以乐""嘉宾式燕以衍""嘉宾式燕绥之""嘉宾式燕又思",体现出一片君臣和乐之意。《斯干》之首章云:

> 秩秩斯干,幽幽南山。如竹苞矣,如松茂矣。兄及弟矣,式相好矣,无相犹矣。

涧水秩秩而流清,南山郁郁而幽深,族人殷众,如竹苞之繁生,如松柏之畅茂,族中兄弟互相友好而不相诟病。而《斯干》所美之宗庙,正是合聚族人的最好场所。

宴饮既是合族,更要讲究君臣上下的仪节。人们虽然欣赏的是"温其如玉""温温其恭"的"君子"风度，但由宴饮而达到上下欢洽的目的，即使醉而失仪，也未必是坏事。所以《宾之初筵》一诗，与其说是卫武公作之以刺饮酒失德，不如说是描述贵族合族宴饮的欢畅快乐，是歌颂而不是讽刺。我们从诗中实在看不出多少讽刺的意味。诗之首章，描述"宾之初筵，左右秩秩"，笾豆肴核陈列整齐，酒味醇和，众宾饮酒又威仪齐一。伴随着钟鼓音乐之声，宾主觥筹交错，又举行射礼以助饮。第二章写由祭礼而饮酒。钟鼓琴瑟伴随着热烈的舞蹈，贵族们"烝衎烈祖，以洽百礼"，以盛大而整齐的仪式进乐于烈祖的神灵之前，以求"锡尔纯嘏，子孙其湛"，受大福于先祖，而子孙欢乐融洽。然后是各自酌酒以献尸，宾主又交错相酬，适时欢乐。第三章和第四章描写射仪和祭祀之后的欢宴情状，可谓穷形尽相，而欢宴的目的是祈福。"既醉而出，并受其福"，不醉便不足以言其欢乐。"醉而不出，是谓伐德"，如果醉得过分了，当然也是不合于君子之"德"的。"饮酒孔嘉，维其令仪"，醉而能出，不失其仪才是善饮。第五章进一步描写酒醉的情状。"凡此饮酒，或醉或否。既立之监，又佐之史。彼醉不臧，不醉反耻。"立监史虽所以防失礼，然亦所以助尽礼，使人尽兴而返。喝醉了的人虽然不能把持自己，不醉的人却也应以为耻而罚之。酒醉不必深究，惟所以防之而已。如果我们认为这是刺诗，就只有像《鲁诗》一样，将《鹿鸣》《伐木》《采菽》《采薇》等皆解为"刺"诗，这显然是不合于当时的社会历史实际的。这些诗篇的真正意义，正体现出了《礼记·乐记》所说的"礼节民心，乐和民声""礼义立，则贵贱等矣；乐文同，则上下和矣"的贵族宴饮用乐要求。

　　第三，确立贵族的道德风范。

　　这种风范，是通过宴饮礼仪和天子、诸侯等贵族之间的相互颂美而实现的。这种风范的代表，便是所谓的"君子"形象，"君子"形象便是周代贵族的道德理想和人格典范。这种人格典范主要表现在两个方面:内在的重"德"(道德模范追求)和外在的重"威仪"(外在的形象塑造)。

在祭祀先祖的诗中,"德"是周人为自己寻找的代替殷人统治天下的道德理论根据。在宴饮诗中,"德"又成为贵族阶层的品格修养要求和对作为贵族理想典范的"君子"品格的赞美。《小雅·鹿鸣》云:"我有嘉宾,德音孔昭。视民不恌,君子是则是效。"嘉宾有光明的品德和言语,示民以善道,是为君子之所效法。《天保》云:"群黎百姓,遍为尔德。"这是诸侯们歌颂周王,言人民和贵族("百姓")皆为周王之美德所感化。《南山有台》极道"乐只君子,邦家之基""乐只君子,邦家之光""乐只君子,民之父母。乐只君子,德音不已""乐只君子,德音是茂","君子"的品德形象已近乎完美。《蓼萧》云:"既见君子,为龙为光。其德不爽,寿考不忘。""既见君子,孔燕岂弟。宜兄宜弟,令德寿岂。"这是诸侯颂美天子之"令德",其诗虚实相生,一片祥和。《湛露》,《毛序》云:"天子燕诸侯也。"《左传》文公四年(前623年):"诸侯朝正于王,王宴乐之,于是乎赋《湛露》。"诗之前三章以"湛露"起兴,而云"厌厌夜饮,不醉无归""厌厌夜饮,在宗载考""显允君子,莫不令德"。而末章则云:"其桐其椅,其实离离。岂弟君子,莫不令仪。"以桐椅果实之离离美盛,兴君子令仪之美好。

"君子"的内在修养是"德",外在修养则是所谓"威仪"。关于贵族之"威仪",《左传》襄公三十一年(前542年)载卫北宫文子之言有一段很好的概括:

> 有威而可畏谓之威,有仪而可象谓之仪。君有君之威仪,其臣畏而爱之,则而象之,故能有其国家,令闻长世。臣有臣之威仪,其下畏而爱之,故能守其官职,保族宜家。顺是

以下皆如是,是以上下能相固也。《卫诗》曰:"威仪棣棣,不可选也。"言君臣、上下、父子、兄弟、内外、大小皆有威仪也。《周诗》曰:"朋友攸摄,摄以威仪。"言朋友之道必相教训以威仪也。《周书》数文王之德,曰"大国畏其力,小国怀其德",言畏而爱之也。《诗》云"不识不知,顺帝之则",言则而象之也……故君子在位可畏,施舍可爱,进退可度,周旋可则,容止可观,作事可法,德行可象,声气可乐,动作有文,言语有章,以临其下,谓之有威仪也。

以上这段话清楚地向我们说明了西周、春秋时期贵族阶级之"威仪"的内容,它包括了贵族的容止、品德、言语、行为等各个方面,并和"礼"制之下的君臣父子血缘宗法等级相联系。因此,"威仪"可以说是周代贵族宗法礼制的一部分,其主要作用在于将贵族的行为举止纳入宗法礼制的规范之中。"威仪"不仅要求贵族外在的衣饰与自己所处的血缘宗法等级相符合,也要求贵族内在的修养与之相符合。因此,"德"在某种意义上讲也在"威仪"的涵盖之中。除衣饰和内在修养之外,贵族的举止风度仪表也要与此相适应。所以"威仪"对于贵族而言又成为一种品格修养的象征。因贵族之"威仪"首重血缘宗法等级,故《左传》隐公五年(前718年)载臧僖伯谏鲁隐公如棠观鱼之言曰:

凡物不足以讲大事,其材不足以备器用,则君不举焉。君,将纳民于轨、物者也……故春蒐、夏苗、秋狝、冬狩,皆于农隙以讲事也。三年而治兵,入而振旅,归而饮至,以数军实,昭文章,明贵贱,辨等列,顺少长,习威仪也。

"威仪"体现于宴饮之中,故《左传》成公十四年(前577年)载卫宁子之言曰:

古之为享食也,以观威仪,省祸福也。故《诗》曰:"兕觥其觩,旨酒思柔。彼交匪傲,万福来求。"

"威仪"体现于祭祀等军国大事之中,故《左传》成公十三年(前578年)曰:

　　成子受脤于社,不敬。刘子曰:"吾闻之,民受天地之中以生,所谓命也。是以有动作礼义威仪之则,以定命也。能者养之以福,不能者败以取祸……戎有受脤,神之大节也。今成子惰,弃其命矣。其不反乎?"

以上诸例,多称引《诗经》,说明《诗经》中有关君子"威仪"的描写,与他们表达的是同一类含义。《诗经》中所出现的"威仪"无一不涉及"君子"即贵族的品格修养和礼仪准则。《宾之初筵》云:

　　其未醉止,威仪反反。曰既醉止,威仪幡幡……其未醉止,威仪抑抑。曰既醉止,威仪怭怭。

未醉的时候,尚能言语有章,进退有度,容止可观。及既醉之后,则不免丑态百出,有失"威仪"。

《大雅·抑》,旧注皆以为卫武公作之而使人日诵于其侧以自警,诗中反复言:"抑抑威仪,维德之隅。""敬慎威仪,维民之则。""慎尔出话,敬尔威仪,无不柔嘉。""淑慎尔止,不愆于仪。不僭不贼,鲜不为则。"严密审慎的外在威仪是和内在之德相匹配的。敬慎自己的威仪,然后才能为下民之法则。慎重于发布的教令,重视自己的威仪,做到无不妥善安贴,谨慎自己的容止,不可使之不合于威仪。在威仪礼节上没有过失,很少有不被人们当作学习的榜样的。卫武公在诗中同时还列举了许多不德不臧之事和训诫格言,以说明敬德业,慎威仪之重要:"白珪之玷,尚可磨也。斯言之玷,不可为也。"白玉的瑕疵还可以磨掉,说错了话,就无法挽回了。"天方艰难,曰丧厥国。取譬不远,昊天不忒。回遹其德,俾民大棘。"上天正降下灾难,毁灭下国。就浅近的东西打比方,上天的赏罚是不会有偏差的。如果品德邪僻成性，就要使民众受大灾难了。《大雅·烝民》称赞仲山甫："令仪令色，小心翼翼。古训是式，威仪是力。"《大雅·板》斥周厉王"威仪卒迷，善人载尸"，威仪迷乱，使善人像祭神之尸一样畏而不敢言。《大雅·瞻卬》则直斥厉王"不吊不详，威仪不类。人之云亡，邦国殄瘁"。

　　《诗经》中提及"威仪"尽管多用来指斥贵族之失"威仪"，但却并不意味着当时贵族们的"威仪"已丧失殆尽。相反，它正说明当时贵族们的"威仪"正处于逐步建立和完善的状态。因而《诗经》中又有不少与此相对的、极力歌颂"君子"形象的诗篇。这些"君子"形象，正是周代贵族"威仪"之所在。而这些诗主要都是宴饮诗。在这些诗篇中，"君子"的形象是近乎完美的道德典范。如《南山有台》颂"君子"为"邦家之基""邦家之光""民之父母""德音是茂""德音不已"。《蓼萧》云："既见君子，我心写兮……既见君子，为龙为光。其德不爽，寿考不忘……宜兄宜弟，令德寿岂。"《湛露》赞："显允君子，莫不令德……岂弟君子，莫不令仪。"《菁菁者莪》云："既见君子，乐且有仪……既见君子，我心则喜。"《庭燎》："君子至止，鸾声将将……君子至止，鸾声哕哕……君子至止，言观其旂。"《白驹》则形容"君子"是"生刍一束，其人如玉。毋金玉尔音，而有遐心"。其余如《小雅》中的《裳裳者华》《桑扈》《鸳鸯》《隰桑》《瓠叶》及《大雅》中的《烝民》《韩奕》《江汉》等，无不对代表着贵族形象的"君子"极力赞美。

　　春秋以后，宴饮诗的创作虽然停止，但因习诗、诵诗已成为贵族必备的修养，诗乐已化为周礼的一个重要组成部分，《诗》也主要由创作期而转入运用期。大、小《雅》的几乎所有诗篇和陆续产生的"风"诗都被用于宴享之上，成为宴饮用诗。宴饮用诗尽管"赋诗断章"，不顾本义，但却促进了《诗》的传播，宴饮用诗已不像宴饮诗的创作那样以歌颂、强化宗族血缘亲情为直接目的,但它们仍然有着维护贵族礼乐文化、塑造贵族道德风范和品格修养的社会作用。《诗》三百篇在宴享、朝、会盟、聘等礼仪中的运用成为春秋时期贵族礼乐文化最重要的表征。

三

最后,我们再附带谈一谈代表周代贵族道德风范的"君子"形象的变迁。

从《尚书》看,"君子"一词早在周初便已出现,其义指当时周人中的宗族和家族首领。《旅獒》之"狎侮君子,罔以尽人心",与下文的"狎侮小人,罔以尽其力"相对。又《酒诰》:"庶士有正,越庶伯君子。"孔安国注云:"众伯君子,长官大夫,统庶士有正者。"《无逸》:"君子所其无逸,先知稼穑之艰难,乃逸,则知小人之依。"《说文》:"君,尊也,从尹口,口以发号。""尹,治也。"说明"君"指治人者。因此,在西周早、中期,"君子"并没有道德和品格方面的含义。但西周中期以后,这种情况有了明显的改变。随着时间的流逝,周人的人口日益增加,势力日益壮大,在东方广大地区的统治逐渐稳固下来。周人内部经过长期的壮大和分化后,贵族阶层从"国人"中分化出来而越来越凌驾于普通"国人"之上;血缘宗法制度愈来愈完善,贵族的礼乐文化也开始建立。贵族是当时社会文化的掌握者,在长期的历史发展中逐渐建立起一套符合本阶级利益和需要的道德规范和礼仪制度,这种道德规范和礼仪制度与人(贵族)的结合,其体现于人,便是所谓的"君子"。"君子"形象的主要内涵,便是"德"和"威仪"。

"君子"形象从其产生到变成贵族阶级的道德典范,也经历了一个较长的发展历程。最早与"君子"相联系的概念是"德"。在西周早期,"德"不仅是周族取代殷人宰制天下的根据,而且已成为贵族自身修养的重要要求。如《尚书·旅獒》云:"人不易物,惟德其物。德盛不狎侮……玩人丧德,玩物丧志……不矜细行,终累大德。为山九仞,终亏一篑。"《君奭》云:"嗣前人,恭明德,在今予小子旦……天不可信,我道惟宁王德延。"《蔡仲之命》:"皇天无亲,惟德是辅。民心无常,惟惠之怀。"《周官》:"恭俭惟德。"《尚书·周书》部分言"德"者不下百次,若非与所谓"天命"相连,便是对贵族的品格修养要求。特别是在认识到"天不可信""皇天无亲,惟德是辅"的情况下,增进"德"业已是贵族保其禄位、固其禄位的重要条件。"威仪"的概念此时亦已出现,如《尚书·顾命》提到"思夫人自乱于威仪"。但出现次数极少。因为周初的贵族还不能在"德"方面完全做到自觉自律,血缘宗法等级制还不太森严,与之相应的仪式礼节尚未完全确立,故周初的贵族是以重"德"为主。此外,周初贵族所重之德,在含义上许多是与殷人相对而言的。如康王时期的《大盂鼎》铭文云:

> 我闻殷述(坠)令,佳(唯)殷边侯田(甸)雩(与)殷正百辟,率肆(肆)于酉(酒),古(故)丧自(师)。

我听说殷人之所以失去天命,是因为殷人的诸正官长都沉湎于饮酒,所以导致军事上的失败。所以康王要求盂勤敏地朝夕入谏。畏天之威,奔走上下。《尚书》中的有些篇章一面讲殷之先人以"明德"而治天下,同时又申明殷人因"丧厥德而失天下"。如《尚书·多士》:"自成汤至于帝乙,罔不明德、恤祀……告尔殷多士,今予惟不尔杀,予惟时命有申。"可以说,重"德"贯穿了全部的西周、春秋贵族之生活。从金文铭文来看,在西周中期的恭王以前,周王对臣下的赏赐主要以贝、金等为主,而很少其他物品。恭王以后,在周王对臣下的赏赐物品中,玄衮赤芾、朱黄、銮旂、攸勒、赤舄、金车、朱鞹、熏里、金甬、画轉、玉佩等用于衣饰仪仗的用品大大增加①。师尹、朋友、婚媾等《诗经》中常见的词汇也陆续出现②。还有"威仪",如厉王时期《叔向父禹簋》:"共(恭)明德,秉威义(仪)。"《虢叔旅钟》:"旅敢启(肇)帅井(型)皇考威义(仪)。"③可见贵族之讲求威仪,决不早于西周中晚期。因此我们可以推测,当西周晚期周族因王室衰微,四夷交侵而陷入危机之时,贵族的礼乐文化反而在困境中确立、强化起来。这不能不说是周代贵族血缘宗法体制在特殊的社会条件下迸发出的一种力量。《诗经》中大、小《雅》诗的创作和《诗经》的结集,也与此有极大的关系。

从《诗经》结合金文、《尚书》等材料来看,"君子"形象所具有的道德典范内涵最先源自对先公先王、特别是对文王和武王的歌颂。"不(丕)显文武"是西周青铜器铭文大力歌颂的内容。在《诗经》的宴饮诗中,贵族赞颂称扬周王而将其视为"君子",视为道德的典范也占了相当一部分内容,如《蓼萧》《瞻彼洛矣》《卷阿》等诗皆是臣下歌颂周王之诗。当然,宴饮诗中更多的是天子和诸侯及贵族之间的相互颂美。对文王、武王及后稷、公刘、大王等先祖的赞颂,实际也为后来的贵族树立了典范。在年代最早的《周颂》中,我们已经可以看到对先王的歌颂,特别是对他们的"德"的赞

---

① 参看马承源等:《商周青铜器铭文选》第三册所载《伯晨鼎》《盠方彝》《师克盨》《番生簋》《毛公鼎》《史墙》等器铭文。文物出版社,1986年,北京。
② 同上。
③ 参看马承源等:《商周青铜器铭文选》第三册所载《虢虎旅钟》《克盨》等器铭文。

美,已经初步确立起一种道德典范形象,即先祖们不仅因为他们的"德"而受到上天的眷顾使周族子孙统有天下,也因为他们的"德"而成为周族后人的学习楷模。如《清庙》云:"济济多士,秉文之德。"其诗虽短,而充满肃穆、雍容之气。故王夫之《诗广传》论之曰:"《清庙》之诗,盛德无所扬诩,至敬无所申警,壹人之志,平人之气,纳之于灵承,而函德之量备矣。"《维天之命》云:"於乎不显,文王之德之纯。假以溢我,我其收之。"文王光明而纯粹的威德,以嘉美之道戒慎于我,我恭敬地接受。《我将》云:"仪式刑文王之典。"当然,《周颂》中的这种形象是十分模糊的,除了使人产生悠远缥缈的敬畏之情外,还不太能够使人感受到作为道德典范形象的可亲可敬。《大雅》诸诗却不然。《文王》《大明》《思齐》《皇矣》《灵台》《文王有声》《生民》《公刘》等诗篇,已经在着重勾画后稷、公刘、大王、文王等先王的德业形象了,这种形象是可以切实地印在人们心目之中的。如《文王》一诗,首章言文王有昭显光明之德,而上帝有成命;二章言天命集于文王,不唯尊荣其身,又使其子孙"不(丕)显亦世",百世而为天子诸侯。三章言上帝命周之福,不唯及其子孙,也及其群臣之后嗣,等等。故朱熹《诗集传》云:

> 其于天人之际,兴亡之理,丁宁反复,至深切矣,故立之乐官,而因以为天子诸侯朝会之乐,盖将以戒乎后世之君臣,而又以昭先王之德于天下也。

《大明》一诗,首章言天命无常,唯德是辅;二章言大任、王季之德,以及于文王;三章言文王之德,"小心翼翼,昭事上帝。聿怀多福,厥德不回";四、五、六章不只言文王之德,更颂文王之妻太姒之德,见其婚姻之美;七章及于武王。《思齐》一诗,颂文王之德更为完备,而着重在文王"惠于宗公,神罔时怨,神无时恫。刑于寡妻,至于兄弟,以御于家邦"。文王为政顺从先公遗制,使先祖神灵无怨无尤,不但为嫡妻和兄弟作出模范,也为天下作出表率,身修、家齐而天下治。其余《棫朴》颂文王郊祀天地,任用贤人,兴兵伐崇,大显周道;《旱麓》颂文王祭天得福;《灵台》颂文王筑台而民乐之,以见文王之受民爱戴。《緜》《公刘》《生民》等诗之颂古公亶父、公刘、后稷等,远没有文王的形象典型、完美。因此,《诗经》中的文王,是周代贵族道德理想典范的"君子"形象最完美的典型。

从大、小《雅》所录西周贵族君臣颂美之诗中可以看出,到西周晚期,作为道德典范的"君子"形象已成为天子、诸侯互相颂美的主要内容。如《湛露》,《毛序》云:"天子燕诸侯也。"《左传》文公四年(前623年)载卫宁武子之言曰:"昔诸侯朝正于王,王宴乐之,于是乎赋《湛露》,则天子当阳,诸侯用命也。"诗中云:"显允君子,莫不令德……岂弟君子,莫不令仪。"这是周王从德和威仪两个方面赞美诸侯。《菁菁者莪》也是周王宴饮诸侯之诗,诗中云:"既见君子,乐且有仪……既见君子,我心则喜;既见君子,锡我百朋……既见君子,我心则休。"《庭燎》描写来朝见周王的诸侯云:"君子至止,鸾声将将……君子至止,鸾声哕哕……君子至止,言观其旂。"君子雍容的形象展现于眼前。《裳裳者华》,周王赞美诸侯云:"我觏之子,维其有章矣。维其有章矣,是以有庆矣……我觏之子,乘其四骆。乘其四骆,六辔沃若。左之左之,君子宜之。右之右之,君子有之。"《桑扈》,周王赞诸侯云:"之屏之翰,百辟为宪。"《采菽》赞美天子赏赐诸侯云:"君子来朝,何锡予之?虽无予之,路车乘马。又何予之?玄衮及黼……君子来朝,言观其旂。"《隰桑》之颂君子云:"既见君子,其乐如何……既见君子,德音孔胶……心乎爱矣,遐不谓矣!中心藏之,何日忘之?"《大雅·旱麓》之颂周王云："岂弟君子，干禄岂弟……岂弟君子，福禄攸降……岂弟君子，遐不作人。"《假乐》，诸侯君臣之颂周王云："假乐君子，显显令德。宜民宜人，受禄于天。保右命之，自天申之。干禄百福，子孙千亿，穆穆皇皇，宜君宜王……威仪抑抑，德音秩秩……受禄无疆，四方之纲。"

此外，我们还可以从《小雅》中的《出车》《六月》《采芑》和《大雅》中的《崧高》《烝民》《韩奕》等诗中看出当时贵族所歌颂的比较具体的"君子"形象，这些诗除了叙述南仲、尹吉甫、方叔、召伯、仲山甫、韩侯等人的功业之外，更着重描写了他们的赫赫威仪和高贵品德。如《六月》既言尹吉甫"比物四骊，闲之维则……有严有翼，共武之服……织文鸟章，白旆央央"，又颂"文武吉甫，万邦为宪"。通过写其马匹、戎车、旆徽、常服、军服等，塑出一个能文能武的尹吉甫形象。《采芑》中的方叔，其形象更为威武生动。言其车，则："四骐翼翼，路车有奭，簟茀鱼服，钩膺鞗革"。言其饰，则"约轵错衡，八鸾玱玱。服其命服，朱芾斯皇，有玱葱珩"。言其出军，则"伐鼓渊渊，振旅阗阗……啴啴焞焞，如霆如雷"。《烝民》中的仲山甫，其德则"柔嘉维则，令仪令色，小心翼翼。古训是式，威仪是力……既明且哲，以保其身……柔亦不茹，刚亦不吐。不侮矜寡，不畏强御"。《韩奕》中的韩侯，作者从各个方面极力烘托，不仅写出王命之惠，王赐韩侯之华贵，显父等饯行之丰盛，还写韩侯娶妻之宠光，韩国山川之壮美，以及韩侯命受为北方诸侯之方伯的重任，使全诗清新艳丽，韩侯之德之美亦溢于言外。但是，周代早期"君子"指家族或宗族首领的现象到西周晚期依然存在，如《小雅·节南山》反复抨击执政的尹氏大师，却仍称尹氏大师为"君子"。《雨无正》中所抨击的"君子"，也指那些不肯关心王室安危的三事大夫和邦君诸侯。这说明"君子"此时仍然具有较多的原始含义,也说明"君子"即贵族阶级的道德典范正处在构建之中。而这种生于危机和衰世之中的文化建设现象也是非常值得我们注意的。

到春秋时期,"君子"的运用范围有了显著的扩大。即依《左传》而言,"君子"除了代表贵族的地位之外,显然具有了更多的道德含义,其使用范围也已不限于天子诸侯等高级贵族之间,而为士以上贵族阶层所通用了。其以地位而言者,如《左传》僖公十五年(前645年)晋阴贻甥对秦穆公之言曰:"小人戚,谓之不免;君子恕,以为必归。"宣公十二年:"君子小人,物有服章,贵有常尊,贱有等威,礼不逆矣。"更多地使用为当时贵族阶层的修养标准,如僖公二十二年(前638年)宋襄公之言曰:"君子不重伤,不禽二毛。"文公十五年(前612年):"君子之不虐幼贱,畏于天也。"成公九年(前582年)晋范文子曰:"楚囚(指钟仪),君子也。言称先职,不背本也;乐操土风,不忘旧也;称大子,抑无私也;名其二卿,尊君也。不背本,仁也;不忘旧,信也;无私,忠也;尊君,敏也。仁以接事,信以守之,忠以成之,敏以行之,事虽大,必济。"又宣公十二年(前597年)《公羊传》曰:"是以君子笃于礼而薄于利。"由以上诸例可以看出,春秋时期贵族心目中的"君子",在品格修养方面,已经包含了礼、义、忠、信、敏、仁、德、威仪等多方面的内容。而这些品格要求,正是孔子所极力强调并向学生们要求的。

从《论语》中可以看出,到春秋晚期,"君子"的含义基本已典范化、理想化,与血缘宗法等级制的关系已大为减少。"君子"一词已经演化为当时社会的一种新的价值观念和定义,其运用范围已逐渐扩大到贵族阶层以外的社会阶层中去了。我们不能忽视孔子在其中所起的作用。孔子创办私学,打破了贵族世官世学的局面,使本已在"礼崩乐坏"局面下获得仕进机会的平民子弟有了进一步的提升社会地位的条件。"君子"之由代表贵族阶级的道德典型转变为适合更大层面的包括平民优秀子弟在内的全社会的新的道德典型正是从此时开始实现。孔子心目中的"君子",基本上是从道德品格修养而言。如《论语·学而》:"子曰:'君子不重则不威,学则不固。主忠信,无友不如己者。过,则勿惮改。'"又:"子曰:'君子食无求饱,居无求安,敏于事而慎于言,就有道而正焉,可谓好学也已。'"《为政》:"子贡问君子。子曰:'先行其言而后从之。'"又:"子曰:'君子周而不比,小人比而不周。'"《里仁》:"子曰:'君子怀德,小人怀土;君子怀刑,小人怀惠。'""君子喻于义,小人喻于利。"《论语》之言"君子"达一百余次,以品德修养而言者占了一大半。如将《论语》与《左传》中的"君子"作一对比,便可明显看出两者之间的前后继承关系。这种转变实是"礼崩乐坏",血缘贵族衰落,血缘宗法等级制走向崩溃的历史必然。另外我们不应当忘记的是,"君子"一词的所有道德典范含义,都是基于周代贵族阶级的道德理想和审美标准。

第六章 《诗经》与周代
社会思想之变迁

一

任何时代的文学,都是随着时代的思想脉搏而跳动的。正如我们从汉赋中看出汉王朝的统一与空前强盛,从《古诗十九首》中看出汉王朝走向衰亡及当时社会的动荡不安、人心惟危、消极绝望一般,我们也可以从《诗》三百篇中见出西周至春秋时期华夏部族思想文化的发展脉络,看出周代社会思想的变迁。

《诗经》的创作与结集,可以分为西周初期、西周晚期和春秋早期三个阶段,这三个历史阶段也正是周人社会思想(包括哲学、社会观、宗教观各方面)的三个重要发展和转变时期。我国的社会思想和文化学术经过这三个关键时期的变化发展,逐渐演变形成了自己的独特风貌。《诗》三百篇与时代的发展若合符节。

关于殷周到春秋战国时期社会思想的发展变化,先秦时代的学者们早已意识到并将其发展阶段作了划分。其最明易显白者,莫过于《庄子·天下篇》之言:

> 古之所谓道术者果恶乎在? 曰:无乎不在。曰:神何由降? 明何由出? 圣有所生,王有所成,皆原于一。不离于宗,

谓之天人；不离于精，谓之神人；不离于真，谓之至人。以天
为宗，以德为本，以道为门，兆于变化，谓之圣人。以仁为恩，
以义为理，以礼为行，以乐为和，薰然慈仁，谓之君子；以法为
分，以名为表，以参为验，以稽为决，其数一二三四是也……
其明而在数度者，旧法世传之史，尚多有之。其在于《诗》、
《书》、礼、乐者，邹鲁之士、搢绅先生多能明之。《诗》以道志，
《书》以道事，礼以道行，乐以道和，《易》以道阴阳，《春秋》以
道名分。其数散于天下，而设于中国者，百家之学，时或称而
道之。天下大乱，贤圣不明，道德不一，天下多得一察焉以自
好，譬如耳目鼻口，皆有所明，不能相通。犹百家众技也，皆
有所长，时有所用。虽然，不该不遍，一曲之士也。判天地之
美，析万物之理，察古人之全，寡能备于天地之美，称神明之
容。是故内圣外王之道，暗而不明，郁而不发。天下之人，各
为其所欲焉以自为方。悲夫！百家往而不反，必不合矣。后
世之学者，不幸不见天地之纯，古人之大体。道术将为天
下裂。

这段文字将殷周至战国时期的思想学术大致划分为三个阶
段：第一个阶段的特点是"以天为宗，以德为本"。这正相当于《诗
经》中的《周颂》的创作时代。第二个阶段的特点是"以仁为恩，以
义为理，以礼为行，以乐为和"，"《诗》以道志，《书》以道事，礼以道
行，乐以道和，《易》以道阴阳，《春秋》以道名分"。这正是西周晚
期至春秋贵族礼乐文化逐步形成、完善，大、小《雅》诗和《国风》陆
续创作结集并为贵族所学习、运用的时期。第三个阶段则是《天
下篇》的作者自己所处的时代，即"天下大乱，贤圣不明，道德不
一，天下多得一察焉以自好""天下之人，各为其所欲焉以自方"的
"百家争鸣"的战国时代。

　　"以天为宗,以德为本",正道出了《周颂》所产生的殷周之际社会思想急剧变革,旧思想瓦解而新思想产生的主要时代特征。具体而言,就是周人在灭殷之后所建立的天与祖先神分离的二元宗教观和对"德"的强调重视。尊祖敬天和重德是西周初年周人的主要社会思想特征。而这种思想的经济和社会基础,乃是周人的氏族血缘宗法制度和宗族内部的财产公有。这些思想和社会现实,都反映在《周颂》及同时期的《尚书》、金文之中。在"亲亲"的血缘宗法体制之下,人们刚刚超越原始社会的血缘氏族阶段,治理宗族和国家的道术思想尚保留着原始宗教的特征。"以天为宗,以德为本",正是《诗·周颂》及《尚书》的《周书》部分的主要论旨。

　　《周颂》中的"天"与"德"之关系,我们在前文已有所论述。证之以殷代甲骨文等材料我们可以看出,周人的上天与祖先神分离及重德的概念,是周人在灭殷之后,继承了殷人的思想文化并作进一步的加工改造而成,这其中当然包括了周武王、周公旦及召公奭等周初杰出政治家的思想贡献。商代末年的殷人,在社会组织上仍处于父权氏族制阶段,尽管他们的宗教和文化已经比较发达,但陈旧的社会体制并没有使殷人培养出新的社会概念和意识形态,殷人所具有的只是浓厚的氏族宗教意识。卜辞中所反映出的殷人意识形态,最重时间、空间和数量概念。吉、不利、祸、咎等字,只代表殷人全体族员对自然与外族的宗教意识,族人内部还未形成明显的权力义务等概念[1]。所以王国维在《殷周制度论》中指出:

　　　　商人祀其先王,兄弟同礼。即先王兄弟之未立者,其礼

────────────

[1] 侯外庐主编:《中国思想通史》第一册上篇第一章。

亦同,是未尝有嫡庶之别也。此不独王朝之制,诸侯以下亦然。①

既是兄弟同礼,亲疏无别,便不可能产生出后来周人的一套宗法礼制思想,上天与先祖也不会全然分离。至西周则不然,既确立嫡庶之制,立子以贵不以长,立嫡以长不以贤,则嫡庶之制立而宗法之制生,宗法之制生则君统与宗统合一,有周一代礼制,大抵由是以出。西周之所谓"天命",不仅为了为周人之代殷寻找合理的依据,也是为了给血缘宗法礼制的实行寻找合理的依据。"天"不仅畀周人以"大命",也畀周人以血缘宗法礼制的巩固和部族的繁荣。这就是后儒所反复言道的有天地然后有夫妇,有夫妇然后有父子,有父子然后有君臣,有君臣然后有上下。君君、臣臣、父父、子子,其命皆归于"天"。"德"的概念与"天"一样,在其产生的初期不仅为说明周人先祖可以因此而膺受"天命",也因血缘宗法礼制的推行而成为对贵族行为思想的主要规范和要求。

因此,在《周颂》中,我们除了看到前文已经叙述过的颂扬先祖德业、敬德思艰等思想之外,还可以见出这些思想产生的哲学思想基础,即天与先祖神的分立与合一。

天与先祖神的分立,使人们所崇拜的先祖和自然万物神灵之上又多出了一个最高的主宰。天("帝")不仅安排着人间部族的兴衰消亡,更高高在上地监视着人们的道德和行为。天与先祖神灵又是合一的,因为先祖以自己的德业上配于天,获得"天命"。虽曰"天命靡常",但只要有"德"在,便可以维持天命不坠,周人对天下的宰制权也就不会堕落。"德"和"礼"便是周代贵族所设立的符合于"天"意的道德和行为规范,也是周人获得上天佑助的主

---

① 王国维:《观堂集林·殷周制度论》。

要依据。故《周颂·清庙》云:"济济多士,秉文之德。"这是要求助祭的公侯循行继承文王的"德"。"对越在天,骏奔走在庙"是要求公侯们在祖庙中奔走祭祀,以疾为敬,以报答宣扬文王的在天之灵。《维天之命》云:"维天之命,於穆不已。於乎不(丕)显,文王之德之纯。"天命是变动而没有穷尽的,而文王之德纯粹精美,可以上配于天。《天作》云:"天作高山,大王荒之。彼作矣,文王康之。"言大王和文王秉承天意,创建了周人据有天下的基业。《昊天有成命》云:"昊天有成命,二后受之。"言上天之助周人有天下,自古已有明命,文王和武王只是秉而行之而已。《我将》云:"维天其右之。仪式刑文王之典,日靖四方……我其夙夜,畏天之威,于时保之。"希望上帝保佑我有周,我学习效法文王施政的典章,日日以之平定天下。《时迈》云:"时迈其邦,昊天其子之? 实右序有周。"我以时巡行天下,上天能将我当儿子吗? 上天实佑我有周。《思文》云:"思文后稷,克配彼天。"想我们的始祖后稷,他的德行可以上配于天。而《敬之》一诗,成王时刻以"天命"自警,天之威严和高高在上,令人不寒而栗。稍晚一些的作于西周晚期偏早的《大雅·文王》《大明》《皇矣》《下武》等诗,在西周晚期的特殊形势下,更反复言道"天命""帝命",显示出"天"在当时统治者心目中至高无上的地位和文王、大王、后稷等先祖以自己的"德"克配天命的巩固。当然,危机时代所产生的诗篇,其中的含义对"天"的敬畏已经不可与西周早期处于胜利进军中的统治者所感受到的"天"和"帝命"同日而语了。

以"德"配天,天命有周,自周初起即成为周人坚守的思想。到春秋时期,虽然"天命"的观念已经比较薄弱,但贵族们对"德"依然给予高度的重视,以为它不仅是定国家、安社稷的根本,也是继续膺受"天命"、维持统治的根本。故《左传》宣公三年(前606

年）载楚庄王伐陆浑之戎，遂至于雒，问九鼎之轻重。王孙满回答说："在德不在鼎……德之休明，虽小，重也。其奸回昏乱，虽大，轻也。天祚明德，有所厎止……周德虽衰，天命未改。鼎之轻重，未可问也。"王孙满虽然说"天命未改"，但此时"德"已经处于比"天命"更为重要的地位。

另外，在《周颂》中，虽然统治者将"天"与先祖分立，对"天"和"帝命"持一种敬畏态度，"敬之敬之"，但贵族们对"天"之佑周是有着充分的信心的。这种信心是建立在周人对殷人和其他东方部族的军事成功上和周代贵族自身文化建设的成功之上。这种成功使他们理所当然地认为自己是"天"和"上帝"的子民，"天""帝"和先祖神灵对自己的保佑也是稳固的、可以信赖的。因此，在《周颂》里面，"天"虽然虚幻，却威严而亲切，仿佛"天"只会佑助周人。然而到了产生于幽、厉时期的"变雅"之诗中，"天"的形象便完全改变了。

前文中我们曾经讲过，《大雅》中的《文王》《大明》《下武》《皇矣》等诗对"天"的极度颂扬，其背景却是周人内部矛盾激化和王室的衰落。对"天"的过分颂扬恰是回光返照，是为了弥补王室衰落、四夷交侵而导致的自信心的不足，像《文王》《大明》《思齐》《皇矣》等诗大约只能作于宣王早期，而以宣王之"中兴"，力图重振王室和周人势力为背景。可作为他们的楷模的，只有像文王、武王、大王、公刘等这些勋业赫赫的先王，再就是作为"中兴"之王的宣王自己。在《大雅》的《崧高》《烝民》《韩奕》《江汉》《常武》等诗中，我们可以看到高级贵族们如尹吉甫、仲山甫、韩侯、召伯等对"王命"的尊崇和对能够执行"王命"的赞扬。然而这几首"变大雅"（加上《云汉》）和前之所谓"正大雅"又不可同日而语。对"天"的怀疑，从宣王对"天"的苍白无力的歌颂之后便开始了。同样是天上的云汉,在《棫朴》的作者眼中是"倬彼云汉,为章于天",广大华美,星光灿烂。而到了《云汉》作者眼中,则是"倬彼云汉,昭回于天",虽然浩大悠远,却只在天空中斜挂,没有一点人情了。"中兴"是暂时的,短暂的"中兴"之后,是更加剧烈的动荡和王室的彻底衰微。宣王初年对"天"和"上帝"之过分的颂扬之后,是对"天"之无情无义、冷漠无知的怀疑和彻底的否定甚至咒骂。前者只有一篇《大雅·云汉》,后来便是蜂起的"变雅"("变大雅"中的《瞻卬》《召旻》等)及"变小雅"了。

《大雅·云汉》是周宣王求神祈雨的诗,约作于宣王末年,作者已不可能确知。在这首诗中,作者以宣王的口气对人们一向敬仰的"天"和先祖神都表示了深深的怨痛:

> 王曰於乎! 何辜今之人! 天降丧乱,饥馑荐臻。靡神不举,靡爱斯牲,圭璧既卒,宁莫我听?

王说呜呼,今天的人有什么罪过? 上天降下丧乱,饥荒屡屡发生。我们什么神都祭祀了,什么牺牲也不敢爱惜,玉都因祭祀而用尽了,可上天为什么不肯聆听我的要求而下雨?

> 不殄禋祀,自郊徂宫。上下奠瘗,靡神不宗。后稷不克,上帝不临。

我不停地祭祀,从上天直到先祖,什么仪式都举行了,什么神都祭祀了,可始祖后稷面对此旱而不来,上帝也没有降临而保佑人们。

> 周余黎民,靡有孑遗。昊天上帝,则不我遗。胡不相畏? 先祖于摧。

周人的民众都死绝了,上帝也不赠送我们以食物。先祖们为什么也不畏惧呢? 如果因饥馑而子孙死尽,谁还来奠祭你们呢?

> 大命近止,靡瞻靡顾。群公先正,则不我助,父母先祖,

胡宁忍予?

人们的寿命都快完结了,上天还不肯顾察体念。群公先正的神灵不来帮助我,父母先祖之神,你们为什么也这样忍心看着我们受灾而不救?

　　但怨痛归怨痛,诗人却没有彻底否定"天"。所以,在诗的最后,诗人又写道:

　　　　大夫君子,昭假无赢。大命近止,无弃尔成!何求为我,以戾庶正。瞻卬昊天,曷惠其宁!

公卿大夫,皆昭其至诚于天下而不敢有私心。面对民众的死亡,你们还不要放弃。我今天求雨也不只是为了我自己,而是为了民众。仰望苍天,何时才能得到安宁?将改变命运的希望仍寄托在上天的身上。

　　《云汉》的作者,对上天和先祖神还保留了一线希望,因为当时的天下还未真正陷入大乱。在怀疑"天"的同时,我们还看到"天"的等级在下降。在《周颂》中,"天"是只和先王相配的,也只有天子才能够祭天配天,使"天"降下天命,保佑子孙。但到了宣王时代,像申侯和仲山甫这样的诸侯也可以配天了。《大雅·崧高》云:"崧高维岳,骏极于天,维岳降神,生甫及申。"《烝民》之"天生烝民,有物有则",则意味着连普通的人民也可以以"德"而配天了。这无疑是当时的人们既怀疑"天"和"上帝",又不能彻底加以否定的矛盾结果。但是,在丧乱频仍的厉王和幽王时代,贵族们关于"天"的观念便大不相同。我们看作于厉王时的诗篇。《大雅·板》,《毛序》以为凡伯作之以刺厉王。诗中反复提到"天",却并不否定"天"。"天之方难""天之方虐""天之方懠",说天在降下灾难,正在发怒。但诗人又说"天之牖民,如埙如篪,如璋如圭,如取如携",上天之诱导下民如埙篪奏出的音乐,如玉圭玉璋的和

润,如父母抱子般地提携。所以要厉王"敬天之怒,无敢戏豫。敬
天之渝,无敢驰驱。昊天曰明,及尔出王。昊天曰旦,及尔游衍"。
敬畏上天,不要嬉戏逸乐;敬畏天灾,不要放纵自恣。上天是昭明
的,随时都在观察着你的来往和行动。这种对"天"的敬畏,显然
是宣王之前的情感。《大雅》中的《荡》《桑柔》等诗中的"天"皆与
此相类。作于幽王时期的诗篇却不然。《大雅·瞻卬》,《毛序》以
为凡伯作之刺幽王坏乱王政。诗人以天比幽王,指责"瞻卬昊天,
则不我惠。孔填不宁,降此大厉……天何以刺?何神不富?舍尔
介狄,维予胥忌……天之降罔,维其优矣……天之降罔,维其几
矣。"仰视苍天,不爱我下民。上天哪里谴责王了?神又哪里不赐
福于王?对披甲的入侵者舍弃不管,却只会来忌恨我。上天加给
人的罪名是那样的繁多,又是那样的使人危殆。

　　《大雅·召旻》对"天"的抨击更甚。诗云:"旻天疾威,天笃降
丧。瘨我饥馑,民卒流亡,我居圉卒荒。"上天暴虐无道,降下严重
的灾难,使国中饥馑,民众流亡,国中空虚。对幽王和上天抨击最
甚的还是《节南山》《正月》《雨无正》《小旻》《小弁》等所谓"变小
雅"。这些处于丧乱时代的诗人,目睹了动乱、饥馑和人类的邪
恶,却见不到"天"和"上帝"的佑助以及先祖神灵的帮助。于是
"天"和"天命"便不再像以前那样神圣,先祖的神灵也不如以前那
样可亲和威严了。人们不但怀疑、否定"天""天命"和"上帝",而
且开始诅咒他们的无能和冷漠。《小雅·节南山》:"昊天不佣,降
此鞠讻。昊天不惠,降此大戾。"上天不公平,降下这极大的祸乱;
上天不仁爱,降下这样的大凶。"不吊昊天,乱靡有定"。不善的
上天,不使动乱止息。"昊天不平,我王不宁"。上天不公平,而使
尹氏乱政,使我王不得安宁。

　　《正月》云:

　　　　民今方殆，视天梦梦。既克有定，靡人弗胜。有皇上帝，
伊云谁憎？

人民正处在危殆的境地，仰视苍天，却那样的昏暗糊涂。天能胜
人，却不肯止乱。伟大的上帝，你到底是憎恨谁呀！而"天之扤
我，如不我克"。上天之折磨我，好像唯恐不能制伏我。这样的
天，还信他何用？

　　《雨无正》，《毛序》认为是大夫作之以刺幽王。诗云：

　　　　浩浩昊天，不骏其德。降丧饥馑，斩伐四国。昊天疾威，
弗虑弗图。舍彼有罪，既伏其辜。若此无罪，沦胥以铺。

诗人一开始便愤怒地怨诉：广大的皇天，你对人的恩惠变动无常，
降下了死亡饥荒的灾难来摧残天下。皇天你是那样的暴虐，不考
虑人民的有罪无罪。那些有罪的人你放过他们，隐匿他们的罪
恶；而对无罪的人却陷他们于痛苦之中。

　　《小旻》云：

　　　　旻天疾威，敷于下土。谋犹回遹，何日斯沮？

上天遍布其暴虐于人间，那些邪僻的计谋何时才能停止？

　　《小弁》云：

　　　　弁彼鸒斯，归飞提提。民莫不穀，我独于罹。何辜于天？
我罪伊何？心之忧矣，云如之何？

不祥之鸟的乌鸦，尚且能自由快乐地飞翔，人们生活的都很好，而
独独我却遭逢忧患。我哪里得罪了上天？我又有什么罪？

　　《巧言》云：

　　　　悠悠昊天，曰父母且！无罪无辜，乱如此怃，昊天已威，
予慎无罪。昊天泰怃，予慎无辜。

悠悠苍天，为人之父母，为什么使无罪之人遭受这样的忧患？暴
虐的上天啊，我确实无罪。傲慢的上天呀，我确实无辜。

《大东》虽未直接呼天诉天,却借天象之无情而否定了天。

> 虽则七襄,不成报章。睆彼牵牛,不(可)以服箱。东有
> 启明,西有长庚,有捄天毕,载施之行!
>
> 维南有箕,不可以簸扬;维北有斗,不可以挹酒浆。维南
> 有箕,载翕其舌;维北有斗,西柄之揭。

天上星汉灿烂,却照不到人影。启明和长庚徒有助日之名。一天
更位七次的织女,没看见织出什么布帛。牵牛不能驾车,毕星不
能猎兔,箕星不能扬糠,斗星不能舀酒浆。它们高高在上,有名无
实,丝毫不能解除人间的痛苦。而箕星拖着舌头,好像张嘴吃人。
斗星西揭其柄,像要榨取东人的血汗。

以上所举诸诗,都是西周晚期的大贵族们所作。他们在诗中
对天和上帝发出如此的质问和咒骂,说明"天"在当时人们心目中
已彻底改变了原来的形象,不再威严可畏,不再神秘可敬,不再超
乎一切之上,早已失去了原来的尊严。人们虽然还不能从根本上
彻底地否定"天"和"上帝"的存在,但它已经变得如此反常。这和
西周前期"以天为宗"的思想形成了强烈的对比。它们都是西周
晚期社会危机的深刻反映,同时也是华夏部族在危难和动荡中冲
破远古神学巫术的迷茫,走向理智和成熟的标志。

二

在作于厉、幽之际的"变雅"诗中,除了对"天"和"上帝"的怀
疑与否定,我们还可以从中感受到当时贵族们的另外几种思想
特征。

首先是贵族们浓厚而强烈的忧患意识。诗所以言诗人之志。
与后世文人诗以言个人之志不同,处于血缘宗法等级社会,血缘

宗亲意识极其浓厚的西周贵族们还没有个人情感意识的觉醒。个人尚包容在血缘宗亲的集体意识之中。他们"诗以言志"的首要任务是对现实社会政治的参与。"言志"的首要目的仍在于天下国家(从当时意义上讲)而非个人,在于经纬军国而非抒写性情,而"言志"的"变雅"实生于忧患。西周末年,周部族的危机是内外双重的。外在的危机是散居、包围于周部族四周的蛮、夷、戎、狄势力的兴起,特别是西方的诸戎和东方的蛮夷,他们与周王室所领导的姬姓部族及其同盟发生着剧烈冲突。周人在王室的率领下虽然曾在宣王时期取得过短暂的胜利,但随之而来的是王室军事上的接连失败。宣王晚年,王室已成强弩之末。到幽王末年,王室便被西戎赶出了西土。内在的危机则是厉王和幽王的无道、周人内部的分裂并由此而引发"国人暴动"、对外族抵抗力的削弱和王室的衰微。政治的动荡及由此而导致的丧乱,使曾经对上天和部族前途充满信心的贵族们变得小心翼翼,忧愤满怀。他们不仅为部族的前途担忧,为王政担忧,还要为父母担忧,为族众担忧。使他们忧心如焚的不仅有王政的混乱和腐败,还有使役的不平、远戍的辛劳和人心的丑恶。

《沔水》,朱熹《诗集传》云:"此忧乱之诗。"诗之首章,诗人因祸乱不止而心忧父母。流水尚要朝宗于海,飞隼尚有所止处,而自己却忧心如焚。"嗟我兄弟,邦人诸友,莫肯念乱,谁无父母?"二章因国事不安而心忧不止。"念彼不迹,载起载行。心之忧矣,不可弭忘。"为执政者之不循法度、招引祸乱而坐立不安,忧念无已。三章因忧谗畏讥而忠告诸友:"民之讹言,宁莫之惩! 我友敬矣,谗言其兴。"

《正月》,《毛序》以为"大夫刺幽王也",盖作于西周将亡之时,诗人以丰富的比喻抒发胸中的郁结。诗人所处的时代,君主荒

淫，小人居位，犬戎侵陵，民生凋敝，是非不明，贤不肖不分。虮蝎
当道，谣言四起。

　　　正月繁霜，我心忧伤。民之讹言，亦孔之将。念我独兮，
　　忧心京京。哀我小心，瘨疣以痒。

嗟生之不辰，处世之将崩，孤独无援，谨慎小心，又忧伤苦闷。诗
人的苦闷是无法排遣的。"民之无辜，并其臣仆。哀我人斯，于何
从禄？"俱沦为人之臣仆，我们将从何人那里得到爵禄？"瞻乌爰止，
于谁之屋？"乌鸦不知会落在谁的屋上，我们不知自己的结局会如
何。"瞻彼中林，侯薪侯蒸。"丛林中都是不成材的小木，就像小人之
充满朝廷。"谓山盖卑，为冈为陵。""谓天盖高，不敢不局；谓地盖
厚，不敢不蹐。"山是高冈大陵，小人却说它卑小。天虽然高，地虽然
厚，却不敢不弯腰小步走路，因为权贵害人，不得不谨慎小心。

　　　心之忧矣，如或结之。今兹之正，胡然厉矣。燎之方扬，
　　宁或灭之？赫赫宗周，褒姒灭之！

　　心中的忧虑，就像解不开的疙瘩。今天的政治，为什么这样
暴恶？正在旺盛燃烧的野火尚不易扑灭，而赫赫数百年之宗周，
却要亡在一个褒姒手中！诗人的忧伤，已经达到了无法排遣的地
步。故陈启源《毛诗稽古篇》卷十三云：

　　　然则周之必亡，而亡周之必为褒姒，当时有识之士固已
　　明知之且明言之矣……篇中所云具曰予圣，及旨酒、嘉肴、有
　　屋、有谷等语，显是荒君乱臣奢纵淫佚、燕雀处堂之态。若犬
　　戎一乱，玉石俱焚，此辈已血化青燐，身膏白刃，尚得以富贵
　　骄人哉！

方玉润在《诗经原始》卷之十中也说：

　　　此周大夫感时伤遇之作。非躬亲其害，不能言之痛切如
　　此……此必天下大乱，镐京亦亡在旦夕，其君若臣尚纵饮宣

淫，而怡然不知祸之将及也。故诗人愤极而为是诗，亦欲救
之无可救药时矣。①

读了此诗，一个忧国忧民的贵族形象便展现在我们面前。

《小弁》与《正月》一样，也反映了当时贵族对王政腐败的不满
和忧愤。诗中几乎句句不离"忧"字。首章云：

> 何辜于天？我罪伊何？心之忧矣，云如之何？

二章云：

> 踧踧周道，鞠为茂草。我心忧伤，怒焉如捣，假寐永叹，
> 维忧用老。心之忧矣，疢如疾首。

往日平坦的大道，今天长满了茂草。我心中万分的忧虑。像杵一
般在心中春捣。忧心忡忡，难以入眠，因忧而衰老，因忧而头痛。

> 譬彼舟流，不知所届。心之忧矣，不遑假寐。

小舟顺水而流，不知所至。我也不知会漂到什么地方去。心中忧
虑，连暂时的小憩都顾不得。

> 无逝我梁，无发我笱。我躬不阅，遑恤我后？

不要掘去我的鱼坎，不要搞乱我的鱼篓。我自己尚且不能见容，
哪儿还顾得上以后的事！

《大雅》中的《桑柔》《毛序》及三家诗皆以为芮良夫刺厉王之
诗。诗人对厉王之昏暴及由此而带来的动荡作了猛烈的抨击，哀
叹："国步蔑资，天不我将……谁生厉阶？至今为梗！"国家的命运
不得安定，上天也不扶助我。是谁为此祸阶？至今还为害无穷？

> 乱生不夷，靡国不泯。民靡有黎，具祸以烬。於乎有哀，
> 国步斯频！

丧乱未平息，无国不乱，人民已都随着祸乱灭亡，只留下些余烬。

---

① 〔清〕方玉润：《诗经原始》，第393页。

呜呼！国家的命运如此艰危，诗人因此而忧心殷殷，希冀用自己的诗歌去打动那些为乱的人，使他们有所悔悟。

> 民之未戾，职盗为寇。凉曰不可，覆背善詈。虽曰匪予。
> 既作尔歌。

人民中之不善者，要去盗做贼为寇。诚恳地告诉他们不可以这样，你们却反而在背后咒骂我。虽然你们诽谤我，我还要为你们作此诗歌。

《大雅·瞻印》也同样表达了贵族对王政腐败的谴责和忧虑。诗人斥责昊天"孔填不宁，降此大厉"……又斥责当政者，"人有土田，女反有之。人有民人，女覆夺之。此宜无罪，女反收之……哲夫成城，哲妇倾城。懿厥哲妇，为枭为鸱。妇有长舌，维厉之阶。乱匪降自天，生自妇人"。诗人同样预见到了即将到来的祸乱，并为此而感到悲伤和无奈。"人之云亡，邦国殄瘁……人之云亡，心之忧矣……人之云亡，心之悲矣……心之忧矣，宁自今矣。不自我先，不自我后，藐藐昊天，无不克巩。"叹息上天藐茫难测，它之降罪于人间，实在让人畏惧。

《大雅·民劳》，《毛序》谓"召穆公刺厉王也"。诗人在诗中劝诫厉王"无纵诡随，以谨缱绻"。要厉王不要听从狡诈欺骗的人，以提防不好的人，提防使朝政昏乱，不要行为不正，没有准则；提防丑恶之辈，提防结帮营私。要厉王"敬慎威仪，以近有德"。

有些诗虽不言忧，但诗人对家国邦族前途的忧虑在诗中表现得深刻宛转，几近断肠。《节南山》《雨无正》《小旻》《小宛》及《大雅》中的《板》《荡》《召旻》等诗无不如此。《小旻》之"不敢暴虎，不敢冯河……战战兢兢，如临深渊，如履薄冰"，正说明了当时有识贵族们的心态。

忧患必产生于危难。贵族们对邦族前途的忧虑也是和对父母、妻儿等的家室之忧紧密相连的。对邦族与家室的双重热爱使贵族在面对邦族的危难和家室的离乱时,激发起他们更昂扬的斗志和批判精神。因而贵族们在诗中所表达的忧患意识并没有太多的消极色彩。虽然他们"忧心愈愈""忧心惨惨",一旦需要为邦族献身,他们也毫不犹豫。因此,在诗人表达浓重的忧患意识的同时,我们又可以看到另外一种与之相对的精神力量,即尽瘁王事,心忧父母,家国兴亡系于其怀的悲歌慷慨,壮怀激烈。这是"变雅"之诗的第二个主要思想特征。

在西周时期,作为天下之大宗的周天子是华夏部族的共主,在姬姓诸国及其同盟中的地位是至高无上的。周王对各诸侯有着较大的权威。诸侯要定期朝见周王。《国语·鲁语上》:

先王制诸侯,使五年四王一相朝,终则讲于会,以正班爵之义,帅长幼之序,训上下之则,制财用之节。

《左传》昭公十三年(前529年):

(叔向曰)明王之制,使诸侯岁聘以志业,间朝以讲礼,再朝而会以示威,再会而盟以显昭明。志业于好,讲礼于等,示威于众,昭明于神,自古以来,未之或失也。

诸侯要定期向周王纳贡,各有等差。《左传》昭公十三年(前529年):

昔天子班贡,轻重以列。列尊贡重,周之制也。

到春秋时期,这种贡制仍然保存。故晋献公灭虞,要"归其职贡于王"①。晋楚城濮之战后,晋文公犹要"献楚俘于王,驷介百乘,徒兵千"②。王室衰微,诸侯力政之时尚且如此,西周王室未

----

① 《左传》僖公五年。
② 《左传》僖公五年。

衰时之情形可以想见。除职贡外，在西周时期，姬姓及其同盟诸侯的一个重要职司是随从周王征伐。《国语·鲁语下》载叔孙穆子之言云：

> 天子作师，公帅之，以征不德。元侯作师，卿帅之，以承天子。

即若周天子亲自率军出征，则诸侯国君须自帅跟从；若周天子命元侯出征，则诸侯须命上卿率军跟从。周王命元侯出征多见于金文，如《明公簋》《班簋》等。其见于《诗》者，则有《小雅》之《出车》《采芑》，《大雅》之《崧高》《烝民》《江汉》《常武》等。如《出车》云："王命南仲，往城于方……天子命我，城彼朔方。赫赫南仲，狁于襄。"而《六月》云："王于出征，以匡王国。"《大雅·常武》云："王命卿士，南仲大祖。大师皇父，整我六师。以修我戎。"而至春秋初年，王室犹有相当势力。繻葛之战后，才一蹶不振①。

大、小《雅》诗的作者，即诸侯国君和卿大夫一级的贵族，正是"王事"的主要奔走者。故涉及"王事"的诗篇在大、小雅中占了相当的数量。如《小雅·四牡》："四牡騑騑，周道逶迟。岂不怀归？王事靡盬，我心伤悲。"《出车》："王事多难，不遑启居。岂不怀归？畏此简书。"《杕杜》："王事靡盬。继嗣我日……王事靡盬，我心伤悲。"《采薇》："靡室靡家，狁之故。"《北山》："王事靡盬，忧我父母。"

从这些诗句中我们可以看出"王事"在这些贵族们心目中的重要性。它们与那些忧患之诗一样，都产生于西周末年的危机动乱之时，表达的却是既相对立又相联系的感情。当西周末年，周人面临四夷交侵，厉、幽无道，王室风雨飘摇时，尽瘁王事乃是有

---

① 《左传》桓公五年。

识贵族义不容辞的责任。因为深厚的血缘宗法关系将周王与姬姓及其同盟部族紧密联系在一起。周王对诸侯的权威也是建立在血缘宗法之上的，是道德的而非强制性的。当王室比较强盛，周人与蛮夷戎狄的冲突还不太剧烈的时候，周王与诸侯之间的这种道德维系也许是松散的、不够密切的。然而，当王室陷入危机，华夏部族面临共同的威胁时，反而能激发起本已蕴藏在周人及其同盟内部的团结力量。我们从这些尽瘁于"王事"的诗篇中，可以体会到这些贵族们的忠贞和辛劳。为了王事，他们抛妻别子，远离父母，奔走四方。忧心烈烈，载饥载渴。面对异族的威胁，他们同仇敌忾，随王征伐。"王事靡盬，忧我父母。"父母和王事实际上正是他们背后的支持力量。

尽瘁王事是忠，忧念父母是孝。而孝始于事亲，终于忠君，这正是周代贵族关于家国天下的主要伦理准则。因此，《诗经》中这些忧患之诗和乃心王室、心系家邦的诗篇的产生，正是华夏部族凝聚力之所在。他们的忧患悲伤和慷慨激烈，正是建立在对邦族和父母强烈热爱的基础之上。所以，《诗经》中的忧患之诗不仅不会消磨人的意志，反而会激发人们的斗志，这是周代贵族们创作、传诵这些诗篇的一个根本原因。也正因为这种精神的存在，所以华夏部族虽饱经忧患却在忧患中得到了成长和发展。

"变雅"之诗的第三个主要思想特征，是它们所反映出的西周晚期周人中爱和恨、丑恶与善良的剧烈冲突。在中国上古社会，道德伦理概念的产生，是基于血缘宗法制度的构建和人类社会意识的发展。正如在西周才出现"文""武""德""孝""懿""昭""康"等含道德意义的王号和概念一样，有关人性是非善恶的"令""恶""忒""良""耻""善""圣""惠"等概念也是在西周血缘宗法社会获得充分发展之后才出现的，这些概念的出现，有赖于社会普遍道德准则的确立。西周正是以周人为主的华夏部族在自我文化发展的过程中确立社会伦理和道德准则的时期。西周及东周时期各代周王所自称的名号,从文、武、成、康到顷、匡、定、简、灵、景等,无不以道德含义为主,所以王国维认为"周之制度典礼,乃道德之器械"①。这些为道德而设的"制度典礼"之最根本的社会基础,乃是周人的血缘宗法制的社会结构和与之相适应的血缘宗亲意识。因此,周代血缘宗法制度的兴衰,是我们理解《诗经》各诗所表达的社会和伦理思想的基础。

《诗经》各诗对人之是非善恶的判断、褒贬,正是以周人在血缘宗法制下所形成的道德伦理观念为准则的。尤其是作于西周晚期动荡不安、危机四伏环境中的"变雅"之诗,颂扬的是"君子",因为他们有威仪品格,是"邦家之基""邦家之光",是"民之父母"。"君子"们"德音是茂""德音不已""莫不令仪""乐且有仪",还"宜兄宜弟,令德寿岂","保其家室""保其家邦",是"万邦之屏"。具体而言,是尹吉甫、仲山甫、召公、南仲和韩侯一类的人物,在邦家危难之时,可以从王命以征伐,为邦族之安危而战;是《采薇》《采芑》等诗的作者一类的人物,在外侮侵逼时,可以奋不顾身,舍室家而从戎御寇;是召穆公、芮良夫这样的人物,在部族内部陷入分裂混乱之时,可以挺身而出,号召宗族同盟以邦家大局为重,"兄弟阋于墙,外御其务",引导、唤起人们血缘亲情的力量,为保卫部族邦家的利益而斗争。相反,那些在部族危难的关键时刻不顾王室安危,不顾部族大局,只顾自己眼前私利的邦君诸侯、三事大夫,那些任用奸人、淆乱王政的执政大臣,那些败坏部族宗法礼制、损人利己、作恶多端的谗人、无良、诡随、丑厉,"佌佌""蓌蓌"的小人、钻

---

① 王国维:《观堂集林·殷周制度论》。

营者,却无一例外地遭到了诗人的斥责和痛骂。

人性的善良、崇高和卑鄙无耻,都是在人生或社会处于危难的紧要关头才显得最为充分。在西周末年四夷交侵和王政淆乱所带来的部族危机中,血缘宗法制度遭到了前所未有的冲击,原本稳固而安定的社会结构走向崩溃。王室因厉、幽的昏庸和戎狄的侵逼而衰落了,诸侯们在危机面前纷纷置王室于不顾而首先考虑自己宗室家族的私利。刚刚确立起自己统治地位的贵族阶层开始滥用自己的权力,并因此而遭到普通国人的反抗和咒骂。除了压榨国人,贵族内部也使役不均,相互倾轧。丧乱未临时,谗言流布,人们说三道四,使人畏惧而不敢行。丧乱降临时,人们却又纷纷置兄弟亲族于不顾而逃之夭夭。人们汲汲于私利而忘掉公义,结帮营私,肆意为虐,礼法也因此而进一步走向崩溃。这些在社会安定、礼制森严时原本不可想象的东西,在社会陷入危机时全部爆发了出来。这些社会现实,正是"变雅"诗产生的社会根源。今天从这些"变雅"诗中,我们仍然可以体会出诗人们面对这种社会现实时的愤怒和绝望。《沔水》,朱熹《诗集传》认为是"忧乱之诗"。诗人为宗族兄弟不肯关心国事而痛心。"嗟我兄弟,邦人诸友。莫肯念乱,谁无父母?"《祈父》的作者斥责执政的祈父使自己这个"王之爪牙"转于忧恤而"靡所厎止"。《小雅·黄鸟》是一个因乱离而脱离自己原来的宗族,流落到其他邦族却不被收留者所作之诗。诗人感叹:"此邦之人,不我肯穀……言旋言归,复我邦族……此邦之人,不可与明。言旋言归,复我诸兄……此邦之人,不可与处。言旋言归,复我诸父。"这首诗是西周晚期宗法制宗族因丧乱而遭到严重冲击,导致族人离散,原有社会结构破坏的重要例证。"复我邦族""复我诸兄""复我诸父"也向我们表明了血缘宗族虽然遭到冲击,但仍然在社会中发挥着主导作用,只不过它是对内而不对外，才导致不收容他族（家族）之人和这一类诗歌的产生。《我行其野》与《黄鸟》相类，只不过《黄鸟》谴责的是同姓，而《我行其野》谴责的是同部族中的异姓，即所谓"婚姻之故"。按周代的宗法制度，家族之长即各级贵族担负有收族、恤族、恤鳏寡、抚孤独的责任。《左传》中记载凡新君即位，为求振兴政治，必定要施行这些职责。如成公十八年（前573年）：

> 晋悼公即位于朝。始命百官，施舍，已责，逮鳏寡，振废滞，匡乏困，救灾患，禁淫慝，薄赋敛，宥罪戾，节器用，时用民，欲无犯时。

六官之长，皆用民誉。春秋中期尚且如此，西周时期可以想见。对于异姓，姬姓周人是以婚姻相联系，而其宗法之制度则同。故《我行其野》与《黄鸟》一样，反映着血缘宗法制度在西周晚期丧乱时所遭到的破坏。《节南山》的作者家父，痛斥执政的尹氏大师任用小人和其姻娅扰乱王政。《正月》的作者指斥幽王是非不明，任用奸佞，宠爱褒姒，使虺蜴当道，谣言四起，为之"忧心惨惨"。《十月之交》的作者更抨击了一长串的奸人："皇父卿士，番维司徒。家伯维宰，仲允膳夫。棸子内史，蹶维趣马。楀维师氏，艳妻煽方处。"幽王已彻底为奸佞小人所包围。抨击皇父使民不时，不顾王室安危而"作都于向"，以聚敛财富，逃避危难的无耻行径。《雨无正》一诗的作者经历了幽王时的离乱，目睹了邦君诸侯们的自私自利，抨击他们在"周宗既灭，靡所止戾"时，"正大夫离居，莫知我勌。三事大夫，莫肯夙夜。邦君诸侯，莫肯朝夕。庶曰式臧，覆出为恶"。天子的六卿们都纷纷离开王都，没有人知道我的劳苦。三公们不肯夙夜操劳国事，邦君诸侯们也不肯朝夕入卫于王。本希望他们迁过向善，却反而出去作恶。本来按西周的礼制，天子出居于外，所在之诸侯皆担负有护卫觐见之责。而当此离乱之时,邦君诸侯们却置流亡中的周王于不顾①。我们不清楚这个王是"贰王"还是平王,但西周的宗法礼制在丧乱中几乎全面崩溃却从这首诗中反映了出来。平王之东迁,"晋、郑焉依"。东迁之后,周王只是周人名义上的共主,其实力尚不及中小诸侯,实始于此。《小旻》抨击执政者"谋臧不从,不臧复用……维迩言是听,维迩言是争"。《巧言》抨击执政的君子听信谗言,不讲信义。"乱之又生,君子信谗……君子屡盟,乱是用长。君子信盗,乱是用暴。"进谗者"巧言如簧,颜之厚矣"。诅咒为乱者"彼何人斯,居河之麋。无拳无勇,职为乱阶"。《何人斯》斥为恶者"为鬼为蜮……有靦面目,视人罔极。作此好歌,以极反侧"。看着像个人,做事却不是人。所以作这首善意的歌,以深究这些反复无常的人。《巷伯》的作者对谗人的愤怒已到了极点,发誓要"取彼谮人,投畀豺虎。豺虎不食,投畀有北,有北不受,投畀有昊"。而《大东》一诗,是西周王政腐败,王室公卿利用宗法地位赋敛、压榨东方诸国的活生生的例证②。

《大雅·板》,《毛序》以为凡伯刺厉王。诗人正告厉王"价人维藩,大师维垣,大邦维屏,大宗维翰。怀德维宁,宗子维城。无俾城坏,无独斯畏"。卿士之掌军者像王室的藩屏,三公是王室的墙垣,诸侯是王室的屏障,大宗(同姓世子)是王室的桢干。和于德才能安宁,宗子(王之世子)所以以此为城。不要使干城受到破坏,不要因此而孤立自己。这几句诗也是西周末年血缘宗法制度遭到严重破坏的确证。"大邦""大宗""宗子"等乃是血缘宗法国

①参看丁山:《论某氏若干夕》,《甲骨文所见氏族及其制度》,中华书局,1988年,北京,第7—9页。
②参看孙作云:《诗经与周代社会研究·小雅大东篇释义》。

家之根本。他们的被离散和分裂会对全体周人的根本利益造成严重损害。因此,凡是破坏宗法等级、淆乱君臣关系、图私利而背公义者,都遭到诗人的痛骂。《大雅·荡》中提到的"老成人"和"典型"正是指宗族耆老和宗族传统。不用耆老,背弃"典型",是诗人眼中厉王和幽王的主要罪过之一。传为卫武公所作的《大雅·卬》也专门提到要"敬慎威仪",勿"颠覆厥德",荒湛饮酒。《大雅·桑柔》的作者处于厉王被逐之后的乱离中,哀叹"乱生不夷,靡国不泯。民靡有黎,具祸以烬……民之贪乱,宁为荼毒"。百姓所以作乱,是因为不堪厉王之暴政。所以诗人又痛骂:"大风有隧,贪人败类……匪用其良,覆俾我悖。"疾风有所自来,乃贪婪之人败坏其德类。不用良人而用此奸佞之徒,遂使人民悖乱若是。《大雅·瞻卬》痛陈幽王之时国政大坏,"邦靡有定,士民其瘵,蟊贼蟊疾,靡有夷届。罪罟不收,靡有夷瘳"。国家混乱,士民忧患。奸人之害民像吃庄稼的害虫而没有终极。酷刑繁多而没有停息。诗人咒骂褒姒像鸱鸮一样不祥,有着一条长舌,是为祸乱的根源。祸乱不是降自上天,而是生自宠信妇人。《召旻》及《民劳》也同样对乱政之小人进行了猛烈抨击。

人类的本性是善还是恶,在西周晚期还没有成为人们所关注、研究的问题。诗人们只是从离乱所带来的社会现实中体会到了人性丑恶的一面。从上面的例子可以看出,人类自私自利的丑恶心理和行为在当时的表现是如此之强烈,以致正直的诗人们在面对这种现实时,除了震惊和愤怒之外,还感到了深深的悲哀和绝望。从历史的角度而言,人类一旦进入私有化和阶级社会,其贪婪和动物的本能在条件许可的情况下常常发挥得淋漓尽致,甚至比野兽还要凶残。当然,这并不是说在西周晚期之前人类本性的丑恶没有暴露多少,或人们未曾认识、感受到人类本性中丑恶

的一面。人类进入氏族社会以后,便开始了长期的相互争夺、杀
戮与阶级分化,已经充分地展现了其兽性的本能。但在氏族或部
族内部的血缘宗法关系未遭到破坏之前,这种争夺和杀戮主要表
现在氏族或部族的外部,表现在本部族与他部族的相互斗争中。
这种斗争常常被人们认为是理所当然的。而在部族内部,血缘关
系的存在为本部族成员之间的相互关系蒙上了一层温情的面纱,
阶级地位的分化也被各种传统的习俗和礼法所掩盖而变得可以
接受。周初的统治者正是利用了这一点,将周人的氏族机关"维
新"为新时代的政权机关,氏族血缘关系被巧妙地运用来维护部
族内部政治上的稳定,这便是周代血缘宗法制的推行和宗法礼乐
制度的构建①。而在西周晚期,在四夷交侵和王政腐败的内外矛
盾交逼之中,周人的血缘宗法制度第一次遭到严重的冲击,人类
兽性争夺的烈焰延烧到了部族内部和宗族成员之间。宗族礼法
和血缘亲情在这种丑恶面前是如此的苍白和无能为力,它对人们
心灵的冲击也就可以想象了。除了愤怒和绝望,就是无可奈何的
放纵。如《小雅·頍弁》所谓"如彼雨雪,先集维霰。死丧无日,无
几相见。乐酒今夕,君子维宴"。再就是《王风·兔爰》和《唐风·
山有枢》《蟋蟀》所表达的类似的思想情调,不过作诗时间稍晚而
已。《王风·兔爰》的作者可能经历了宣王时期的安定和幽王时
期的丧乱,所以说"我生之初尚无为,我生之后逢此百罹",因此要
"尚寐无吪""尚寐无聪"了。不管我们在感情上是否愿意接受,人
类的自私和贪婪都是人类打破原有现状禁律,推动人类发展的一
种动力。而这些诗篇为贵族所广为传诵,并纳入为我们民族的文
化经典,说明中华民族敢于正视自己的丑恶,是一个永远积极向

――――――――

①侯外庐主编:《中国思想通史》第一册上篇第四章。

善的民族。

三

　　伴随着西周晚期的沉重忧患，伴随着人性的善与恶、美与丑的剧烈冲突和矛盾，是华夏部族思想的大解放。它集中表现在对"天"和"上帝"的怀疑否定和对人事的重视上。与思想解放相伴随的则是周代氏族贵族文化的衰落和理性文化的兴起。思想的解放又给予同时期的文学和艺术以深刻的影响。

　　在前文中，我们已经对西周晚期贵族们对"天"和"上帝"的怀疑否定作过简要的概括。当构建于氏族血缘基础上的血缘宗法制度及礼制被逐渐破坏，"天"和"上帝"遭到怀疑甚至否定而不再具有往日的威严时，人们必然将眼光转向现实社会。当上帝和祖先神的"神"性被减弱时，人们必然冲破宗教神秘的束缚而将眼光转向现世世俗的世界。基本产生于西周末年和春秋早中期的《国风》便明显地减少了对"天"和"上帝"的关注。上帝的神秘性被揭去之后，"以天为宗"的氏族贵族文化便走向衰落了。春秋时期的华夏文化虽仍然主要是属于贵族的，但其文化的世俗性已大大加强。《国风》诸诗的作者便是诸侯国君、卿大夫等高级贵族和较低级的贵族"士"相混杂，而所抒发的情感内容也从对上帝和祖先神的敬仰，对王政的关怀、贵族礼仪的抒写等转向了真正的社会生活的方方面面：从战争、祭礼等"国之大事"到农事、征役之苦、婚姻、爱情、室家之恋、弃妇之怨、渔猎之乐等等，生活中的喜怒哀乐，皆发之于诗。西周晚期王权的衰落和政治的动荡虽然使人们饱经忧患，但也给长期在神学—巫术迷妄统治下的人们的思想之解放留下了缝隙。像桃花源中"仿佛若有光"的小山口，人们开始透过这个缝隙窥视外面的世界，开始从神学—巫术的桎梏中解放出来。在猛烈抨击人性的丑恶和社会动荡的同时，开始思考天与人、人与人的关系等问题，开始描述、歌咏属于人类自己的现实生活。因此，读《周颂》，我们从中体会到的是虔敬、神秘、略显刻板的庄严；读大、小《雅》，我们感受到的是凝重、典丽、堂皇和贵族知识分子对王政和部族兴亡的深刻关注和对部族、家国的刻骨铭心的热爱；读《国风》我们感受到的却是现实、奔放、华靡美丽、轻松愉快。从《周颂》到《国风》，《诗》三百篇正经历了一个从虚幻到现实、从神秘到自由奔放、由静到动、从凝重古朴到华靡柔曼、从刻板窒息到轻松活泼这样一个发展历程。这个历程正建立在从西周到春秋华夏部族的社会哲学思想从神学巫术笼罩到理性睿智、从神秘刻板到自由活泼、从关心天和上帝到关心人事的转变基础上。它凝聚着华夏民族从西周到春秋五百多年间巨大而多方面的思想探索和情感历程，民族精神最终由神秘而走向开放。《诗》三百篇正是华夏部族的思想感情随着时代脉搏的跳动而奏出的华美乐章。

将《左传》等古籍中所记载的春秋时人关于"天"和"上帝"的概念与《诗经》相对照，我们更容易看出从《诗经》所反映出的周代社会思想发展变化所产生的结果。春秋时人已经很少言及"天命"。《左传》言"天命"统共不到十次，而且是在相当宽泛的意义上而言。前文所举王孙满答楚庄王之言尚保持着"天命"原来的含义，而昭公二十七年（前515年）载吴公子季札之言曰："哀死事生，以待天命。非我生乱，立者从之，先人之道也。"这里的"天命"仅指那些人为的不可更改的事实。此时，君命已与天命等同起来。如宣公四年（前605年）楚郧公辛曰："君命，天也。"《左传》言"天"数百次，既有自然意义上的天，如庄公十一年（前683年）："天作淫雨，害于粢盛"；也表示人力难以驾驭的力量，但没有什么神秘性,如隐公十一年(前712年)的"天祸许国",成公十六年(前575年)的"晋楚唯天所授","国之存亡,天也"等。能够配天的人也愈来愈广泛,如闵公元年(前661年)"天若祚大子",指申生;僖公二十三年(前637年)"子犯曰'天赐也'",指流亡中的晋文公重耳;二十八年(前632年)"子犯曰'吉,我得天。楚伏其罪'",指晋军。冲破了对天的迷信,人们开始讲求天道,即自然和社会的运行规律。如庄公四年(前690年):"盈而荡,天之道也。"昭公元年(前541年):"天有六气,降生五味,发为五色,徵为五声。"昭公十八年(前524):"天道远,人道迩。"又襄公九年(前564年):"宋灾,于是乎知有天道。"与天相关的其他概念也广泛产生,如天事、天火、天威、天禄、天福、天祸、天明、天休、天伦等。人们既不迷信、畏惧于天命,便更注重人事的"德"。如《左传》宣公三年(前606年):"天祚明德,有所底止。"成公十五年(前576年):"善人,天地之纪也。"贵族礼制也被人认为是天地之经,如文公十五年(前612年)云:"礼以顺天。"君与民的关系也有了改变。君主不再是代表天和先祖神灵来统治下民,而是要以治民、利民为本。《左传》文公十三年(前614年)载邾子曰:"苟利于民,孤之利也。天生民而树之君,以利之也。民既利矣,孤必与焉。"又襄公十四年(前559年)载师旷之言曰:

> 夫君,神之主而民之望也。若困民之主,匮神乏祀,百姓绝望,社稷无主,将安用之?弗去何为?天生民而立之君,使司牧之,勿使失性……天之爱民甚矣,岂其使一人肆于其上,以从其淫而弃天地之性?必不然矣。

所有这些,我们不能不说,都是经过西周晚期剧烈社会动荡和丧乱的洗礼之后,周代贵族思想和意识从原始的宗教神学中摆脱、解放出来的产物。西周晚期到春秋,是中国历史上第一次思想大解放时期。大、小《雅》及《国风》的创作和结集,正反映着神学—巫术宗教观在中国古人思想中的减退,反映着该时期贵族阶级以仁为恩,以义为理,以礼为行,以乐为和,《诗》以道志,《书》以道事,礼以道行,乐以道和,《易》以道阴阳,《春秋》以道名分,不遗余力地创造贵族礼乐文化的心路历程。

　　孟子在谈到西周春秋时期文化学术思潮的变化时曾经说:"王者之迹熄而《诗》亡,《诗》亡然后《春秋》作。"①仔细分析当时社会思想的发展,我们可以看出,用"《诗》亡然后诸子作"来形容似乎更符合当时的实际情形。孟子所讲的"王者之迹",是述孔子之所以作《春秋》,指"圣王"道衰,颂声不作,故《诗》亡。孔子作《春秋》,所以欲拨乱反正。而事实上《春秋》非孔子所作,《诗》亦未如孟子所言亡于西周之末。以《春秋》为代表的各诸侯史学的兴起和《诗经》大小《雅》及部分《国风》的创作和结集,确实与西周晚期王室衰微、"王道"凌迟有关。《诗》是就大、小《雅》的内容而言,而史学则是王室从厉王奔彘之年(前875年)起始有确切纪年,鲁、卫、陈、齐、晋等华夏各大诸侯国之有准确纪年则在此稍后或王室东迁左右②。这是华夏诸侯面临王室衰微、四夷交侵而汲汲于部族自身文化建设的一个有力佐证。诸国修史不仅记一国之事,亦互通信息而记他国之事,这恰如《诗》之创作及在各诸侯国之流行。"王者之迹熄而《诗》亡,《诗》亡然后《春秋》作",从王室衰微,诸侯力政的角度讲是对的,但它并未说明该时期文化学术思想更深层次的发展演变。从西周晚期到春秋末年,既是中国历史上一个思想大解放的时期,也是一个文化学术思想

①《孟子·离娄上》。
②参看蒙文通:《周代学术发展论略》,《古学甄微》,巴蜀书社,1987年,成都。

的漫长过渡时期。就《诗经》而言,《周颂》和所谓正大小《雅》,
无论是其思想还是艺术形式,都是属于那些原始氏族宗教文化
尚未被冲破之前的高级宗法贵族,即所谓"圣王宗族"的。在当
时,部族的文化都掌握在君主和诸侯手中。君主介于上帝、祖先
神和族众之间,对上帝和先祖是传达"天命"和先祖的神旨;对族
众则是代表上帝和先祖神实行统治。不论是周王还是诸侯国
君,抑或是王室和诸侯的卿大夫,血统上与大小宗子的亲近便意
味着与生俱来的统治权力和高高在上的统治资格,文化完全是
为他们服务的。而到西周晚期和东周初年,王室的衰微导致了
原来主要集中于王室的文化向同姓和同盟诸侯国流动,又进一
步递而向下。文化虽然仍掌握在血缘贵族手中,但其自上而下
的递降趋势日益明显。到春秋时期,终于演变为学术掌握在"说
学"的贤明贵族和缙绅先生手中。孔子以后,血缘贵族进一步衰
落,文化学术也由缙绅先生手中转向"显学","学在官府"的局面
被打破,私学兴起,诸子便从中脱颖而出了。"变雅"和"国风"正
向我们展示了这种时代精神的转变。而这一切,又都以西周晚
期到春秋的社会剧变为基础。正是在这场剧变中,人们对世界
和生活的认识借着动荡、丧乱和情感的愤激、痛苦而走向一个新
的历史时期。

四

就学术发展史而言,战国诸子是氏族贵族文化体制崩溃、学
术文化向社会中下层传播、思想进一步走向理性和开放的产物,
而战国时代诸子思想的一些基本特征,我们皆可以从"变雅"诗中
见其端倪。

　　首先，战国诸子，不论是儒家，还是墨家、道家、法家等，皆以社会现实问题为其理论的出发点。诸子思想家们的所有努力，都是为了表达自己对现实社会的理解，并为这个社会设计出自己的理想规范。儒家讲仁政、讲信义、讲礼法，道家讲无为，法家重法制，墨家尚同等等，都是从自身所代表的阶级或阶层利益和自己理解的角度去看社会。这种思想和风气，实际上是从"变雅"诗人那里承袭而来。只不过"变雅"诗人脑子里所有的规范，都是西周血缘氏族贵族旧有的规范，不如诸子百家那样纵横恣肆，但"变雅"诗人们大胆的怀疑和思想的激烈斗争为诸子们开辟了道路。特别是"变雅"诗人们对天与先祖神的怀疑和抨击，将后人思想的目光导向现实的世界，以社会现实矛盾为关注点而不再为"上帝"和先祖神灵所束缚，从而为人类思想的驰骋开拓出一片新天地。像"变雅"诗人们一样，诸子都是社会现实政治的积极参与者。他们继承了诗人们对现实政治的责任心和探索、进取精神，并将这种精神发展为后代中国知识分子的永久行为精神和规范。

　　其次，诸子都有批判社会现实的传统，而这正是"变雅"诗人们所创造、发扬的。"变雅"诗人们对社会现实之批判，如前文所言，是继承了原始社会氏族军事民主制的古老传统，也是由血缘氏族"维新"而来的周代社会政治体制所允许的。孟子说"圣王不作，诸侯放恣，处士横议"，讲的是战国时诸子百家争鸣的情况，却正可以用来形容西周末年"变雅"诗人们对当时社会现实的批判。所不同的是，战国时代的诸子们在社会的剧烈动荡和变革面前不知道新到来的社会将是什么样子，却都拥有自己的理想社会蓝图。"变雅"诗人们也不知道他们面临的剧烈动荡的新时代的社会是什么，却汲汲于用先王的法度去衡量、批判，力图使社会回复到未曾破坏的旧制度、旧状态中去。诸子们对社会现实的抨击达到了十分激烈的程度。如《墨子·尚贤中》云：

今王公大人……至其国家之乱，社稷之危，则不知使能

以治之。亲戚则使之，无故富贵，面目佼好则使之。

《孟子·公孙丑》则云：

民之憔悴于虐政，未有甚于此时者也。

《孟子·尽心下》称：

民为贵，社稷次之，君为轻。

《老子》云：

圣人不仁，以百姓为刍狗。

大道废，有仁义。智慧出，有大伪。六亲不和，有孝慈。

国家昏乱，有忠臣。

天下神器不可为也。

他们这种直言不讳、无所顾忌的态度，正与"变雅"诗人对社会现实的抨击一脉相承。

第三，"变雅"诗人们是从现实社会的痛苦矛盾中认识到"天""上帝"和先祖神灵的不可靠，从而冲破神学—巫术的牢笼，重新确立自己对天、地、人和社会的认识，重新确立自己的世界观的。对"天""上帝"的怀疑和抨击，使他们抛掉了先祖加给他们的沉重的旧氏族宗教思想的外衣，而展开了重新认识世界的想象的翅膀。朴素唯物主义的天道观和无神论思想应运而生，将华夏部族文化思想的发展带入了一个新的天地。诸子百家对天、地、人和社会现实的批判思考，正是对"变雅"诗人们社会思想的合理继承和发展。在天道观方面，儒家有"天命"，墨家有"天志"，老庄有"自然"。在社会问题方面，儒家有"郁郁乎文哉！吾从周"的周道，墨家有"尚同""尚贤"，老子有"鸡犬之声相闻，民至老死不相往来"的小国寡民，法家有"今世"。在人道思想方面，儒家颂"仁

义",墨家称"兼爱",老庄称"真人",法家称"利众"。他们的"天命""尚同""今世""兼爱""仁义"等等,实际上都是从"变雅"诗人们所期盼、表达的古代宗法部族理想社会观念中分离出来的。"天命"前已言之。"周道"即血缘宗法礼制社会。尚同、兼爱、仁义等都源于氏族和血缘宗法制社会中原始的平等和民主思想,只是诸子们各执一端,互不相让而已。从"变雅"诗人的思想中正可以找出后世诸子世界观发展的根源。

第四,"变雅"诗人都是高级贵族,在面对社会的动荡和旧制度、旧礼法遭到严重破坏的现实时,首先想到的是过去曾经有过的美好岁月,因而"先王"之道成为他们针砭社会现实的根据和救世的处方,所以他们要攻击时君和奸佞"罔敷求先王,克共明刑"。要他们"敬慎威仪,维民之则"①,"无忝皇祖,式救尔后"②,怀念"昔先王受命,有如召公,日辟国百里"的日子,而愤慨于"今也日蹙国百里。於乎哀哉!维今之人,不尚有旧"③。春秋时期,"先王之道"同样是为贤明的贵族所反复称道的。这一方面因为古代的血缘宗法制度所造成的意识在血缘宗法制度未被彻底击碎、抛弃之前仍有着巨大的社会影响力;另一方面也因为春秋时期的贵族们为了给现实的政治和意识寻找合理的依托而将"先王"时期的一切加以美化,使之成为全社会通行的信仰和教条。许多新的先王和"圣人"也因此而被制造出来,如传说中的黄帝、炎帝、尧、舜、禹等。这种思想的影响力是如此之大,使战国时代思想自由奔放的诸子之世界观都未能摆脱由"变雅"诗人所递承下来的"先

①《诗·大雅·抑》。
②《诗·大雅·瞻卬》。
③《诗·大雅·召旻》。

王"观的束缚和影响。诸子宣扬自己的理论,无不打着"先王"的旗号,特别是儒、墨两家。当然,在其实际内容上,诸子的"先王"已不是"变雅"诗人观念中的先王,而是他们按各自的理解而塑造的"先王"。正如韩非子所言:"孔、墨俱道尧、舜,而取舍不同,皆自谓真尧舜。"①"变雅"诗人心目中的"先王",只是属于周部族的,是本部族的精神象征。"先王之道"也只是属于周人自己的。而诸子心目中的"先王"却已具备了后世大一统观念中的君王的味道,如尧、舜、禹和黄帝等,便是作为华夏文化统一的精神领袖而出现的。相比而言,儒家心目中的"先王"范围要狭窄一些。孔子虽曾提到尧、舜,但并不加以太多的重视。他更看重创制周代礼乐制度的周公和文、武等先王。他认为夏、殷之礼不足征,故说:"周监于二代,郁郁乎文哉! 吾从周。"②又说:"久矣,吾不复梦见周公。"③至孟子,才公开地将尧、舜等与文王、武王等周人先王并列在一起。墨子理想中的先王则都是观念性的。他非礼,就说"圣王不为礼";非乐,就说"圣王不为乐";讲兼爱,就历引禹、汤、文、武、周公行兼爱的故事,因而其思想更具平民色彩。道家表面上也讲先王,但实际上心中没有先王,法家则要非先王。无论如何,我们可以从他们的言论中感觉到由远古社会遗传下来的"先王"的阴影在他们灵魂中的游荡,这也许是"变雅"诗人们留给后人最大的文化桎梏,它使中国人在以后几千年的历史中都将所谓三代先王圣人之治作为修身齐家治国平天下的理想范本,而这个范本实际上根本不存在。尽管如此,我们还是可以肯定,就其

①《韩非子·显学》。
②《论语·八佾》。
③《论语·述而》。

总体精神而言,"变雅"是突出表现于战国诸子的先秦理性精神发扬的前奏。它标志着一个新的思想时代的萌芽和开始。

任何时代的文艺,都受着当时社会心理的制约。西周至春秋,是华夏民族社会心理剧烈变动、新旧交替的时代。新旧社会心理的交替是漫长而复杂的,而社会心理必然受制于本民族特定历史时期的社会现实。社会结构的动荡带来思想和文艺的变革。新思想兴起,文艺也随之而变。从《诗经》的《国风》部分我们便可以明显地感受到社会思想的变革对文学艺术的巨大影响。大、小《雅》诗的内容,基本上是以"王事"和王室为中心,即使有劳人征戍之怨,也无不与"王事"相关。除了"王事"之外,这些诗篇基本上只涉及高级贵族的政治生活,如祭祀、征戍、史诗、颂诗等,却很少涉及个人的真情实感。《国风》160首诗的大部分内容都转向了关于婚嫁、远戍、思归、思妇、弃妇之怨、狩猎、情爱,或讥刺、咒骂等生活琐事,而这些内容在春秋以前"王道"未衰之时,是确实不能登"大雅"之堂的。庄重而神秘的"神"的灵光消失了,人们似乎突然变得活泼和灵动起来。即使像《相鼠》这样讥刺他人不遵礼法的诗也骂得酣畅淋漓,缺少"雅"韵。那些大量出现的爱情诗篇更向人们展示了原始神学宗教思想被冲破之后人类精神世界充斥着的追求快乐和幸福的本能。思想的开放带来了行为上的放肆和不羁。像《郑风》中的《褰裳》《狡童》《溱洧》《女曰鸡鸣》等都是贵族们谈情说爱的真实体现,连以啬俭著称的《魏风》中也有像《十亩之间》这样的言情之作。而《齐风》的《载驱》、《邶风》中的《新台》等,皆是春秋时期贵族们淫荡、乱伦、抢妻、烝母等一系列不羁行为和风气的真实反映。春秋时代的贵族们也有忧伤,但除个别诗人如《王风·黍离》和《鄘风·载驰》的作者之外,都早已不再为"王事"和天下国家忧伤,而只为自己的失意或失恋忧伤了。

不再是为"王事"而"忧心惨惨""忧我父母",而是"尚寐无吡""尚寐无觉""且以喜乐,且以永日。宛其死矣,他人入室"的颓废和无聊了。展现在《国风》诗人面前的世界也是新鲜而美丽多姿的。花鸟野兽、草木虫鱼等自然界活动的生命被诗人们大量地用于起兴甚至赞美。他们的歌唱也不再是重章往复的长篇巨帙,而是短小精悍、活泼上口的华彩之章。鲜活的生命力渗入到每一首《风》诗中,也渗入到每个《风》诗作者的血液中。因为他们生活于其中的是一个痛苦动荡却活泼多变的时代。

五

《鲁颂》和《商颂》虽然是颂体诗,但它们传达出的时代精神却是和《国风》一样的。它们缺乏《周颂》的庄严肃穆和神秘素朴,有的却是如同《风》诗一样的轻松愉快甚至夸耀吹嘘。从这一点讲,它们与真正的"颂"是格格不入的。《鲁颂·駉》极力夸耀鲁僖公马群品类的丰富,称马群中有黑色白胯的、黄白色的、纯黑色的、黄赤色的、苍白杂毛的、黄白杂毛的、赤黄色的、青黑相间的、青黑而有白鳞花纹的、白色黑棕的等等,可以"以车彭彭""以车伾伾""以车绎绎""以车祛祛",还要"思无疆,思马斯作""思无邪,思马斯徂",夸耀马的神骏腾跃,善于奔跑。《有駜》一诗,宣扬的是类于《唐风·山有枢》和《蟋蟀》等诗的及时行乐思想,所谓"夙夜在公",不是为了公事,而是为了饮酒享乐:"鼓咽咽,醉言舞。于胥乐兮。""夙夜在公,在公饮酒。""鼓咽咽,醉言归。于胥乐兮。"快乐得有些忘乎所以了。《泮水》和《閟宫》是夸耀鲁僖公的仪容和不曾有过的武功。《商颂》的格调与《鲁颂》基本相同。《那》诗实际上是以"鞉鼓渊渊,嘒嘒管声。既和且平,依我磬声"的轻松乐舞为中心目的。《玄鸟》《长发》和《殷武》除了替宋公增光外，体格上更类于《大雅》之诗。因为它们成诗于春秋，所以其基本精神只能与春秋时代相吻合。

当然，尽管"变雅"和《国风》生动地显现了西周晚期至春秋中期华夏部族的精神面貌，它仍然要受到它所产生的时代，特别是当时华夏部族认识世界和思维能力水平的限制。那时，人们还刚刚从原始时代的蒙昧中脱离出来，对世界的认识还极其有限，《诗经》在内容上的丰富其实也是那个时代的人们初睁眼睛看世界的杂乱无章的表现。尽管作为部族已经存在了上千年，但因生产力的极度低下，人们还不能占有更多的物质世界，开拓更丰富广阔的生活空间，因而在思维方式上也依然是原始而直观的。尽管有着丰富的想象力，却不能真实而细致地认识、把握人和事物，更谈不上深邃和完整。语言表达尽管生动，却也比较原始、素朴。尽管人的思想和意识正从神学和巫术的笼罩中挣脱出来，开始注重属于人的"德"和"威仪"等，但由于血缘宗法组织的存在，包括贵族阶层在内的人都从属于血缘集团。他们有着发达而完备的集体意识，却缺乏个体意识和个性人格观念。细腻的情感、思想个性和理想这些属于个体的东西，在当时尚处于萌芽状态。尽管动乱的时代给诗人们带来了飘荡流离，悲苦不定，激发了他们对社会安定、文明光大的渴望，但个人的功业还不足挂齿，还不足以和部族、家族的整体利益相提并论，因而个人的思想、才情和人格还未被贵族们所认识。"君子"形象是属于全体贵族的。因此，在大、小《雅》和《风》诗之中，我们还看不到后世文学中的主要因素，特别是关于个人的因素：深沉而多样的感情，慷慨而恢宏的志气，活跃而新颖的思想，开阔而博大的眼界等等，人们还局限于从个体的单一感受中抒发对丑恶的不满和对社会安定的渴望，尽管这种感受带有相当的时代共性。在《风》诗中我们可以真切地感受到,诗人们睁开了蒙眬的眼睛,去感受无比丰富的外部世界。但其视野仍然狭窄,宽广而丰富的社会生活还未被诗人们所抒写,自然风物之美还未能进入人们的审美感受之中。对自然风物的涉及尚笼罩在神学巫术的余波之中,人们的心思也远较后世单纯。

尽管如此,一个新的文艺和思想时代毕竟开始了。

第七章 《国风》与西周、
春秋地域文化

一

艺术,特别是音乐、诗歌、绘画、雕塑等,最能反映创造它们的不同民族、不同地区的人们所具有的不同气质和不同的文化特色,尤其是在远古时期,不同部族和地区之间的文化交流受到自然条件和部族矛盾等因素的严重制约,文化艺术的区域和部族性色彩就更加明显。就《诗》三百篇而言,虽然我们今天所能看到的只是三百零五篇文字,但当年它们被贵族们创作、运用的时候,却是伴着音乐和舞蹈的,特别是用于祭祀的《周颂》《鲁颂》和《商颂》,是诗、乐、舞三位一体的。《诗》的创作是以义为用,而其运用却是以声为用。郑樵《通志·乐略·乐府总序》曰:

> 自后夔以来,乐以诗为本,诗以声为用,八音六律为之羽翼耳。仲尼编诗,为燕享祀之时用以歌,而非用以说义也。古之诗,今之辞曲也。

以声为用最能体现《诗经》诸诗本身所具有的地域文化色彩。今天,虽然《诗》乐早已失传,但依《诗经》各诗辅以其他材料,对《诗经》所反映的西周、春秋时期华夏文化的地域色彩作一些探讨还是有一定的意义的。虽然因材料所限我们难以说得十分清楚明白。

在《诗》三百篇中,最能体现西周、春秋时期区域文化色彩的自然首推《国风》。《周颂》是王室祭祀上天和先王等的诗篇,《鲁颂》《商颂》亦复如是。因为其所运用的场合和内容不涉及个人的情感,所以其地域性特色并不明显。大、小《雅》诗是西周高级贵族所共有的诗篇,其创作者也可能来自各诸侯国,而且其中的许多诗篇都抒发了个人的情感,但这种情感的立足点是天下国家,王政兴衰和部族命运,我们同样难以借以研究当时的文化地域性色彩。十五《国风》则不同,无论是从其产生和收集的地域,还是它们在音乐和诗歌艺术形式上的表现,都代表着各自产生的区域,表现着较为强烈的地域性色彩。而诗之内容则偏重于个性情感的抒发,涉及生活的许多方面,是关乎性灵之诗,带有较为浓厚的地域文化特色是很自然的事。如在内容上,《郑风》和《卫风》等多情歌,多言男女之事,《陈风》多巫音靡靡之乐,《秦风》多金戈杀伐之音;其气质特征之差异者,如《郑风》《卫风》等多华靡放荡,《陈风》多神秘梦幻,《秦风》则粗犷劲悍,《二南》多言花草鸟兽,委婉舒徐,《魏风》则思啬而忧深等等;表现在形式上,尽管十五《国风》在用韵上较为统一,基本合于当时之"雅言"正声,但这可能是经过太师统一加工之后的结果。即使这样,《国风》中的有些诗篇在用词上也仍然保留有明显的地方色彩,如《齐风·著》的语尾助词"乎而",便绝不见用于他国之诗。

若以语言、地名、名物等类比推之,十五《国风》之各自的区别是不言而喻的,但这些仅仅是其中的一小部分。因为十五《国风》都属于华夏文化系统,地名、名物等并不足以表征华夏文化内部的区域性差别,只有音乐和各部分诗篇所体现出的气质才是我们所应该着重研究的。

十五《国风》在音乐和气质上的差别,古人早已注意到了。撇开前人关于"风"的定义不谈,我们看《左传》襄公二十九年(前544年)关于吴公子季札在鲁请观周乐的记载:

> 使工为之歌《周南》《召南》,曰:"美哉! 始基之矣,犹未也。然勤而不怨矣。"为之歌《邶》《鄘》《卫》,曰:"美哉,渊乎! 忧而不困者也。吾闻卫康叔、武公之德如是,是其《卫风》乎!"为之歌《王》,曰:"美哉! 思而不惧,其周之东乎!"为之歌《郑》,曰:"美哉! 其细已甚,民弗堪也,是其先亡乎!"为之歌《齐》,曰:"美哉,泱泱乎! 大风也哉! 表东海者,其大公乎! 国未可量也。"为之歌《豳》,曰:"美哉,荡乎! 乐而不淫,其周公之东乎!"为之歌《秦》,曰:"此之谓夏声。夫能夏则大,大之至也。其周之旧乎!"为之歌《魏》,曰:"美哉,沨沨乎! 大而婉,险而易行,以德辅此,则明主也。"为之歌《唐》,曰:"思深哉! 其有陶唐氏之遗民乎! 不然,何忧之远也? 非令德之后,谁能若是?"为之歌《陈》,曰:"国无主,其能久乎?"自《郐》以下无讥焉。

季札的评论,大概主要是以音乐为依据的。因为仅仅从内容而言,我们不能作出《卫风》"忧而不困"、《郑风》"其细已甚"、《齐风》为"泱泱乎,大风也哉"这样抽象的结论。不管这段文字的真实性如何,它至少可以向我们表明,当时人们已经懂得《国风》的风格差异,归因于其产地和人民,并从各部分诗乐的整体气质预测各诸侯国未来之兴衰。仅从诗乐所反映的人民气质而言,这种预言是可以成立的。因为产生《东门之枌》《宛丘》《泽陂》这样靡曼之音的陈人和产生《狡童》《褰裳》《子衿》《溱洧》等柔曼华靡之音的郑人,绝对不会是产生《驷驖》《小戎》《无衣》这样剽悍尚武之诗的秦人的对手。

对于《国风》各部分诗篇各自风格的形成,古人也有许多猜测。如关于《陈风》,郑玄《诗谱》云:

> 陈者,大皞虑戏之墟。帝舜之后有虞阏父者,为周武王陶正。武王赖其利用与其神明之后,封其子妫满于陈……妻以元女大姬……大姬无子,好巫觋祷祈鬼神歌舞之乐,民俗化而为之。

于《魏风》则云:

> 魏者,虞舜夏禹所都之地……禹菲饮食而致孝乎鬼神,恶衣服而致美乎黼冕,卑宫室而致力乎沟洫。此一帝一王俭约之化,于时犹存。及今魏君啬且褊急,不务广修德于民,教以义方。其与秦晋邻国,日见侵削,国人忧之。

郑玄之解,盖源于四家诗说。如班固习《鲁诗》,《汉书·地理志》讲各地风俗,便多引诗句以证之。《毛序》之解《魏风》,便专主于俭。他们都已注意到了山川土地民风与诗歌之关系,这是比较正确的,对于《国风》各部分的气质风格,前人也有一些概括,值得我们参考,如元陈绎曾《诗谱》云:

> 《周南》,不离日用间,有福天下万世意。《召南》,至诚谆恪,秋毫不犯。《邶风》,君子处变,渊静自守。《齐风》,翩翩有侠气。《唐风》,忧思深远。《秦风》,秋声朝气。《豳风》,深知民情而真体之。①

明李东阳《麓堂诗话》云:

> 文章固关气运,亦系于时尚。周、召二南,王、豳、曹、卫

---

① 引自丁福保辑:《历代诗话续编》,中华书局,1983年,北京,第624页。

诸风,商、周、鲁三颂,皆北方之诗,汉、魏、西晋亦然。①

但总的来说,前人在这方面注意不够,且不免带有时代的局限和阶级偏见。

二

华夏文化从其产生至今,从来都是在统一面貌居于主导地位的同时,在各地区,尤其是在因自然地理环境和政治区划不同而逐渐形成本地区独特文化氛围的地区表现出强烈的地域性面貌。时间回溯得越早,这种差异便越明显。这不仅有自然地理条件的影响,也有文化传统的影响。在先秦,特别是西周、春秋时期,华夏部族的统一文化尚在逐渐形成之中,中原大地上除了周人、殷人和夏人之外,还有今天已难以计数的许多在风俗和语言上各不相同的部族。就周人本身而盲,随着周人向东方地区的扩张,其文化便不可避免地与当地的土著文化发生接触和碰撞,从而融合、产生出一种新的文化面貌。我们所要注意的,正是当时不同部族之间的文化融合及其在《国风》中的表现。

中国古代文化面貌的区域性特征之形成可以追溯到新石器时代早期。那时我国境内从南到北分布着稻耕农业、旱耕农业和狩猎畜牧业三个经济文化区,它们之间的差别是显而易见的。到新石器时代中期,由于各地自然环境和部族的差异,又形成了若干既相联系又各具特色的文化。在这些文化区域中,最重要的,与《诗经》有关的是中原、山东和长江中游文化区。在这一时期。不同文化区域的独特面貌(就今日所见)主要表现在陶器造型和

---

① 丁福保辑:《历代诗话续编》,第 1377 页。

纹饰、农作物、葬俗,特别是随葬品等方面。我国上古传说中的各部落集团的活动范围,又恰恰与考古学上的这种文化区域基本吻合。如东夷部族太昊、少昊、蚩尤等即活动于山东和苏皖北部;三苗和荆蛮即活动于荆湘一带;炎帝、黄帝和有虞氏等则活动于今山西、河南和陕西。各部族之间的相互冲突和流动在新石器时代晚期即已开始,表现在神话传说中便是炎帝和黄帝大战、黄帝战蚩尤、禹征三苗等;表现在考古学上是不同考古文化的相互交叉和重叠。而中原地区是各部族争夺、冲突的中心①。到商代,除了占据中原的商文化中心区外,不同地区的文化面貌差异更为明显。如出土于湖南地区的商代青铜器,不仅出土地点与中原大不相同(湖南多出土在山顶之上和水滨,中原则多在墓葬中),其造型和纹饰也已具备了后来屈原《楚辞》中所表现出的楚地文化如梦幻般的生动色彩,从而与安阳殷墟出土的代表中原文化特色的古朴凝重的青铜器形成强烈对比②。出土地点的不同,也证明在商代,两湖地区南方部族的鬼神崇拜重在山川河流等自然神灵,而北方中原人则重祖先。内容不同,方式自然更不相同。后世楚文化与中原文化在精神气质上有较大差异也就不足为奇了。

　　商代文化就其区域发展特点而言,是中原中心区(以安阳、洛阳、郑州三点为中心)及其附近地区的文化发展水平远远超出周围地区的其他文化。在中原中心区之外,西到关中平原中部、东到胶莱平原,北至今北京以南,南达江淮一线的广大地区是商文化与其

---

① 参看宋新潮:《殷商文化区域研究》,陕西人民出版社,1991年,西安,第
　　11—37、292—293页。

② 参看宋新潮:《殷商文化区域研究》,第161—164页。《新中国的考古发现
　　与研究》第三章,文物出版社,1984年,北京。

他部族文化相互交流和融合地区。在这个大文化网络之中,各区域既有自己独自的文化特色,又具有许多相同的因素,呈现出多元一体的文化格局,从而奠定了以后中国古代文明的基础①。它们之间相同的文化因素之最大代表是商代的甲骨文。它们之间的差异则表现在许多方面,就我们今天所知,最主要的是图腾崇拜、上古神话系统以及由此而形成的各地人民精神气质的不同。

　　如果说商代文化是以中原中心区为中心向四周扩散,在总体上是有序的话,周人之灭商及向东殖民则打乱了这种秩序。在周人灭商之后相当长的时期内,文化的中心转移到了关中。而随着周人的征服和扩张,文化也向四周更为广大的地区扩散,形成了分散于中原大地的多个文化中心点。这些中心点即周人重要诸侯国之所在,北有燕、韩,东有齐、鲁;东南有宋、陈;南有申、吕及汉水诸姬;中原有卫及后来的郑;豫西有虢;山西有唐(后来的晋);关中有王京丰、镐,伊洛平原有雒邑。相对于殷人而言,周人在文化上比较落后。灭殷之后,周人一方面继承了殷人创建的文化成果,另一方面在向各地的扩张过程中,又吸收、融合了当地的土著文化,从而形成了自己的文化特色。我们今天讲华夏文化,并不是仅指周人及其姜姓同盟,而是指姬姓、姜姓、子姓、姒姓等当时文化较为先进的部族所共同创造、融合的文化。《诗经》也不例外。到春秋、战国时期,远古不同文化系统之间的分别虽因各部族之间的长期冲突、融合而逐渐归于统一,但仍为我们留下了不少痕迹。蒙文通先生20世纪20年代作《古史甄微》一文和《经学抉原》一书,提出中国上古民族(部族)可以江汉、海岱、河洛而分为三系,三系的部落、姓氏、居处地域各不相同,其经济文化也

————————
① 参看宋新潮:《殷商文化区域研究》,第11—37、292—293页。

各具特征。蒙先生的分法,已基本为考古学和史学研究所证明。它也向我们说明,产生于西周、春秋的《诗》三百篇就其文化因素来讲是多源的,尽管今天我们已无法确切证明。

远古时期的部族冲突,常常和部族之间的文化交融相伴随。随着军事征服的胜利,本部族的文化也传向被征服地区。殷人对于其周边部族是如此,周人也不例外。周人与商人的文化交流很早,受商人文化影响极大,周人灭殷之后,一方面全面继承了殷人的文化,另一方面也走上了与殷人融合的道路。《左传》定公四年(前506年)云:

> 昔武王克商,成王定之,选建明德,以藩屏周。故周公相王室,以尹天下,于周为睦。分鲁公以大路、大旂,夏后氏之璜,封父之繁弱,殷民六族:条氏、徐氏、萧氏、索氏、长勺氏、尾勺氏,使帅其宗氏,辑其分族,将其丑类,以法则周公,用即命于周。是使之职事于鲁,以昭周公之明德。分之土田陪敦、祝、宗、卜、史,备物、典策,官司、彝器;因商奄之民,命以《伯禽》而封于少皞之虚。分康叔以大路、少帛、绾茷旌、旃旌、大吕,殷民七族:陶氏、施氏、繁氏、锜氏、樊氏、饥氏、终葵氏;封畛土略,自武父以南及圃田之北竟,取于有阎之土以共王职;取于相土之东都以会王之东蒐。聃季授土,陶叔授民,命以《康诰》而封于殷虚。皆启以商政,疆以周索。分唐叔以大路、密须之鼓、阙巩、沽洗,怀姓九宗,职官五正。命以《唐诰》,而封于夏虚,启以夏政,疆以戎索。

从这段文字可以看出,周人在东方的鲁、卫等重要诸侯国,是依靠与殷人的合作而统治的。所谓"启以商政,疆以周索",是因殷人之风俗而施行统治,以周人之法疆理土地。"启以夏政,疆以戎索"即依戎狄之俗,施以夏人之政。除了殷人之外,鲁尚有"商奄之民"，这是早就居住于鲁地的土著居民，是被周人压迫的部族集团。唐(晋)之属民则有"怀姓九宗"。《尚书·康诰》："往敷求于殷先哲王，用保乂民。"《礼记·表记》："殷人尊神，率民以事神，先鬼而后礼，先罚而后赏，尊而不亲。"这些记载，皆卫、鲁等诸侯"启以商政"之证。至于被迁至雒邑的殷"顽民"，从《尚书·洛诰》可以看出。周人一面威胁他们，一面却也分予土地，并使殷人贵族保持着原先的宗族或家族以抚慰之。殷人的社会组织并未解体。东都雒邑的建设，也有殷人的大力参与。《尚书·洛诰》："周公乃朝用书，命庶殷侯甸男邦伯，厥既命殷庶，庶殷丕作。"又说："周公曰：王肇称殷礼，祀于新邑，咸秩无文。"说明周王为团结殷人，像祭祀周人先祖神祇一样祭祀殷商的神祇与祖先。《尚书·洛诰》又说："周公拜手稽首曰：王命予来承保乃文祖受命民，越乃光烈考武王，弘朕恭孺子来相宅，其大惇典殷献民。"对殷商的贤人表示了极大的尊敬。《微子之命》更能说明周人对殷人的团结态度。不仅如此，周初还有相当一批殷人被迁至关中王畿，继续保持着较高的社会地位，为周王室服务。如1976年陕西扶风庄白窖藏出土的微史家族礼器中的史墙盘，便记载了微氏家族在武王伐殷之后归顺武王，武王命周公将其安置于周土，微氏由此而成为周王室的心腹大臣，世袭史官之职。陕西各地出土的殷器，如宝鸡斗鸡台出土的几群柉禁，及父辛卣，凤翔出土的散氏诸器，眉县出土的大盂鼎、小盂鼎等，皆为殷人旧族迁徙入陕之证。所以到春秋时期，周人和殷人在政治上的界限已基本泯灭，只是在风俗上还稍有差别。从考古发掘而言，洛阳、曲阜等地都发现了西周、春秋时期周人和殷人葬俗不同的族葬墓地①。而鲁国附近

①参看宋新潮：《殷商文化区域研究》，第11—37、292—293页。

的一些东夷小国如薛、杞、莒、郯等，也无不保持着自己的葬俗①。春秋时期卫、鲁等国的"国人"便包括了殷人家族在内。郑国的"国人"不仅包括了商工之民（以经商和手工业为世业的部族）在内，卫国也是这样。《左传》昭公十六年（前526年）载子产曰：

> 昔我先君桓公与商人皆出自周，庸次比耦，以艾杀此地。
> 斩之蓬蒿藜藋而共处之，世有盟誓以相信也……恃此质誓，
> 故能相保，以至于今。

定公八年（前502年）载卫王孙贾曰："卫国有难，工商未尝不为患，使皆行而后可。"西周、春秋时期僻居北方的燕国之情形也与鲁、卫相同。

因此，当周人随着军事上的胜利而分散于各地，与当地居民或其他部族共同生活在一起时，便不可能保持自己原有文化的纯一，而必然要受到其他部族文化和风俗的影响，再加上西周、春秋数百年的融合发展，便必然形成散居于各地的周人各自的地域文化特色，它的最明显的证据之一便是通行于当时各国贵族之间的"雅言"的出现。《论语·述而》：

> 子所雅言，《诗》、《书》、执礼，皆雅言也。

孔注："雅言，正言也。"刘宝楠以为"周室西都，当以西都音为正"②。西周之诗，称《大雅》《小雅》，夏雅音近，夏即雅。《荀子·荣辱篇》："越人安越，楚人安楚，君子安雅。"《儒效篇》："居楚而楚，居越而越，居夏而夏。"缪钺先生曾经说：

---

① 参看山东省兖石铁路文物考古工作队编：《临沂凤凰岭东周墓》，齐鲁书社，1988年，济南。山东省博物馆临沂地区文物组、莒南县文化馆：《莒南大店春秋时期莒国殉人墓》，《考古学报》1978年第3期等。
② 〔清〕刘宝楠：《论语正义》卷八，中华书局，1990年，北京，第270页。

　　　　雅言虽是西周王畿之音，然未必即尽为其地之土语……
　　知商代确有光辉灿烂之文明，则其时可能亦有标准语言，为
　　东方诸国所公用。……周未剪商之前，已受侯伯之命，蒙嫁
　　女之惠，交往之频繁可知。商代公用之语言，可能已早在西
　　周植其基础，虽或稍杂西周方音，而大致无殊。周室灭商称
　　王之后，因商之旧，而推行所谓雅言于东方诸国，其势甚易。①
缪先生说类于"雅言"之通用语言商代即已有之，似缺乏实际证
据。然周人向东殖民，子孙遍布天下，推行一种通用的"雅言"，却
势在必行。王国维也曾经说：

　　　　惟昔人于有周一代韵文，除群经、诸子、《楚辞》外，所见
　　无多。余更蒐其见于金石者，得四十余篇，其时代则自宗周
　　以讫战国之初，其国别如杞、邳、邾、娄、徐、许等，并出《国风》
　　十五篇之外。然求其用韵，与三百篇无乎不合。②

　　所以，"雅言"即类似今天的标准普通话，它的推行，正是为了
消除各区域或各诸侯国贵族之间言语交流上的障碍，保持周人原
有的发音。它恰恰说明周之子孙所处地域不同而在语音、风俗等
文化层面上开始分化。因此，西周晚期和春秋时期的周文化，已
经不是纯粹的周人文化，而是由周人和夏、殷遗民及其他古老部
族经过长期的交流融合而共同创造的文化。只是因周人在政治
上居于统治地位，因而其他部族的文化贡献被长期湮没和忽视。
所以许倬云在其《西周史》第四章中说：

　　　　建立东都成周和在东方分封大批姬姓与姜姓诸侯配合

---

① 缪钺：《冰茧庵丛稿·周代之"雅言"》，上海古籍出版社，1985年，上海，第
　　111—112页。
② 王国维：《观堂集林·周代金石文韵读序》。

在一起,为周王国的统治打下了稳固的基础。在这个基础上,不但有姬姜的宗族控制了战略要地,更在于经过一番调整,周人与东土的部族糅合成为一个文化体系与政治秩序下的国族。殷商自称大邑,却无"华夏"的观念。这些周王国内的各封国,自号华夏,成为当时的主干民族。①

三

作为这一时期华夏文化主要精神结晶的《诗》三百篇,同样也是由以周人为主的各个部族所共同创造的。《商颂》是子姓的宋人,即殷人之诗;《齐风》是姜姓部族之诗;《陈风》是妫姓部族,即夏遗民之诗;《秦风》是嬴姓部族贵族之诗。这是明显的证据,还有一些不太明确,但我们可以作一些有依据的推测的,如《邶》《鄘》《卫》三部分诗,虽然个别学者认为其中的《邶风》皆为殷人后裔之诗的说法不太妥当②,但其中包含有殷人后裔的作品却是可能的,特别是来源于原始宗教积淀的以"燕"等起兴的诗篇。因为卫国的国人之中,殷人后裔占了相当数量。其他部分如《周南》和《召南》,徐中舒认为多为周王室东迁前后戍守南方的周族将士所作之歌。后来他们在汉水流域建立了一些姬姓小国,即"江汉诸姬"。到春秋中期这些小国方为楚国吞并净尽③。这些诗不但反复提到江、汉、沱等南方河流,而且又多言鲜花香草鸟兽,诗风婉丽动人,颇开后世《楚辞》之风,明显是受着当地文化和环境的影

①许倬云:《西周史》第四章,第122页。
②赵沛霖:《兴的源起》第三章,中国社会科学出版社,1987年,北京。
③参看徐中舒:《先秦史论稿》九。

响,而与《国风》的其他部分诗篇表现出明显的区别。再如《卫风》
《邶风》《鄘风》《郑风》多言男女情爱之事,皆因春秋时期这些地区
民风荡佚,与别的地区明显不同。而这些风俗,明显与殷人旧俗
有极大关系。《左传》中所载贵族男女淫乱之事,以卫国最多。而
郑国所在之地有一些独特风俗为别的地区所无。《太平御览》《释
文》《后汉书注》等皆引《韩诗薛君章句》,谓郑国之俗,于三月上巳
日在其境内的溱、洧两水之上招魂续魄,祓除不祥。故《溱洧》一
诗,诗人愿与所悦之女子俱往,而言三月桃花水下,方盛流而洹洹
然,众士与女执兰而祓除。诗中言芍药,言将别而赠以此草。《褰
裳》《出其东门》《野有蔓草》等诗,亦皆与此风俗相关①。此俗即
不见于其他诸侯国。而这种风俗以后才逐渐扩散,演变为一种全
国性的风俗,尤盛行于汉代。不过后世去掉了男女的内容,而以
祓除不祥为主了。据史学家的研究,早在殷商时代,郑人便是扼
守殷商王畿南方的雄族,卜辞中便有南郑、北郑、多郑之称。武王
灭殷之后,有一部分郑人西迁至关中。厉、宣之际,周室大乱,郑
桓公为司徒,思王室之将衰,"和集周民,周民皆悦河雒之间,人便
思之"②。后遂寄帑而居郑。所以郑桓公治下的郑人,除了郑桓
公受封时所受的周族人众之外,还有相当一部分是原郑地的殷人
后裔。所以《左传》昭公十六年(前526年)载子产追述郑国东迁
的经过说:

> 昔我先君桓公与商人皆出自周,庸次比耦,以艾杀此地,
> 斩之蓬、蒿、藜、藿而共处之,世有盟誓以相信也,曰:"尔无我
> 叛,我无强贾,毋或匄夺,尔有利市宝贿,我勿与知。"恃此质

①孙作云:《诗经与周代社会研究·诗经恋歌发微》。
②《史记·郑世家》。

誓,故能相保,以至于今。

子产所说的"商人",实际即指殷商旧族,而非指商贾之人①。所以,《郑风》的风格,绝对是源自古老的商人。

与郑国溱、洧之水相类而亦为男女聚会之地者还有卫国的桑间、濮上。《鄘风·桑中》:"爰采唐矣,沬之乡矣。云谁之思?美孟姜矣。期我乎桑中,要我乎上宫,送我乎淇之上矣。""沬"即殷都,亦即当时之卫都朝歌。"桑中"即桑间。"淇之上"即淇水口(今河南滑县东北)。在春秋时代,"桑中"已成为男女情爱之事的代名词。《左传》成公二年(前589年)载楚庄王讨陈国夏氏,得夏姬而欲纳之,申公巫臣劝止之。令尹子反欲取之,巫臣又劝止之。后巫臣遂自取夏姬,惧不容于楚而尽室以奔晋。"申叔跪从其父将适郢,遇之,曰:'异哉!夫子有三军之惧,而又有桑中之喜,宜将窃妻以逃者也。'"在这种民风基础上所产生的音乐,便是所谓的"靡靡之乐",亦即孔子所深恶痛绝而要放之的"郑卫之声",后人更夸大之而称其为"亡国之音"。《吕氏春秋·本生》篇则将"靡曼皓齿、郑卫之音,务以自乐"称为"伐性之斧"。高诱注云:

> 靡曼,细理弱肌,美色也。皓齿,《诗》所谓"齿如瓠犀"者也。郑国淫辟,男女私会于溱、洧之上,有"洵讦"之乐,"勺药"之和。

这种风俗和音乐,是姬姓的郑人原来所没有的,它有力地说明了土著文化对周人的强烈影响和文化上的相互交融。卫国初封,有殷民七族,且其所居之地为商代文化之中心,故其风气必有所谓"纣之淫风"。郑有溱、洧之水,卫则有桑间、濮上。关于"濮上"之音,《韩非子·十过》记载了这样一个故事:

---

① 许倬云:《西周史》第四章,第118页。

　　　　昔者卫灵公将之晋，至濮水之上，税车而放马，设舍以宿。夜分而闻鼓新声者，而说之……乃召师涓而告之……师涓……因静坐抚琴而写之……遂去之晋，晋平公觞之于施夷之台……乃召师涓，令坐师旷之旁，援琴鼓之。未终，师旷抚止之，曰："此亡国之声，不可遂也。"平公曰："此道奚出？"师旷曰："此师延之所作，与纣为靡靡之乐也。及武王伐纣，师延东走，至于濮水而自投。故闻此声者必于濮水之上。先闻此声者，其国必削。不可遂。"

　　桑间、濮上之音，即所谓"新声"起于春秋，春秋以前无闻焉。但若要真的寻考其源流，还是可以追溯到殷末的商人。我们今天读《邶》《鄘》《卫》诸诗，而想见其音乐，其多男女怨思情爱，多纣之淫声，"靡靡之乐"，还是可以感觉得到的。鲁虽亦有"殷民六族"，并始终对殷人的社祀敬礼不息，但因鲁为周公旦之后，"周礼"典要之所在，典册重器几与王室同，所以鲁国即使有"风"诗，也不会像郑卫一样轻佚放荡。

四

　　郑、卫之外，另一个区域性文化的代表是陈国。班固《汉书·地理志》云：

　　　　陈本太昊之虚，周武王封舜后妫满于陈，是为胡公，妻以元女大姬。妇人尊贵，好祭祀，用史巫，故其俗巫鬼。《陈诗》曰："坎其击鼓，宛丘之下。亡冬亡夏，值其鹭羽。"又曰："东门之枌，宛丘之栩。子仲之子，婆娑其下。"此其风也。

　　妇人尊贵，好为巫史，其实是作为夏人之后的陈人古已相传的风俗。在地理上，陈国正处于中原文化区与东南的江浙文化区和南方的两湖文化区相交汇之地,在文化上便有介于南北二者之间的过渡色彩。淫于祭祀而重巫史,本是南方部族所共有的特征。这种文化上的过渡性特征,不仅有部族交汇的原因,也有自然地理方面的因素。这种情况到商代更加明显。"江淮地区由于受南北两个文化系统的影响,表现在地域分布上中原文化由北向南逐渐移入江淮地区,越接近中原地区,这种影响就表现得越强烈。与此相反,江南土著文化由南向北也是逐步渗透到这一地区。"因此,江淮地区古代文化是属于"中原文化区与长江下游文化区和长江中游文化区(吴城文化)之间的一个过渡类型。"①在商代,这一地区分布的古代部族主要是常见于甲骨文的人(夷)方。到西周,他们仍然常常和周人处于交战状态。陈国恰恰处在南北文化的交汇点上。到春秋时期,陈国在政治上也常为北方的齐晋和南方的楚国所左右而依违于南北之间,文化上也不可避免地带有南方部族好巫觋、喜淫祀的特点。《陈风·宛丘》正写出了陈人之巫师在音乐的伴奏之下婆娑起舞的情形。这与《九歌·东皇太一》所写的"扬枹兮拊鼓,舒缓节兮安歌。陈竽瑟兮浩倡,灵偃蹇兮姣服,芳菲菲兮满堂。五音纷兮繁会,君欣欣兮乐康"的情形非常相像,与"昔楚国南郢之邑,沅、湘之间,其俗信鬼而好祠,其祠必作歌乐鼓舞以乐诸神"的民风是极其类似的②。而其余的《防有鹊巢》《月出》等却带有一些神秘气息。由此我们也可以看出古老部族文化绵绵不绝的传承能力和不同部族文化之间的相互渗透力。这些史实,对我们理解《陈风》风格之形成是有积极意义的。

①宋新潮:《殷商文化区域研究》,第181页。
②〔汉〕王逸:《楚辞章句·九歌章句序》。

五

除《郑风》《卫风》《邶风》《鄘风》和《陈风》之外,最能体现西周、春秋时期地域文化特色的还有《齐风》和《秦风》。

在周初分封的众多诸侯国中,齐和申、吕等是姜姓国。姜者羌也,他们原本是羌人的一部分,和姬姓部族世代联姻并进入中原。姬、姜这两个部族是从两个通婚的胞族发展而来①。《大雅·生民》:"厥初生民,时维姜嫄。"《鲁颂·闷宫》:"赫赫姜嫄,其德不回。"姜姓部族在殷末周初发生了一个大转折,一部分随着周人向东方的征服扩张而进入中原,另一些姜姓羌人则留在原地,至东周初年又掀起一场东迁运动。但羌人东周初年的东迁与西周初年的姜姓东迁判然不同。先入中原者经过几百年的发展,与姬姓及当地文化融合而华夏化;后人者还保持着原先的风俗,却被周人视为"姜戎",视为戎狄异族。所以顾颉刚说:

> 然则申、吕、齐、许者,戎之进入中国者也;姜戎者,停滞于戎之原始状态者也。抑申、吕、齐、许者,于西周之世东迁者也;姜戎者,于东周之世东迁者也。由其入中国之先后,遂有华戎之判别。②

另外,齐国所居之地,在远古即为一些著名部族的旧居,到春秋时代,齐国周围仍然有谭、纪、莒、邿、任、宿、句须等不少小国,大都为太皞和少皞等古族的后裔,因此齐国实际处于异族文化的包围之中。《史记·鲁世家》曾经有一段发人深省的记载:

---

① 参看许倬云:《西周史》第二章,第52页。
② 顾颉刚:《九州之戎与戎禹》,《禹贡》第七卷,1937年。

　　鲁公伯禽之初受封,之鲁三年而后报政周公。周公曰:
"何迟也?"伯禽曰:"变其俗,革其礼,丧三年然后除之,故
迟。"太公亦封于齐,五月而报政周公。周公曰:"何疾也?"
曰:"吾简其君臣礼,从其俗为也。"及后闻伯禽报政迟,乃叹
曰:"呜呼!鲁后世其北面事齐矣。"

所谓"从其俗为",便是有意促进作为统治者的齐国上层姬姜
旧族与当地土著文化的融合,而这一段记载,正说明了齐国与鲁
国的差异之所在。《史记·齐太公世家》载太公以下三世丁公吕
伋、乙公得、癸公慈母,均以天干为号,明显的是以姜姓而袭用殷
人子姓的命名习惯。到后来,齐地的各种神仙信仰也和土著信仰
交融在一起。因此,我们要理解《齐风》诸诗所反映的齐国风俗,
可以从羌人和齐地土著部族的风俗中找到某些根据的。《后汉
书·西羌传》载汉代的羌人之俗云:

　　所居无常,依随水草,地少五谷,以产牧为业。其俗氏族
无定,或以父名母姓为种号。十二世后,相与婚姻,父没则妻
后母,兄亡则纳釐嫂,故国无鳏寡,种类繁炽……更相抄暴,
以力为雄,杀人偿死,无它禁令。

这一段记载,正可以和《齐风》所反映出的齐人之尚武和贵族
婚姻上的乱伦风气相连接。《齐风·还》,《毛序》云:"刺荒也。哀
公好田猎,从禽兽而无厌,国人化之,遂成风俗,习于田猎谓之贤,
闲于驰逐谓之好焉。"说"刺"固然不妥,言齐人尚武而好田猎却是
事实。《还》的言语之间自有一股豪气在焉。方玉润云:

　　"子之还兮",已誉人也。"谓我儇兮",人誉己也。"并驱",
则人己皆与有能也……猎固便捷,诗亦轻利。神乎技矣![1]

_____

[1]〔清〕方玉润:《诗经原始》卷之六,第230页。

与《还》相类的还有《卢令》,赞誉猎人之美,颇有雅致。齐人之尚武,也多见于史籍。其见于《左传》者,如齐顷公与晋战于鞌,不介马而驰;高固人晋师,桀石以投人,擒之而乘其车①。齐灵公用武士夙沙卫、殖绰、郭最等,并以为雄,而且于鲁襄公二十三年(前550年)亲率精锐千里袭晋以报平阴之役等②。齐国贵族婚制男女之杂乱亦多见载于《左传》等古籍。如齐襄公与其妹文姜私通多年,并杀死文姜的丈夫鲁桓公;崔杼娶棠姜等。在姬姓的周族人中,这种情形是不允许的。同姓不婚,是姬姓贵族严格遵守的准则,这个准则在齐国的姜姓贵族中却得不到完全的执行。《齐风·南山》,《毛序》云:"刺襄公也。鸟兽之行,淫乎其妹。大夫遇是恶,作诗而去之。"《敝笱》,《毛序》云:"刺文姜也。齐人恶鲁桓公微弱,不能防闲文姜,使至淫乱,为二国患焉。"《载驱》,《毛序》云:"齐人刺襄公也。无礼义故,盛其车服,疾驱于通道大都,与文姜淫,播其恶于万民焉。"揆诸史实,《毛序》不为无据。齐襄公与文姜之事至明至显;崔杼之娶棠姜亦与此相类。故有其君而必有其臣,有其臣而未必不有其民。与此相关联的,是齐地女子地位较他国为高,这一点也屡见于史籍。《汉书·地理志》云:

> 始桓公兄襄公淫乱,姑姊妹不嫁,于是令国中民家长女不得嫁,名曰"巫儿",为家主祠,嫁者不利其家。民至今以为俗。

将此俗归之于齐襄公,实在是因班氏不明白此俗之久远来源。这应该是羌人原始婚制的遗风,而且较他族为甚。齐地盛行男子入赘,而且其社会地位较低,被称为"赘婿",如著名的淳于髡

①《左传》成公二年、襄公二十三年。
②《左传》襄公二十三年。

是赘婿。又淳于髡之言于齐威王曰：

> 若乃州闾之会，男女杂坐，行酒稽留，六博投壶。相引为曹，握手无罚，目眙不禁。前有堕珥，后有遗簪……日暮酒阑，合尊促坐。男女同席，履舄交错，杯盘狼藉。堂上烛灭，主人留髡而送客。罗襦襟解，微闻芗泽。当此之时，髡心最欢。①

据此，则齐国男女之自由，实有不亚于郑、卫者。至秦始皇三十七年（前 210 年）始皇出巡东方。刻石于会稽，其文有曰：

> 饰省宣义，有子而嫁，倍死不贞。防隔内外，禁止淫泆，男女洁诚。夫为寄豭，杀之无罪，男秉义程。妻为逃嫁，子不得母，咸化廉清。

可见这种原始婚姻遗风不仅流行于姜姓部族，而且流行于东夷等较为落后的部族中间，抑或是姜姓部族与当地土著之交互影响。齐国之所在是我国上古文化发展最早的地区之一，"少昊之世有爽鸠氏，虞、夏时有季萴，汤时有逢公柏陵，殷末有薄姑氏，皆为诸侯，国此地。"②《齐风》也多写男女之情，如《鸡鸣》《东方之日》等。与《国风》中其他部分的情诗相比，齐人之言情爽直而显白，像《还》一样颇有侠气。这大约因齐国之女与他国女子气质不同。另外，《齐风》尚侈，与《唐风》《魏风》之俭啬颇不相同，这自然和齐地沃野千里的自然条件有关。《汉书·地理志》云：

> 古有分土，亡分民。太公以齐地负海舄卤，少五谷而人民寡，乃劝以女工之业。通鱼盐之利，而人物辐凑。后十四世，桓公用管仲，设轻重以富国，合诸侯，成伯功，身在陪臣而取三归。故其俗弥侈，织作冰纨绮绣纯丽之物，号为冠带衣

---

① 《史记·滑稽列传》。
② 《汉书·地理志》。

履天下。

孔子固已刺管仲之奢矣①。我们看《著》："充耳以素乎而，尚之以琼华乎而。""充耳以青乎而，尚之以琼莹乎而。""充耳以黄乎而，尚之以琼英乎而。"活写出一个冠饰华丽的贵族男子形象。故司马迁述齐地之尚武、尚奢云：

　　齐带山海，膏壤千里，宜桑麻，人民多文彩布帛鱼盐……
其俗宽缓阔达，而足智，好议论。地重，难动摇。怯于众斗，
勇于持刺，故多劫人者，大国之风也。②

就精神气质而言，《齐风》比起《郑风》《卫风》和《唐风》等诗，确实显示出一种泱泱大国之气。

六

十五《国风》之中，《秦风》的风格也是极为特出的，它与秦人风习有着非常密切的关系。我们今天读《秦风》诸诗，尚可以从中感受到秦人的粗犷、开阔及尚武精神，此秦之所以立国，也是秦之所以亡国。

据《史记》，则秦之先出于东夷，故其先祖传说与殷人相类。秦人先公之中，著名者有飞廉、恶来、造父等。秦人之强大，始于非子。"非子居犬丘，好马及畜，善养息之。"是秦人迁于西北，而有游牧民族之风。周孝王时，邑非子于秦（今甘肃陇西），以和西戎，故遂号为秦。但蒙文通持另一说。他认为秦人之先，乃为戎族，来自西北，本为犬戎的一支。关于秦人之戎俗，古史多有记

①见《论语·八佾》。
②《史记·货殖列传》。

载,《春秋公羊传》曰:"秦者夷也,匿嫡之名也。"何休云:"嫡子生不以名,令于四境择勇猛者而立之。"此秦非诸夏之族,公羊氏有其说。《穀梁传》曰:"狄,秦也……乱人子女之教,无男女之别。"商鞅也说:"始秦戎狄之教,父子无别,同室而居。今我更制其教而为其男女之别。"①此秦以戎之教,穀梁氏有其说。《左传》文公五年(前 622 年)载臧文仲闻六与蓼为楚所灭,曰:"皋陶庭坚不祀忽诸。"若秦为柏翳之后,则臧文仲不应于秦之尚强,而云庭坚不祀。又楚人灭江,秦穆公为之降服出次,曰:"同盟灭,虽不能救,敢不矜乎?"②江、黄等国皆嬴姓国。春秋之时,同姓为重。秦穆公于江、黄不曰同姓而曰同盟,是秦人本非皋陶之后。司马迁因秦为嬴姓,而遂以秦为柏翳(伯益)之后,是一个小小的错误。犬戎即远古的羌人。秦人立国也很早,远在非子邑秦之前,因其居近于周,遂渐渍华风。秦之强,始自周宣王时的秦庄公。幽王末年,秦襄公将兵救周,又以兵送平王有功,平王始封之为诸侯,赐之岐以西之地。秦襄公于是始立国而与诸侯通聘享之礼。至秦文公收周余民而有之,地至岐,岐以东献之周。平王东迁之后,西北群戎大批入居关中,关中遂成戎狄交横之地,秦立国其中,为求生存和发展,东向与群戎交战近百年,同时晋、虢等诸侯也西向与秦交相攻迫诸戎,遂灭诸戎而秦才有周之余民,占得戎狄之地与关中大部分土地③。所以秦国之强,一方面因为秦人本为戎族,另一方面也因为秦是以战立国,以战争求发展。所以秦国之民骁勇善战,其源固有所来自。

---

① 《史记·商君列传》。
② 《左传》文公四年。
③ 参看蒙文通:《周秦少数民族研究》,《古族甄微》,巴蜀书社,1993 年,成都。

《秦风》诸诗的最大特点,是无燕婉亵情之诗,而多杀伐兵戈
之音。这是秦人好战之音,远非东方姬姓诸侯之民可比。《战国
策·秦策》载张仪说秦王之言曰:

> (秦人)出其父母怀衽之中,生未尝见寇也,闻战顿足徒
> 裼,犯白刃,蹈煨炭,断死于前者比是也。

《战国策·魏策》载公子无忌之言曰:

> 秦与戎翟同俗,有虎狼之心,贪戾好利而无信,不识礼义
> 德行。苟有利焉,不顾亲戚兄弟,若禽兽耳。此天下之所同
> 知也。

《史记·张仪列传》载张仪说韩王曰:

> 山东之士被甲蒙胄以会战,秦人捐甲徒裼以趋敌,左挈
> 人头,右挟生虏。夫秦卒与山东之卒,犹孟贲之与怯夫;以重
> 力相压,犹乌获之与婴儿。

商鞅之变法,实是将秦人由野而变为文。然秦人勇悍之俗依
然如故。《商君书·兵守篇》载秦立三军:

> 壮男为一军,壮女为一军,男女之老弱者为一军,此之谓
> 三军也。壮男之军,使盛食厉兵,陈而待敌。壮女之军,使盛
> 食负垒,陈而待命。客至而作土以为险阻,及阱格,发梁撤
> 屋……老弱之军,使牧牛马羊彘,草木之可食者收而食之,以
> 获其壮男女之食。

我们也不否认,上面所引的材料多是站在秦人对立面的立场
之上而言,不免有所夸大。但我们仍可从中体会出秦国的风俗与
其他诸侯国的差异。盖秦人出自戎狄,虽久染华风,而其故久之
习不可能一时净尽。故民风剽悍而喜战斗,多狠戾杀伐之气,也
多狠戾杀伐之歌。二则秦处西北,西、北、南三面皆为戎狄所逼,
非战不足以生存,非变周人之习而不足以自强于夷狄。所以秦虽

据周之旧土,收周之余民,但为生存计,必以骁勇善战的戎狄之俗以变周人之俗,而不太可能以周人之俗变戎狄之习。在古代社会,部族的文明发展程度愈高,其军事战斗力往往愈弱。故商鞅说秦孝公以霸道易王道①。这也是秦国最后能灭六国而一天下的主要原因。所以魏源在《诗古微·秦风答问》中说:

且秦以西垂养马大夫耳,骊山之败,四面皆戎,而文公岐山一旅,尽收已覆之神京,屡世蚕食,竟霸西戎。至于穆公三置晋君,一救荆祸,益国二十,扩地千里,遂与晋、楚为敌。……诵诗而闻国政,知必有能辩之者。②

王夫之也说:

故昔者公刘之民尝疆矣,因乎戎而驵戾未革也。周之先王闭之于杀伐,而启之于情欲,然后其民也相亲而不竞焉……秦人乘之,遂闭之于情欲,而启之于杀伐,于是其民驵戾复作,而忘其惛淫。妇人且将竞焉,《秦风》所以为天下雄也。③

知秦人风俗之劲悍,则知《秦风》诸诗气质之所由来。知其气质之所由来,也可论知其兴亡。故朱熹《诗集传》论《无衣》曰:

秦人之俗,大抵尚气概,先勇力,忘生轻死,故其见于《诗》如此。然本其初而论之,岐丰之地,文王用之以兴二《南》之化,如彼其忠且厚也。秦人用之未几,而一变其俗至于如此,则已悍然有招八州而朝同列之气矣。何哉?雍州土厚水深,其民厚重质直,无郑、卫骄惰浮靡之习,以善导之,则

①〔汉〕司马迁:《史记·商君列传》。
②〔清〕魏源:《诗古微·秦风答问》,岳麓书社,1989年,长沙,第437页。
③〔清〕王夫之:《诗广传·秦风》。

易以兴起而笃于仁义；以猛驱之，则其强毅果敢之资，亦足以强兵力农而成富强之业，非山东诸国所及也。

《秦风·黄鸟》一诗反映的秦穆公以三良从死，正可见秦国上层贵族保存原始野蛮遗风之深且厚。秦穆公及三良的行为，不为当时山东地区社会文明发达程度较高的华夏诸侯所理解。故《左传》的作者因此事而论秦穆公霸业之不竟和秦军终春秋之世而不复东向。史载秦武公初以人从死，以后几无世不有，而以穆公、康公等从死之人最多。这种野蛮习俗却不见于东方华夏诸侯。这正是秦人中戎狄之俗有大量留存的表现，山东诸侯每每以戎狄视秦，实皆因缘于秦人此类风俗。所以朱熹又论之曰：

> 盖其初特出于戎翟之俗，而无明王贤伯以讨其罪，于是习以为常。则虽以穆公之贤而不免……呜呼，俗之弊也久矣！其后始皇之葬，后宫皆令从死，工匠生闭墓中，尚何怪哉！①

《秦风·小戎》，人多以为女子怀念出征将士之诗，而极写将士战车、战马及兵器之精良华美，笔意铺张，溢出阵阵阳刚之气，而《卫风·伯兮》《王风·君子于役》等女子怀念征人之诗在气质上大相径庭。《秦风·蒹葭》，意境飘逸，神韵悠长，虽与《秦风》中的其他诗篇绝不相类，但此诗于典丽潇洒之中透出一种不凡的气度，苍凉悠远，气象万千，为《国风》中的其余诗篇所远远不及。除了旷达而剽悍的秦国贵族，其余诸侯国便不可能产生出这样的诗篇。故马瑞辰云：

> 秦以力战开国，其以力服人者猛，故其成功也速，其延祚也短，而其弊也，失于黩武而不能自安。是故秦诗《车邻》《驷驖》《小戎》诸篇，君臣相耀以武事，其所美者，不过车马音乐

---

①〔宋〕朱熹：《诗集传》卷三。

之好,兵戎田狩之事耳。①

虽非尽然如此,然观诸上文,我们便可以知道《秦风》气质之所由来,与秦之所以为强国,终至并吞天下,以至于速亡,"其成功也速,其延祚也短"。

七

除了部族文化传统之外,山川地理等自然条件对人的气质的影响也是华夏区域文化形成的一个重要因素。《国风》各部分诗篇的气质差异也有类似的原因。所以典丽婉转的二《南》必作于江汉地区,而雄强刚健之《秦风》必出于西北。至秦将统一,李斯犹谓"夫击瓮叩缶,弹筝搏髀,而歌呼呜呜快耳者,真秦之声也;《郑》《卫》《桑间》《昭》《虞》《武》《象》者,异国之乐也"②。河东太行,地寒土薄,风物俭啬,故《唐风》《魏风》、多寒苦怨促之音。郑、卫之地平原广泽,物产丰美,气候温润,近三千年前更是如此,故其民风僄薄轻佻,其诗多情爱,好美服,称富丽。齐地亦多平原广泽,物产丰饶,又为周之大封,故其泱泱有大国之气。陈亦江淮间一大都会,南近于楚、群舒,西北接于郑、许,其诗多巫音,也多男女情爱之诗,如《泽陂》《株林》《月出》《防有鹊巢》诸诗皆是。

除了部族文化传统和风俗的交融,山川风物等自然地理条件之外,造成《国风》各部分诗篇气质、内容差异的第三个主要原因是经济发展。盖文化发展早的地区,其经济,尤其是工商业往往较其他地区为发达,而工商经济的发达,尤易促进声色犬马娱乐之好。西

---

① 〔清〕马瑞辰:《秦风总论》,《毛诗传笺通释》卷十二。
② 〔汉〕司马迁:《史记·李斯列传》。

周、春秋时期,生产力的总体水平虽然仍较低下,但个别地区的经济因其开发较早,又有地理交通上的优势,故工商经济较其他地区为发达,特别是郑、卫之地。《左传》之中载国中有专以工商为业的家族存在者只见于郑、卫,且其工商家族的势力较强,非常活跃,犒秦军于滑的郑国商人弦高便是其典型代表。故郑、卫之声乐,竟成为春秋以后兴起的"新声"的代表。观郑国、卫国诸诗,固可依之以想见"新声"的内容和风格,魏文侯听雅乐则欲眠,及闻"新声",日夜不倦,固出于人性之当然①。孔子痛斥而欲"放郑声","郑声淫"②,说明"郑声"是相对于"雅"乐而言真正出于民间的欢快流畅的俗乐。终先秦之时,郑、卫之地一直是我国经济文化比较发达的地区,至汉代而此风犹存。故魏源在论及郑、卫之《风》诗时说:

> 三河为天下之都会,卫都河内,郑都河南,故齐、晋图伯争曹、卫,晋、楚图伯争宋、郑,战国从横争韩、魏。曹灭于宋,郑灭于韩,卫河北故墟入赵,河内故墟入魏。皆异名同实,据天下之中,河山之会,商旅之所走集也。商旅集则货财盛,货财盛则声色臻。……盖古时河北之妹邦、邯郸,河南之溱、洧、曹、濮,其声色薮泽乎?……春秋之郑、卫,亦犹后世之吴、越,人物美秀而文采风流,照映诸国。……广谷大川异气,民生其间,刚柔异俗,不竞于武者每娴于文,宜郑、卫之诗亹亹斐斐,皆善言情,岂尽风教使然哉?③

了解了这些因素,我们便可以更好地理解《国风》诸诗了。

---

①《史记·乐书》:"魏文侯问于子夏曰:'吾端冕而听古乐,则唯恐卧,听郑卫之音则不知倦。'"
②《论语·卫灵公》。
③〔清〕魏源:《诗古微·桧郑答问》,第411—412页。

后 记

1991 年 9 月,我从西安交通大学考入北京师范大学中文系,师从聂石樵教授攻读中国古典文学博士学位。对于我的学业,先生给予了极大的关注。由于我在大学本科和攻读硕士期间学的是历史专业,转考入中文系,不免有些生疏,一时难以转过弯来。先生给了我极大的鼓励,告诉我文史不分家,尤其是上古,学历史出身有自己的优势,正可以弥补学文学出身的一些劣势。在选择博士论文的研究方向时,先生让我选择大的方向,不怕别人研究过,也不求博士论文一定达到什么样的水平,只要通过作博士论文,使自己终身受益即可。因此,我选择了《诗经》。

题目确定之后,便是阅读《诗经》,搜集材料,整理思路。虽然是学上古史出身,初读《诗经》我仍然有些力不从心。在先生的指导下,我从较浅近易懂的朱熹《诗集传》入手,再逐步上溯。真正阅读进去以后,我才知道研究《诗经》是多么的艰难,却又是多么的有意味!每一首诗,每一个字,几乎都要仔细揣摩。有时面对几家解法,常常不知所从。孔颖达的《毛诗注疏》、王先谦的《诗三家义集疏》等,都是半懂不懂、懵懵懂懂地啃了过来。后来意识到,只读古人或现代人的有关著作,很难找到新的突破。自古说经如聚讼,《诗经》聚讼更甚。基本理解了《诗经》各诗的字面含义之后,要正确理解其思想和艺术,还是要将《诗经》放到它产生、结集时的历史大环境中去考察。这时,我才体会到了先生所说的学历史出身的"优势"。也因为如此,《尚书》,特别是《左传》和《国语》成了我一段时间的主攻目标。当我将《左传》等与《诗经》的产生、运用密切相关的著作研读数过之后,新的思路才逐渐生成,于是便有了我的博士论文,便有了这本小书。

我忘不了撰写论文的那段艰苦的日子,那时对《诗经》的探索达到了痴迷的程度。晚上临睡前想的是《诗经》,早上醒来眼睛还未睁开,第一个跳入脑海的仍然是《诗经》。十几万字的论文写下来,头发明显稀疏了许多,每次洗头,水盆里便漂着一层掉下来的头发,发质变得又黄又软,以致完成论文后的很长一段时间里,头发三天不洗便不成样子。我也永远忘不了,将论文草稿呈给先生之后,先生在草稿上留下的密密麻麻的圈点和批语。每一个章节,每一个观点,先生都和我商兑,提出自己的看法和修改意见。就这样一直持续到答辩日期已近,不得不暂时定稿。我也永远不忘先生的告诫,论文的完成只代表着一个阶段,而学术之路永远没有尽头。

我经常庆幸自己在求学过程中遇到了两位恩师。在四川大学历史系求学时,蒙默先生教会了我认真读书,不浮躁,不急功近利,打好基础,来日方长,只要努力,便会有成绩。而在北京师范大学的三年,先生不仅教我怎样做学问,更言传身教,让我在潜移默化之中懂得什么叫谦谦君子,什么叫淡泊名利,什么叫为人师表,什么叫传道、授业、解惑,什么叫慈祥,什么叫诲人不倦。而这些,正是我终生受用不尽的。

在撰写本书的过程中,我还受到赵世超老师的许多启发。在河南大学读书的时候,赵世超老师为我们讲授中国古代史,他渊博的学识和扎实的文献功夫使我们由衷地钦佩。我在四川大学历史系求学期间,赵老师也入川大师从徐中舒教授攻读博士学位。后来,我到西安交通大学工作,赵老师也到了西安,在陕西师大任教。那两年,是我生活中最苦闷的日子,赵老师的家,成了我经常去的地方,师徒二人喝酒聊天,无话不谈,减轻了我许多痛苦和压力。就是在那个时候,我们谈起对西周、春秋社会的许多看法,赵老师将其专著《周代国野制度研究》赠送于我,拜读之后,我在撰写博士论文时,思路豁然开朗,论文也得以顺利写成。因此,当本书付梓之际,一并在此对远在西安的赵老师致以最衷心的感谢和深深的祝福。

　　本书成于数年前,不免有许多不尽如人意之处,这次付印,只作了一点补充,基本上还是当年答辩时的样子。其中第一章的基本观点摘自赵世超老师的《周代国野制度研究》,本应删去,但考虑到它是本书的立论基础,而且目前大部分《诗经》研究者不读或只读少数历史学家的著作,他们的观点多已过时,所以还是将其保留。不足之处,还请方家指正。

雒三桂

2000 年 9 月于北京通州乡居

再版后记

　　这本小书是我的博士论文。1991年秋，我离开西安交通大学管理学院，考入北京师范大学中文系，师从聂石樵先生攻读先秦两汉文学。经与先生商量，我将博士论文的研究方向定为《诗经》。随后的两年里，我按照先生的嘱咐，大量阅读历代《诗经》研究著作，同时又反复阅读《左传》《国语》等先秦文献，努力将《诗经》与其产生、结集的时代，即西周、春秋社会联系起来，不仅从文学角度，更从历史学角度看待、研究《诗经》中的诗篇。熟悉商周历史给我的《诗经》研究带来了很大的便利，使我能够看到一些研究文学史出身的人看不到的问题，形成自己的独到见解。每有心得，总是向先生汇报，得到先生的首肯，则如沐春风。1993年春天，开题报告完成，先生及师母邓魁英教授给予了充分肯定。1993年秋天正式动笔，到1994年三四月间定稿。对论文草稿，先生字斟句酌，留下了许多评语和批评意见，直到我修改满意为止。因此，这篇论文不仅是我的心血，更凝聚了聂石樵先生的无数心血！在答辩送审的过程中，北京大学中文系陈贻焮教授、北京师范大学中文系韩兆琦教授、北京师范大学历史系刘家和教授等也对论文提出了宝贵意见，我一一遵嘱修正。恩师及几位先生学问之渊博、人品之高尚，令我终生难忘！

　　2002年10月，论文在商务印书馆出版，取名《诗经散论》。所以叫"散论",是因为这篇博士论文由五六个可以独立成篇的部分组成,每个部分都围绕一个中心论点展开,既相联系,又相独立。出版时基本保留了论文答辩时的原貌,修正了个别错字,出版之后,在《诗经》研究领域也产生了一定的影响。从1994年拿到博士学位毕业到论文公开出版,前后有八年时间,先生几次问及,都以顾不上修订搪塞,至今想起来,都为自己的懒散不思进取感到脸红。印制完成,拿到样书,第一时间给先生送去,先生捧书在手,无比喜悦,因为他老人家最愿意看到的是学生学有所成。这篇论文虽然有很大缺陷,先生依然给了我最大的鼓励,嘱咐我要趁着精力旺盛好好做学问,不要辜负了时光!而毕业后的许多年里,我恰恰辜负了先生的期望,至今思之,犹觉惭愧无地!

蒙中华书局垂青,这本小书得以在中华书局再版。本拟加以修订,但十几年来,个人兴趣转移至书画及中国美术史研究,虽然经常重读《诗经》,关注国内外的《诗经》研究动态,却再也提不出任何有价值的意见,只能在给学生们讲授《诗经》的时候,顺便回忆一下当年跟随聂先生和师母读书时的快乐时光!即使修订,最多不过增加一些废话而已。因此,这次再版,文字内容保留了初版的原貌,未作任何增补。其中的错误也未作改订,方家的批评自然也由我自己承担。

本书的再版得到中华书局的大力支持,感激之情,难以言表!而教我读书,教我做人,给了我学术生命、再造了我人生的聂石樵先生已于今年四月永远离开了我们!岁月易逝,人生如白驹过隙,年过半百的我,只有努力奋进,才能对得起先生的谆谆教诲,不负此生!

雒三桂

2018年9月26日于重庆大学